제프티는 다섯 살

THE TOP OF THE VOLCANO

제프티는 다섯 살

Jeffty is Five

할란 엘리슨 걸작선

잃어버린 시간

할란 엘리슨 지음 **신해경, 이수현** 옮김

아작

일러두기

1. 이 책은《The Top of the Volcano》를 세 권으로 나누어 옮긴 것입니다.
2. 모든 주석은 옮긴이의 것입니다.

차례

"회개하라, 할리퀸!"
째깍맨이 말했다

'Repent, Harlequin!' Said the Ticktockman

1966년 휴고상 수상

1966년 네뷸러상 수상

2015년 프로메테우스 명예의 전당 헌정

꼭 이런 질문을 하는 사람들이 있다. "그래서, 핵심이 뭔데?" 이런 걸 꼭 물어봐야 직성이 풀리는 이들과, 논점을 명확히 짚어야 하는 이들과, '가장 중요한 게 뭔지' 굳이 알아야 하는 이들을 위해 다음을 준비했다.

대부분의 사람이, 대개는 인간이 아니라 기계로서 신체를 이용하여 국가를 섬긴다. 상비군, 예비군, 교도관, 경찰관, 민병대 등이 그런 이들이다. 이들은 국가를 섬길 때 판단력이나 도덕적 감각을 자유로이 적용하지 못하고 자신을 나무나 흙, 돌과 같은 위치에 놓아버린다. 가능하다면 목각인형으로 대체해도 이들이 하는 일에는 별 지장이 없을 것이다. 이들이 허수아비나 흙덩이 이상의 존경을 받을 필요는 없다. 그들에게는 말이나 개를 논할 때와 같은 종류의 가치가 적용된다. 그런데도 이들은 대개 선량한 시민으로 대접받는다. 다른 이들, 대다수 국회의원과 정치가, 변호사, 목사, 공무원 등은 주로 머리를 이용하여 국가에 봉사한다. 그러나 도덕적 변별력을 구사하는 일이 거의 없으므로 의도치 않게 신을 섬기듯이 악마를 섬기기 십상이다. 극소수의 사람들만이 참다운 의미에서의 영웅, 애국자, 순교자, 개혁가로서, 그리고 인간으로서 양심을 가지고 국가에 이바지하고, 그럼으로써 대부분은 부득이하게 국가에 저항하게 된다. 이들은 흔히 국가로부터 적으로 취급된다.

— 헨리 데이비드 소로, 《시민불복종》 중에서

이것이 핵심이다. 이제 이야기는 중간부터 펼쳐지고, 시작은 나중에 알게 될 테니, 끝은 저절로 드러나리라.

하지만 그런 세상이었으므로, 사람들이 용인한 대로 굴러온 그런 세상이었으므로, 사회체제의 태엽과 톱니바퀴가 잘 돌아가도록 최고급 기름을 치며 '관리하는 자들'은 몇 달이 지나도록 그가 벌이는 짓들을 눈치채지 못했다. 어쨌거나 그 건이 째깍맨이 관장하는 사법체계로 넘어간 때는 그가 이러저러하여 악명을 떨치는 유명인사가 되고, 어떻게 보면 '정서적으로 불안정한 일부 대중'으로부터 영웅 대접까지 받는다는 사실이 명확해지고 나서였다. 하지만 그런 세상이었기 때문에, 그런 사람이 나타나리라고는 전혀 예상할 수 없는 세상이었기 때문에,

역으로 그는 너무나도 현실적인 존재가 되어버렸다. 마치 오랫동안 사라졌던 질병의 조짐이 면역 자체를 잊어버린, 면역 자체가 사라져버린 사회에 갑자기 재발하는 현상 같았다. 그는 이미 내용과 형식을 모두 갖춘 존재였다.

그는 하나의 '성격'이 되었다. 그 사회체제가 수십 년도 전에 걸쳐서 제거해버린 성격이었다. 하지만 여봐란듯이 그가, 아주 분명하게 두드러지는 하나의 성격으로 존재했다. 어떤 계층, 말하자면 중산층은 그를 역겨워했다. 그들에게 그는 상스럽게 과시해대는, 무정부주의적이고 부끄러운 존재였다. 형식과 의례, 우아함, 교양 따위에 사고가 얽매인 다른 계층은 킬킬거리며 그를 비웃었다. 하지만 아래로 내려가면, 언제나 성인과 죄인, 빵과 서커스, 영웅과 악당을 필요로 하는 아래 계층으로 내려가면, 그는 볼리바르나 나폴레옹이나 로빈후드나 (에이스 중의 에이스인) 딕 봉*이나 예수나 조모 케냐타** 같은 대접을 받았다.

하지만 최상류층에게 그는 협박이자 이교도이자 반역자이자 망신거리이자 위협이었다. 부자와 권력자와 고위인사들은 깃대 위에 올라앉은 '난파선 켈리***'처럼 매사를 두려워했고,

---

* 제2차 세계대전에서 활약한 미 공군 소속 전투기 조종사로 일본 전투기를 40대나 격추해 '딕'이라는 애칭으로 대중의 사랑을 받았다.
** 케냐의 초대 총리와 초대 대통령을 역임했으며 케냐의 국부로 불린다.
*** 1920년대와 1930년대 미국에서 전국을 돌아다니며 한 번에 며칠씩 장대 위에 올라 있는 것으로 유명해진 인물

사회적 동요와 분란은 뭐가 됐든 그 깃대를 흔드는 행위로 간주했다. 사회의 최고 핵심부까지 그를 모르는 사람은 없었지만, 아주 높거나 아주 낮은 계층만이 그에게 진지한 반응을 보였다. 최상층과 최하층 말이다.

그래서 그의 서류가 시간기록표와 심장번호판과 함께 째깍맨 사무실로 넘어갔다.

180센티미터를 훌쩍 넘는 키에 대체로 말이 없는, 세상이 시간상으로 딱딱 맞아떨어지며 효율적으로 돌아갈 때 부드럽게 가르랑거리는 사람. 그게 째깍맨이었다.

공포를 만들어내기만 하지 겪는 일은 드문 위계조직의 칸막이 사무실들에서도 그는 째깍맨이라 불렸다. 하지만 면전에서 그렇게 부르는 사람은 없었다.

가면 뒤에 숨어 얼굴을 드러내지 않은 채 우리 생의 몇 분, 몇 시간, 며칠, 몇 년을 폐기할 수 있는 사람을 싫어하는 별명으로 부를 수는 없는 법이다. 사람들은 그의 가면 앞에서는 그를 '최고시간엄수자'라 불렀다. 그러는 편이 더 안전했다.

"이건 그자의 사회적 기능에 관한 자료입니다." 째깍맨이 그지없이 부드럽게 말했다. "하지만 그자가 누구인지에 대한 자료는 아니지요. 제 왼손에 들린 이 시간기록표에 이름이 있지만, 사회적 기능으로서의 이름이지 인간으로서의 이름이 아닙니다. 여기 오른손에 든 심장번호판에도 이름이 있지만, 사회적 기능으로서의 이름이지 인간으로서의 이름이 아닙니다. 적절한 폐기 조처를 하려면 전 그자가 누구인지 알아야 합니다."

그는 직원들에게, 모든 탐정에게, 모든 정보원에게, 모든 밀고자에게, 모든 코멕스에게, 심지어 모든 마이니에게도 말했다. "이 할리퀸이라는 자는 누구입니까?"

그는 부드럽게 가르랑거리지 않았다. 시간 효율적으로 말하자면, 쨍쨍거리는 소음이었다.

그렇지만 어쨌거나 직원들과 탐정들과 정보원들과 밀고자들과 코멕스들로서는 그게 그에게서 들은 가장 긴 말이었다. 그런 걸 알 만큼 째깍맨 곁에 붙어 있었던 적이 없는 마이니들조차도 어쨌든 허둥지둥 할리퀸을 찾으러 나갔다.

할리퀸은 누구인가?

저 높은 도시 3층에서 그는 알루미늄 틀로 짠 웅웅거리는 비행보트(풋! 비행보트라니, 정말이지! 그건 스위즐스키드라는 것으로, 어설프게 급조한 짐받이가 달려 있었다) 갑판에 웅크리고 앉아 몬드리안의 그림처럼 깔끔하게 구획된 건물들을 골똘히 내려다보았다.

어딘가 가까운 곳에서 오후 2시 47분, 교대조가 고무창 운동화를 신고 메트로놈처럼 왼발-오른발-왼발, 발을 맞춰 팀킨 롤러베어링 공장으로 들어가는 소리가 들렸다. 정확하게 1분 후에, 대형을 맞춘 새벽 5시조가 오른발-왼발-오른발, 발을 맞춰 집에 가는 더 작은 소리가 들렸다.

햇볕에 탄 그의 얼굴에 장난꾸러기 같은 미소가 번지니 살

포시 보조개가 나타났다. 그는 덥수룩한 적갈색 머리를 벅벅 긁으며 다음에 할 일에 대비해 미리 각오를 다지듯 얼룩덜룩한 옷을 걸친 어깨를 으쓱 추켜올린 다음 조이스틱을 앞으로 밀고는 비행보트가 낙하하는 동안 몸을 웅크린 채 바람을 맞았다. 그는 자동보행로 위를 지나가며 일부러 몇 미터씩 고도를 낮춰 숙녀들 옷가지에 달린 장식술을 스치고는 양손 엄지를 커다란 귀에 집어넣고 혀를 쑥 내밀고 눈알을 굴리며 우가 우가 소리를 냈다. 소소한 기분전환이었다. 길 가던 사람 하나가 들었던 물건을 내동댕이치면서 미끄러져 넘어졌고, 다른 이는 오줌을 지렸으며, 또 다른 사람은 옆으로 풀썩 졸도해 쓰러졌다. 그녀가 정신을 차릴 때까지 공공근로자들이 통제하는 보행로가 자동으로 멈췄다. 소소한 기분전환이었다.

그러다 그는 종잡을 수 없는 바람을 타듯 빙글빙글 돌다가 획 사라졌다. 야호! 그는 시간동작연구소 건물의 벽돌림 띠를 따라 돌다가 막 보행로에 올라타는 어느 교대조를 보았다. 그들은 훈련된 동작과 절대적으로 절제된 움직임으로 옆걸음을 치며 느리게 움직이는 보행로에 올라탄 다음 (태고적인 1930년대 버즈비 버클리 영화를 상기시키는 합창단원처럼 서서) 타조걸음으로 보행로들을 건너 나아가다 고속보행로 위로 줄줄이 올라섰다.

그의 얼굴에 다시 한 번 기대에 찬 장난꾸러기 같은 웃음이 번지자 왼쪽 어금니 쪽에 이가 빠진 데가 보였다. 그는 하강해서 사람들을 스치며 날아올랐다가 다시 그들 위로 급강하했다. 그러더니 비행보트 안으로 몸을 숙이고는 보트에 실은 짐이 너무 일찍 쏟아지지 않도록 막아놓은 수제 배출구의 고정 장치를 열었다. 그가 마개를 잡아빼자 공장 노동자들 머리 위로 미끄러지는 비행보트에서 15만 달러어치의 젤리빈이 폭포처럼 고속보행로에 쏟아졌다.

젤리빈! 수백, 수천만 개의 자주색, 노란색, 초록색, 감초색, 포도색, 산딸기색, 민트색 젤리빈. 둥글고 매끄럽고 겉은 바삭하고 안은 부드럽고 가루처럼 눅고 달달한 젤리빈. 팀킨 노동자들의 머리와 어깨와 딱딱한 머리와 등딱지에 통통 튀고 달각거리고 덜걱거리고 빙글 돌고 톡톡거리고 툭툭거리며 떨어지는 젤리빈. 기쁨과 어린 시절과 휴일의 색이었던 온갖 색깔로 하늘을 채우며 보행로에서 딸각거리며 이리저리 튀고 발 밑을 구르는 젤리빈. 급류처럼 하늘에서 쏟아지는 알록달록 다채롭고 달콤한 젤리빈. 건전한 정신과 기계적으로 규칙적인 우주의 질서에 더없이 미친, 터무니없는 신선함을 불어넣는 젤리빈!

교대 노동자들이 소리를 지르고 웃음을 터뜨리며 몸을 내던지자 대열이 흩어졌다. 젤리빈들이 이럭저럭 보행로 기계장치 속으로 숨어들자 25만 개의 칠판을 백만 개의 손톱으로 긁어내리는 끔찍한 소리가 들렸고, 기침과 재채기 소리가 이어지더니 보행로가 완전히 서버렸다. 여기저기에서 여전히 깔깔대는 사람들이 유치한 색깔의 젤리빈 알들을 입안에 던져넣으며 허수아비처럼 비틀비틀 보행로에서 벗어났다. 축제였고, 유쾌한 소동이었고, 완전히 정신 나간 짓이었고, 낄낄거리는 웃음판이었다. 하지만….

교대가 7분 늦어졌다.

사람들이 7분 늦게 귀가했다.

기본시간표가 7분 밀렸다.

움직이지 않은 보행로 때문에 상품생산량 달성이 7분 늦어졌다.

그가 줄줄이 늘어선 도미노의 첫 조각을 건드리자 차례대로 척, 척, 척, 다른 조각들이 넘어갔다.

그 체제는 7분 정도 교란할 만한 가치가 있었다. 아주 사소한, 언급할 가치조차 없는 사건이었지만, 유일한 사회적 추진 동력이 질서와 조화와 평등과 신속함과 시계 같은 정확함과 지나가는 시간의 신들에 대한 숭배의 상징인 시계를 쳐다보는 일인 세상에서,. 그 사건은 엄청나게 커다란 재앙이었다.

그래서 그는 째깍맨 앞에 출두하라는 명령을 받았다. 그 사실이 모든 사회통신망 채널에 방송되었다. 그는 7시 정각에 '거기로' 출두하라는 명령을 받았다. 기다리고 또 기다렸건만, 그는 거의 10시 반이 되어서야 나타나서 '버몬트'라는, 아무도 들어본 적 없는 어떤 곳을 비추는 달빛에 관한 짤막한 노래 한 곡만 부르고는 다시 사라져버렸다. 하지만 7시부터 내내 기다렸던 사람들의 일정은 엉망진창이 되었다. '할리퀸은 누구인가?'라는 의문은 여전히 풀리지 않았다.

하지만 제기되지 않은 질문이, 따지자면 더 중요한 질문이 있었다. '우리는 어쩌다 15만 달러어치의 젤리빈을 소지한 채 낄낄거리며 무의미한 말과 행동을 일삼는 무책임한 농담꾼 하나 때문에 사회의 경제와 문화생활 전반이 위협받는 지경에 이르렀는가.'

세상에 맙소사, 젤리빈이라니! 미쳤어! 대체 어디서 15만 달러어치의 젤리빈을 살 돈이 났을까? (그 젤리빈에 그만한 비용이 들었다는 걸 그들은 알아냈다. 다른 일을 하는 중이던 상황분석팀을 보행로 현장에 급파해 사탕을 모조리 쓸어담아서 하나씩 세게 한 후에 상세한 보고서를 받은 덕분인데, 그 일로 상황분석가들의 일정이 망가졌고, 부서 전체의 일정도 적어도 하루가 미뤄졌다.) 젤리빈이라니! 젤리⋯빈? 어이, 잠깐만. 잠깐 생각 좀⋯. 지난 100년간 아무도 젤리빈을 생산하지 않았잖아. 그는 대체 어디서 젤리빈을 손에 넣은 거지?

좋은 질문이었다. 완벽하게 만족할 만한 답은 절대 얻을 수 없을 듯하지만. 사실 지금까지 수많은 질문이 그러지 않았던가?

이제 여러분은 중간을 알게 되었다. 이제 시작을 보자. 시작은 이렇다.

책상용 필기장이 있다. 하루 단위. 하루에 한 장씩 넘어간다. 9:00—우편물 확인. 9:45—기획위원회 미팅. 10:30—J.L.과 상황판 설치건 논의. 11:45—기우제 행사. 12:00—점심. 그런 식이다.

"죄송합니다. 그랜트 양. 하지만 면접 시간은 2:30으로 정해져 있었는데 지금은 거의 5시가 다 됐어요. 면접에 늦으신 건 유감이지만, 규칙은 규칙입니다. 저희 대학에 다시 지원서를 제출하시려면 내년까지 기다리셔야 합니다." 그런 식이다.

10:10 완행은 크레스트헤이븐, 게일스빌, 토나완다 환승역, 셸비, 판허스트에 정차하지만 일요일을 제외하면 인디애나시티와 루카스빌, 콜튼에는 정차하지 않는다. 10:35 급행은 일요일과 공휴일을 제외하면 게일스빌, 셸비, 인디애나시티에 정차하고, 이럴 때는 이런 역에, 저럴 때는 저런 역에… 그런 식이다.

"프레드, 난 기다릴 수 없었어. 3:00까지 피에르 가르뎅 매장에 가야 하는데, 넌 2:45에 터미널 시계탑 밑에서 만나자고 했지. 그런데 넌 없었어. 그래서 그냥 갈 수밖에 없었어. 프레드, 넌 늘 늦어. 네가 같이 있었다면 같이 계약을 딸 수도 있었겠지만, 상황이 그랬으니, 음, 나 혼자 주문을 받았어…." 그런 식이다.

애틀리 부부께. 두 분의 아드님인 학생 제롤드 애틀리의 계속되는 지각 사태와 관련하여, 위의 학생이 제시간에 교실에 도착할 수 있도록 보장하는 보다 신뢰할 만한 조치가 취해지지 않으면 본교로서는 퇴학 조치를 할 수밖에 없음을 알려드립니다. 위의 학생이 타의 모범이 될 만한 훌륭한 학생이며 성적도 우수하다는 사실을 인정하지만, 본교의 시간 일정을 가벼이 여기는 행위가 계속될 경우, 위의 학생을 본교에 계속 수용하는 것이 현실적으로 어렵다는 점을 양해해주시기 바랍니다. 참고로, 다른 학생들의 경우 시간 엄수를 요구하는 본교의 방침에 적응하는 데 큰 문제가 없다고 판단됩니다. 그런 식이다.

오전 8:45에 오지 않으면 투표 불가.

"원고가 좋은지 나쁜지는 상관없어. 목요일까지 들어오기만 하면 돼!"

퇴실 시간은 오후 2:00 정각.

"늦었군요. 일자리는 다른 사람한테 갔어요. 죄송."

20분 시간 손실에 해당하는 급료 삭감.

"세상에, 지금 몇 시야. 뛰어야겠어!"

그런 식이다. 계속 그런 식이다. 계속 그런 식으로 굴러간다. 그런 식으로 굴러가고 굴러가고 굴러가고 굴러가고 째깍째깍 째깍째깍 째깍째깍, 그러다 어느 날 우리는 더 이상 시간을 다스리는 자가 아니라 시간을 섬기는 자가 되고, 일정의 노예가, 태양의 자취를 숭배하는 자가 되어 규제에 근거한 삶에 묶이게 된다. 그런 체제는 우리가 일정을 엄격하게 지키지 않으면 제대로 돌아가지 않기 때문이다.

결국, 늦는 것은 사소한 불편 이상의 것이 된다. 늦는 것은 죄악이 된다. 그러고는 범죄가 되고, 범죄는 다음과 같은 조항으로 처벌될 수 있다.

2389년 7월 15일 12:00:00 자정을 기해 효력 발생. 최고시간 엄수자 사무실은 모든 시민에게 각자의 시간기록표와 심장번호판을 제출하여 적절한 조치를 받을 것을 요구한다. 인당 시간 말소에 관한 부칙 제555-7-SGH-999조에 의거하여, 모든 심장번호판은 개별 소지자에게 맞춰질 것이며….

그들이 무얼 했냐면, 다른 게 아니라 사람의 기대수명을 줄이는 방법을 고안해냈다. 누구든 10분 늦으면 남은 생의 10분을 잃게 된다. 한 시간을 늦으면 그에 비례하여 삭감되는 시간도 늘어난다. 계속 지각하다 보면 어느 일요일 밤에 최고시간엄수자가 보낸 공문을 받게 된다. '선생님의 시간이 완료되어 월요일 정오를 기해 폐기 조치될 예정이오니 주변을 정리하시기 바랍니다.'

그래서 (째깍맨 사무실이 엄격하게 비밀에 부친 모종의 과학적 처리방안을 활용한) 이 간단한 과학적 조치 덕분에 체제가 유지되었다. 유일하게 쓸 만한 수단이었다. 이보다 시행하기 편한 수단도 없었다. 게다가 애국적이기도 했다. 일정은 서로 맞아야 하니까. 무엇보다 그때는 전쟁 중이었으니까!

하지만 세상은 늘 전쟁 중이지 않았던가?

✳

프리티 앨리스가 수배 전단을 보여주자 할리퀸이 말했다. "이야, 이건 진짜 역겹군. 역겨운 데다 정말 같잖지도 않아. 지금이 무슨 서부개척시대도 아니고, 수배 전단이라니!"

"있잖아." 프리티 앨리스가 입을 뗐다. "너, 지금 사투리 억양이 엄청 심해."

"미안해." 할리퀸이 겸허하게 말했다.

"미안해할 필요는 없어. 넌 '미안해'라는 말을 입에 달고 살아. 에버렛, 그렇게 심한 죄책감을 안고 사는 건 정말 엄청 슬픈 일이야."

"미안해." 그가 무심코 말을 뱉고는 입을 꾹 다물자 잠시 보조개가 드러났다. 하고 싶어서 한 말은 절대 아니었다. "나, 다시 나가봐야 해. 할 일이 있어."

프리티 앨리스가 손에 든 동그란 커피잔을 조리대에 탁 소리 나게 내려놓았다. "진짜, 세상에 맙소사, 에버렛. 하룻밤만이라도 집에 좀 있으면 안 돼? 꼭 그런 무시무시한 광대옷을 입고 나가서 사람들을 집적거리며 돌아다녀야겠어?"

"난…." 그가 말을 하다 말고 덥수룩한 적갈색 머리에 풀썩 어릿광대 모자를 눌러썼다. 딸랑거리는 작은 방울 소리가 났다. 그는 자리에서 일어나 동그란 커피잔을 물 분사기에 헹구고는 잠시 건조기에 넣었다. "나가봐야겠어."

그녀는 아무 말도 하지 않았다. 팩스통이 가르릉거리자 그

녀가 종이 한 장을 뽑아 읽고는 그가 선 조리대 쪽으로 던졌
다. "너에 대한 거야. 당연하겠지. 넌 어리석어."

그가 재빨리 내용을 읽었다. 째깍맨이 그의 소재를 파악하
려 애쓴다는 얘기였다. 그는 아랑곳하지 않고 또 늦게까지 밖
에 나가 있을 참이었다. 퇴장 대사로 무슨 말을 할까 고심하
던 그가 문간에서 획 돌아보며 말했다. "그건 그렇고, 너도 사
투리 억양이야!"

프리티 앨리스가 예쁜 눈을 천장을 향해 굴리며 말했다.
"넌 어리석어."

할리퀸이 성큼성큼 걸어나가며 문을 획 밀쳤지만, 문은 한
숨을 쉬듯 부드럽게 닫히고는 저절로 잠겼다.

정중한 노크 소리가 들리자 프리티 앨리스가 짜증스러운
한숨을 쉬며 일어나 문을 열었다. 그가 문 앞에 서 있었다. "10
시 반에 돌아올게, 됐지?"

그녀가 애처롭다는 듯이 얼굴을 찌푸렸다. "왜 그런 말을
해? 왜? 네가 늦을 거라는 거 너도 알잖아! 알고 있잖아! 넌 늘
늦으니까. 대체 왜 나한테 그런 멍청한 말을 지껄이는 건데?"
그녀가 문을 닫았다.

바깥에 선 할리퀸이 스스로에게 고개를 끄덕였다. '그 말이
맞아. 앨리스는 늘 맞아. 난 늦을 거야. 늘 늦으니까. 왜 나는
그런 멍청한 말을 했을까?'

그는 어깨를 한 번 더 으쓱거리고는 다시 한 번 늦을 길을
떠났다.

✳

그는 폭죽 로켓을 쏘았다. 로켓이 하늘에 글을 썼다. "나는 오후 8시 정각에 제115회 국제의학협회 연례기도회에 참석할 예정이다. 모두 함께해주기를 바란다."

글자들이 하늘에서 불타올랐고, 당연히 당국자들이 거기에 진을 치고 그를 기다렸다. 그들은 당연히 그가 늦을 거라고 추측했다. 그들이 한창 거미줄 모양 그물을 설치하는 와중에 예고된 시간보다 20분이나 일찍 그가 현장에 도착했다. 그가 커다란 확성기를 울리자 혼비백산한 사람들이 사방으로 잘 펴서 깔아놓은 그물을 밟았고, 그물이 오므라들며 천장으로 끌려 올라가자 갇힌 사람들이 발버둥을 치며 새된 비명을 질렀다. 할리퀸은 웃고 또 웃으며 아낌없이 사과했다. 엄숙한 기도회 자리에 모인 의사들은 가식적인 태도로 호들갑스럽게 웃음을 터뜨리며 과장된 동작으로 절을 해대는 할리퀸의 사과를 받아들였다. 의사들은 할리퀸을 우스꽝스러운 바지를 입은 하찮은 소동꾼으로 생각했다. 모두에게 유쾌한 시간이었다. 굳이 말하자면 째깍맨 사무실에서 나온 당국자들만 제외하고 말이다. 정말로 보기 흉한 꼴로 그물에 갇혀 천장에 매달린 그들은 딱 부둣가에서나 보는 짐짝 같았다.

(째깍맨이 가진 권력의 크기와 중요성을 보여준다는 점을 제외하면 어디로 보나 지금 우리와는 아무 상관이 없는 일이긴 하지만, 할리퀸이 '활동'을 수행하던 그 도시의 한쪽에서 마셜 델라한티라는

남자가 째깍맨 사무실에서 보낸 '소등' 통지서를 받았다. 회색 정장을 차려입고 만면에 예의 그 끔찍한 '슬픔의 표정'을 띤 채 통지서를 배달하는 마이니가 그의 아내 조제트 델라한티에게 통지서를 건넸다. 봉투를 뜯기도 전에 그녀는 그게 무엇인지 알았다. 그즈음에는 누구나 힐끗 보기만 해도 무엇인지 알아보는, 예의 그 반갑지 않은 편지였다. 그녀는 숨을 헐떡이며 편지가 무슨 보툴리누스균이 묻은 현미경 유리 슬라이드라도 되는 양 집고서는 자기한테 온 것이 아니기를 빌었다. '제발, 신이시여, 남편이기를.' 그녀는 무자비하게, 현실적으로 생각했다. '아니면 애들 중 하나이기를, 부디 제가 아니기를.' 그러고 그녀는 통지서를 개봉했다. 마셜이었다. 그녀는 겁에 질리는 동시에 마음이 놓였다. 총에 맞은 건 자기가 아니라 옆 사람이었다. "마셜." 그녀가 절규했다. "여보! 만료됐어, 마셜! 오, 세상에, 당신, 어떡해, 어떡하지, 마셜, 오 세상에, 마셜….." 그리고 그날 밤 그들의 집에서는 종이를 찢는 소리와 공포와 연통을 빠져나가는 광기의 악취가 났지만, 그 통지에 관해서 그들이 할 수 있는 일은 전혀, 전혀, 아무것도 없었다. 하지만 마셜 델라한티는 도주를 시도했다. 그리고 다음 날 일찍 소등 시간이 됐을 때, 그는 320킬로미터나 떨어진 캐나다의 어느 깊은 숲속에 있었다. 째깍맨 사무실이 그의 심장번호를 말소시키자 숲을 헤치며 달리던 마셜 델라한티의 심장이 멈추고 뇌로 가던 혈액이 말라버렸다. 그는 죽었다. 그게 다였다. 최고시간엄수자 사무실에 있는 그 구역 지도에서 불빛 하나가 꺼졌다. 그사이 재혼 자격이 주어질 때까지 애도자 명단에 이름이 오르게 되었다는 통지서가 조제트 델라한티에게 팩스로 전달되었다. 이것이 이 각주의 끝이며, 웃을 일이 아니라는 점만 빼면 더 할 말은 없다. 째깍맨이 할리퀸의 진짜 이름을 알아내는 순간 할리 퀸에게도 같은 일이 일어날 것이다. 이건 절대 웃을 일이 아니다.)

도시의 상점층은 목요일의 색으로 차려입은 소비자들로 북적거렸다. 여자들은 맨몸에 연한 노란색 가운을 걸쳤고, 남자들은 풍선 바지를 제외하면 몸에 딱 달라붙는 비취색 가죽으로 만든 티롤풍 의상을 걸쳤다.

할리퀸이 장난꾸러기처럼 웃는 입술에 확성기를 대고 아직 공사 중인 새 능률쇼핑센터의 외장구조물 위에 나타나자 모두가 손가락질을 해대며 그를 쳐다보았다. 그는 사람들을 꾸짖었다.

"왜 놈들이 명령하도록 그냥 놔둬? 놈들이 개미나 구더기 몰듯이 빨리빨리 움직이라고 재촉하는 데도 왜 그냥 놔둬? 각자의 시간을 가져! 잠깐 산책을 해! 햇볕을 즐기고, 산들바람을 즐기고, 삶이 각자의 속도대로 흘러가게 내버려 둬! 시간의 노예들이 되지 마! 그건 지독하게, 천천히, 조금씩 죽어가는 거야. 째깍맨을 타도하자!"

'저 미친놈은 누구지?' 대부분의 사람이 궁금해했다. '저 미친놈은 누구지? 오, 이런, 늦겠네. 뛰어야겠어….'

그리고 쇼핑센터 공사장 노동자들에게 최고시간엄수자 사무실로부터 긴급 명령이 내려왔다. 공사장 뾰족탑 위에 할리퀸이라 알려진 위험한 범죄자가 있으니 그를 체포하는 데에

적극적인 도움을 달라는 긴급 명령이었다. 그 삭입조는 '안 된다'고 말했다. 정해진 공사 일정에 맞추지 못하게 될 게 뻔했기 때문이었다. 쨰깍맨이 공사를 담당하는 정부 부처에 줄을 대어 가까스로 일정을 조정하자, 작업을 중단하고 확성기를 들고 높은 뾰족탑에 서 있는 그 멍청이를 잡으라는 전갈이 내려왔다. 그래서 십여 명이 넘는 건장한 노동자들이 공사장 플랫폼으로 올라가 반중력판을 타고 할리퀸을 잡으러 떠오르기 시작했다.

한 차례 패주했던(개인의 안전을 신경 쓰는 할리퀸의 입장에서 보기에 심각한 부상을 입은 사람은 없었다) 노동자들이 전열을 가다듬고 다시 공격을 시도했을 때는 이미 늦었다. 그는 사라져버렸다. 어쨌거나 이 소동이 제법 많은 구경꾼을 끌어모았기 때문에 쇼핑 흐름이 몇 시간, 그래 봐야 고작 몇 시간 꼬여버렸다. 그러자 꽉 짜인 그 체제의 구매 수요가 떨어졌다. 그래서 그날 남은 시간 동안 구매 수요를 높이기 위한 여러 조치가 취해졌다. 구매 수요가 떨어졌다가 급속히 높아지는 바람에 반중력 부상판(浮上板)이 너무 많이 판매된 반면, 웨글러 판매량은 턱없이 모자랐다. 이는 '팝리 비율'이 어그러짐을 의미했고, 다른 말로 하자면 그 비율을 정상화하기 위해 보통은 서너 시간에 한 번 정도 필요한 조절용 폐기 건들을 대량으로 조장할 필요가 생겼음을 의미했다. 출하 작업에 혼란이 생겼고, 배송 경로에 오류가 생겼으며, 결국에는 스위즐스키드 산

업계마저도 그 타격을 감지하게 되었다.

 "놈을 잡기 전엔 돌아올 생각도 마!" 째깍맨이 아주 나직하게, 아주 심각하게, 극도로 위험한 투로 말했다.

 그들은 개를 투입했다. 그들은 정밀조사를 실시했다. 그들은 심장번호판 대조작업을 벌였다. 그들은 티퍼를 이용했다. 그들은 뇌물을 찔러넣었다. 그들은 스틱타이트를 도입했다. 그들은 협박을 일삼았다. 그들은 괴롭혔다. 그들은 고문했다. 그들은 밀고자를 찾았다. 그들은 경찰을 투입했다. 그들은 검문검색을 강화했다. 그들은 팰러운을 도입했다. 그들은 신고장려금을 신설했다. 그들은 지문을 대조했다. 그들은 베르티용 인체측정법을 적용했다. 그들은 잔꾀를 부렸다. 그들은 함정을 계획했다. 그들은 배반을 유도했다. 그들은 라울 미트공을 기용했지만, 그다지 도움이 되지 않았다. 그들은 응용물리학을 응용했다. 그들은 범죄학 수사기법들을 적용했다.

 그러고는 세상에나, 그들은 그를 잡았다.

 다른 걸 떠나, 그의 이름은 에버렛 C. 맘이었고, 그다지 얘기할 만한 게 없는 사람이었다. 시간 개념이 없다는 점을 빼면 말이다.

 "회개하라, 할리퀸!" 째깍맨이 말했다.
 "꺼져!" 할리퀸이 비웃으며 말했다.
 "너는 통합 63년 5개월 3주 2일 12시간 41분 59.536111초

늦었다. 네게 할당된 시간을 다 제하고도 모자라. 난 널 소등
시킬 것이다."

"내가 겁먹을까 봐? 이런 멍청한 세상에서 사느니 차라리
죽고 말지. 게다가 너 같은 악귀랑 사느니 말이지."

"그건 내 일이다."

"넌 그 일에 푹 빠져 있어. 넌 폭군이야. 네겐 사람들에게
이래라저래라 명령하고 늦게 왔다고 죽일 권리가 없어."

"네가 적응하지 못하는 것이다. 맞추지 못하는 거지."

"날 풀어줘 봐. 그러면 내 주먹을 그 입에다 한 번 맞춰볼
테니까."

"넌 부적응자다."

"부적응이 중범죄는 아닐 텐데?"

"지금은 그렇다. 세상에 맞춰 살아야지."

"싫어. 이 세상은 끔찍해."

"다 그렇게 생각하는 건 아니다. 대부분의 사람은 질서를
좋아해."

"난 안 그래. 내가 아는 대부분의 사람도 안 그래."

"그건 사실이 아니다. 넌 네가 어떻게 잡혔다고 생각하지?"

"관심 없어."

"프리티 앨리스라는 젊은 여성이 우리에게 네 정체를 알
려줬다."

"거짓말."

"사실이다. 넌 그녀를 불안하게 만들었어. 그녀는 어딘가

에 소속되고 싶어 해. 순응하고 싶어 하지. 그러니 난 너를 소등시킬 것이다."

"그럼 입씨름하지 말고 당장 해."

"너를 소등시키지 않겠다."

"뭐, 이 멍청이가!"

"회개하라, 할리퀸!" 째깍맨이 말했다.

"꺼져."

그래서 그들은 그를 코번트리로 보냈다. 그리고 코번트리에서 그를 개조했다. 《1984》에서 윈스턴 스미스에게 했던 짓과 똑같은 짓이었다. 그 책을 아는 사람은 아무도 없었지만, 그 기법들만큼은 정말로 유구한 것들이라 그대로 에버렛 C. 맘에게 적용되었다. 그리고 상당한 시간이 지난 후인 어느 날, 장난꾸러기 같은 표정에 뺨에 팬 보조개와 명민한 눈을 빛내는, 전혀 세뇌당하지 않은 모습의 할리퀸이 통신망에 등장했다. 그는 자신이 잘못 생각했었다고, 사회에 속하는 것은, 시간을 지키는 것은 좋은 거라고, 정말로 좋은 거라고 말했다. 야호, 랄랄라! 모두가 고개를 들어 도시를 뒤덮은 공공 스크린마다 등장하는 그를 바라보며 끼리끼리 수군댔다. '음, 봤지? 그는 그냥 미친놈이었을 뿐이야. 그리고 이 체제가 이런 식으로 굴러간다면, 이렇게 굴러가게 놔두자고. 당국이나 째깍맨이랑 싸워봐야 아무 소용도 없으니까.' 그래서 에버렛 C. 맘은 망가졌고, 일찍이 소로가 얘기했듯이, 그건 손실이었다.

그러나 달걀을 깨지 않고 오믈렛을 만들 수는 없는 법이며, 모든 혁명에는 불가피했던 피가 조금은 섞이기 마련이다. 하지만 혁명은 그래야 한다. 혁명은 그런 식으로 일어나니까. 그리고 아주 작은 변화를 만들 뿐이라 해도, 그건 그것대로 가치가 있는 듯하다. 아니, 요점을 좀 더 명확하게 밝히자면, 다음을 보자.

"어, 죄송합니다만, 전, 어, 어떻게 해야 할지, 어, 이런 말 씀드리기가, 어, 죄송하지만, 3분 늦으셨습니다. 일정이, 어, 약간, 어긋났습니다."

남자가 주저하듯이 웃었다.

"말도 안 돼!" 가면을 쓴 째깍맨이 중얼거렸다.

"자네 시계가 고장 났겠지." 그리고 그는 사무실로 들어갔다. 므미 므미 므미 므미거리면서.

제프티는 다섯 살

Jeffty Is Five

1978년 휴고상 수상

1978년 로커스상 수상

1978년 네뷸러상 수상

1978년 세계판타지문학상 노미네이트

1979년 영국판타지문학상 수상

내가 다섯 살 때 같이 놀던 제프티라는 꼬마애가 있었다. 진짜 이름은 제프 킨저였지만 그 애와 노는 아이들은 모두 그를 제프티라 불렀다. 우리는 같은 다섯 살이었고, 잘 어울려 놀았다.

내가 다섯 살 때는 클라크 초코바가 야구방망이 손잡이만 큼이나 뚱뚱했고, 거의 15센티미터나 될 만큼 긴 데다, 겉에 진짜 초콜릿이 입혀졌다. 한입에 반쯤 베어 물면 아주 근사하게 오독거렸다. 게다가 녹은 초코바가 손에 묻지 않도록 조금씩 벗겨지게 싸놓은 포장지를 벗기면 상쾌하고 좋은 냄새가 났다. 요즘 클라크 초코바는 신용카드 뺨칠 정도로 얇고, 순수한 초콜릿 대신 끔찍한 맛이 나는 뭔가 인공적인 게 입혀진 데다 흐물흐물하고 축축하면서도 값은 그에 알맞은, 딱 적당한 5센트가 아니라 15센트에서 20센트나 한다. 그러면서도 마치 20년 전과 마찬가지 크기인 양 포장을 해놓았지만, 그럴 리가! 가늘고 못생긴 데다 불쾌한 맛이 나서 아무짝에도 쓸모없는, 15센트나 20센트에는 턱도 없이 모자라는 물건이다.

나는 그 나이, 다섯 살 때 뉴욕 주 버펄로 시에 사는 패트리샤 고모네로 가서 두 해를 살았다. 아버지가 '안 좋은 시기'를 겪는 중이었다. 패트리샤 고모는 아주 아름다웠고, 고모부는 주식중개인이었다. 그들이 이태 동안 나를 돌봤다. 나는 일곱 살 때 집으로 돌아와, 다시 같이 놀려고 제프티를 찾아갔다.

나는 일곱 살이었다. 하지만 제프티는 여전히 다섯 살이었다. 나는 아무런 차이도 느끼지 못했다. 나는 몰랐다. 겨우 일곱 살이었으니까.

일곱 살 때 나는 우리 앳워터 켄트 라디오 앞에 배를 깔고 누워서 근사한 방송들을 듣곤 했다. 나는 접지선을 라디에이터에 묶고 색칠하기 책과 크레용과 같이(그때는 커다란 상자에 든 16색밖에 없었다) 뒹굴뒹굴하며 NBC 레드 네트워크에서 방송하는 잭 베니가 나오는 〈젤로 프로그램〉과 시트콤 〈에이모스 앤 앤디〉, 에드거 버겐과 찰리 매카트니가 나오는 〈체이즈 앤 샌본 프로그램〉, 〈원 맨스 패밀리〉, 〈퍼스트 나이터〉를, NBC 블루 네트워크에서 방송하는 〈이지 에이스즈〉와 월터 윈첼이 나오는 〈저겐스 프로그램〉, 〈인포메이션 플리즈〉, 〈데스 밸리 데이즈〉를, 그리고 무엇보다 좋았던, 뮤추얼 네트워크에서 방송하는 〈그린 호넷〉과 〈론 레인저〉와 〈새도우〉와

〈콰이어트, 플리즈〉를 들었다. 요즘은 차 라디오를 틀어 끝에서 끝까지 다이얼을 돌려 봐도 나오는 거라곤 현악 100중주 오케스트라 연주나, 거만한 토크쇼 호스트들과 함께 부정한 성생활을 논하는 진부한 주부들과 무미건조한 트럭운전사들 얘기나, 질질 끄는 컨트리와 웨스턴 음악, 그리곤 너무 시끄러워서 귀가 아픈 록 음악이 전부다.

열 살 때 할아버지가 노령으로 돌아가신 후, 부모님은 '문제아'였던 나를 제대로 손보아주려고 군사조직을 모방한 어느 사립학교로 보냈다.

나는 열네 살이 되어 돌아왔다. 제프티는 여전히 다섯 살이었다.

열네 살 때 나는 토요일 오후마다 영화를 보러 다녔다. 흥행작 한 편 보는 값은 10센트였고, 팝콘에는 진짜 버터가 쓰였으며, 언제나 래쉬 라루나 레드 라이더로 분한 와일드 빌 엘리어트와 리틀 비버로 나오는 바비 블레이크나 로이 로저스나 조니 맥 브라운이 나오는 서부영화를 볼 수 있었다. 거기다 론도 해턴이 비열한 남자로 나오는 〈하우스 오브 호러스〉나 〈캣 피플〉이나 〈미이라〉나 프레드릭 마치와 베로니카 레이크가 나오는 〈나는 마녀와 결혼했다〉와 같은 무서운 영화 한 편을 거기에다 또 빅터 조리가 나오는 〈새도우〉나 〈딕 트레이시〉나 〈플래시 고든〉 같은 훌륭한 연속극 한 편과 만화 세 편도 봤다. 그리고 제임스 피츠패트릭의 '트래블토크'와 '무비톤 뉴스'와 다 함께 노래 부르기가 있었다. 저녁까지 남아 있기만 하면 빙고나 키노 게임도 볼 수 있었고, 공짜 저녁 식사도 있었다. 요즘은 영화를 보러 가면 사람 머리통을 무슨 잘 익은 멜론처럼 박살 내고 다니는 클린트 이스트우드가 나온다.

열여덟 살 때 나는 대학에 갔다. 제프티는 여전히 다섯 살이었다. 나는 여름방학이면 집으로 돌아와 조 삼촌이 운영하던 보석가게에서 일했다. 제프티는 변하지 않았다. 그때쯤 나는 그에게 뭔가 다른 점이, 뭔가 잘못된 점이, 뭔가 기이한 점이 있다는 걸 알았다. 제프티는 여전히 다섯 살이었고, 하루도 더 나이 들지 않았다.

스물두 살에 나는 완전히 귀향해서 그 도시에서는 처음으로 중심가에 소니 텔레비전 대리점을 열었다. 나는 가끔 제프티를 만났다. 그는 다섯 살이었다.

여러 가지 면에서 세상은 이전보다 나아졌다. 오래도록 인류를 괴롭히던 몇몇 질병은 이제 더는 사람을 죽이지 못하게 되었다. 차는 더 빠르게 달리고, 더 좋아진 도로를 타고 훨씬 빨리 목적지로 데려다준다. 셔츠는 더 부드러워지고 더 매끄러워졌다. 근사했던 옛날 하드커버와 값이 거의 비슷하긴 하지만, 어쨌든 우리에겐 페이퍼백이 있다. 은행 잔고가 바닥났을 때는 상황이 좀 나아질 때까지 신용카드로 연명할 수 있다. 하지만 그래도 나는 우리가 많은 좋은 것들을 잃어버렸다고 생각한다. 더는 리놀륨을 살 수 없다는 걸 아는가? 살 수 있는 건 비닐 장판밖에 없다. 기름 먹인 방수포 같은 건 이제 없다. 할머니의 부엌에서 나던 그 특별했던 달콤한 냄새는 절대 다시 맡을 수 없다. 가구들은 이제 30년 이상 버티도록 만들어지지 않는다. 시장조사를 해보니 젊은 살림꾼들이 7년마다 가구를 내다 버리고 컬러 코팅된 싸구려 가구 일습을 새로 들이고 싶어 한다는 결과가 나왔기 때문이다. 레코드도 제대로가 아닌 것 같다. 예전 것보다 두껍고 단단한 것이 아니라 얇고 휘어지는데… 나로서는 아무래도 온당치 않아 보인다. 식당들은 이제 큰 유리 주전자에 담긴 크림 대신 작은 플라스틱 통에 든 끈적한 인공 액체를 내놓는데, 그걸로는 아무리 해도 커피에 적당한 색깔을 낼 수 없다. 자동차 펜더는 얇은 천 운동화에 부딪혀도 파인 자국이 난다. 어디를 가든 모든 도시가 버거킹과 맥도널드와 세븐일레븐과 타코벨과 모텔과 쇼핑센터들로 똑같아 보인다. 세상은 더 나아졌겠지만, 나는 왜 자꾸 과거를 생각하게 되는 걸까?

제프티에게 지적장애가 있거나 해서 다섯 살이라는 말이 아니다. 그런 건 아니었다고 나는 생각한다. 제프티는 다섯 살짜리 아이로서는 빈틈없이 영리했다. 아주 명석하고 눈치가 빠르고 귀엽고 재미있는 아이였다.

키가 나이에 비해 조금 작은 편인 90센티미터이긴 했지만, 그는 완벽한 형태를 갖췄다. 머리가 크지도 않고 턱 모양이 남다르지도 않았다. 그런 건 전혀 없었다. 그는 나무랄 데 없는, 정상적으로 보이는 다섯 살짜리 아이였다. 그가 사실은 나와 같은 나이, 스물두 살이라는 사실만 빼면 말이다.

제프티가 말할 때 내는 소리는 다섯 살짜리들이 내는 빽빽

거리는 소프라노 음성이었다. 제프티가 걷는 걸음은 다섯 살
짜리들 특유의 약간 깡충거리면서도 발을 끄는 걸음이었다.
제프티가 얘기하는 건 다섯 살짜리들이 관심을 가질 만한, 만
화책과 병정놀이와 빨래집게로 빳빳한 골판지를 자전거 앞바
퀴에 붙여서 바퀴살이 칠 때마다 모터보트 같은 소리를 내는
방법 같은 것들이었고, 저건 왜 저런 건지, 높은 건 얼마나 높
은 건지, 얼마나 나이를 먹어야 늙은 건지, 풀은 왜 녹색인지,
코끼리는 어떻게 생겼는지 따위를 물었다. 스물두 살에, 제프
티는 다섯 살이었다.

　제프티의 부모는 우울한 한 쌍이었다. 나는 여전히 제프티
의 친구였고, 시간을 내서 제프티를 만났고, 가끔은 제프티를
동네축제나 미니어처 골프장이나 영화관에 데리고 다녔기 때
문에 어쩔 수 없이 제프티의 부모와도 같이 있어야 할 때가 있
었다. 그들을 좋아해서가 아니라 그들이 정말 절망스럽게도
침울했기 때문이었다. 그래도 난 그 불쌍한 부모한테서 뭔가
많은 걸 바라서는 안 된다고 생각했다. 그들 집에는 낯선 생물
이, 22년 동안 다섯 살에서 한치도 더 자라지 않은 아이가 있
었으니까. 그 아이는 아이가 부모에게 주는 보석 같은 특별한
기쁨을 무한정 누릴 수 있게 해주었지만, 동시에 아이가 정상
적인 어른으로 커가는 과정을 지켜보는 즐거움을 빼앗아갔다.
　어린아이에게 다섯 살은 정말로 인생의 황금기다…. 아니,
황금기일 수 있다. 다른 아이들이 빠져들곤 하는 극악무도한

야만성에서 상대적으로 자유롭기만 하면 말이다. 그 시기는 시야가 확장되면서도 아직 고정관념이 자리 잡지 않은 때이고, 세상은 절대 변하지 않으며 희망은 없다는 사실을 아직 힘들게 받아들이기 전이고, 뭐든 하고 싶어 하는 손과 뭐든 배우고 싶어 하는 마음이 있고, 세상이 온통 무한하고 다채롭고 수수께끼로 가득 찬 시기다. 다섯 살은 특별하다. 그때는 무언가를 찾고자 하는, 억누를 수 없는, 꿈꾸는 젊은 공상가의 영혼을 따분한 상자 같은 교실에 처박아 버리기 전이다. 그때는 무엇이든 만지고 쥐고 살펴보고 싶어 하는 떨리는 손을 거두어 책상 위에 가만히 올려두기 전이다. 그때는 사람들이 '나이에 맞게 행동하라'거나 '좀 어른이 돼라'거나 '넌 아기처럼 행동하는구나'라고 말하기 시작하기 전이다. 다섯 살은 사춘기처럼 구는 아이가 여전히 귀엽고 사람들의 관심을 받는 모두의 애완동물이 되는 때이다. 기쁨과 경이와 순수함의 시기.

제프티는 그 시기에, 딱 다섯 살에, 그렇게 갇혔다.

하지만 그의 부모에게 그건 아무도, 사회복지사들도 목사들도 아동심리학자들도 선생님들도 친구들도 의료진들도 정신과 의사들도, 아무도 뺨을 때리거나 흔들어서 깨워줄 수 없는 끝없이 이어지는 악몽이었다. 17년 사이에 그들의 슬픔은 부모다운 애정에서 우려로, 우려에서 걱정으로, 걱정에서 공포로, 공포에서 혼란으로, 혼란에서 분노로, 분노에서 반감으로, 반감에서 노골적인 혐오로, 그리고 마침내 끝없는 혐오와 불쾌감에서 무신경하고 억눌린 수용으로, 단계를 거쳐 가며 커졌다.

존 킨저는 볼더공구 공장에서 교대로 일하는 현장 주임이었다. 그는 그 공장에서 서른 해를 일했다. 직접 겪는 사람들을 제외한 모든 사람이 보기에 그의 삶은 보기 드물게 평탄한 것이었다. 그가 스물두 살 먹은 다섯 살짜리 아이의 아버지라는 점만 빼면, 그의 삶에는 사람들의 시선을 끌 만한 점이 전혀 없었다.

존 킨저는 순한 남자였다. 날카로운 면이라곤 전혀 없는 부드러운 사람이었다. 색이 옅은 그의 눈은 절대 몇 초 이상은 시선을 맞추지 않는 것 같았다. 그는 대화하면서도 끊임없이 몸을 들썩거렸고, 방 천장 모서리에 있는 뭔가를, 다른 사람들에게는 보이지 않는 무언가를 보는 듯했다. 아니, 보고 싶어 하는 듯했다. 나는 그를 가장 잘 설명해주는 말이 '붙들리다'가 아닐까 생각한다. 그의 삶이 어떻게 됐는지 생각해 보면… 음, '붙들리다'라는 말은 그에게 어울린다.

리오나 킨저는 그런 남편을 보완하려고 씩씩하게 노력했다. 그 집에 가면 그녀는 늘 내게 뭔가를 먹이려 했다. 그리고 제프티가 집에 있을 때는 늘 아들에게 뭔가 먹으라고 권하는 중이었다. "얘야, 오렌지 먹을래? 맛있는 오렌지? 아니면 귤 먹을래? 귤 있는데. 내가 껍질을 까줄게." 하지만 그녀에게선 어떤 공포가, 자신의 아이를 향한 공포가 느껴져서 뭘 먹으라고 권하는 그녀의 말은 늘 희미하게 불길한 어조를 띠었다.

리오나 킨저는 키가 컸지만, 세월 탓에 허리가 굽었다. 그녀는 늘 화려한 프린트 무늬나 장미꽃 무늬가 새겨진 보호색 옷을 입고서 어딘가 보이지 않게 사라질 수 있는 벽지가 발린 벽이나 저장실 구석 같은 데를 찾는 듯했다. 아이가 하루에도 수백 번씩 그 앞을 스치면서도 자신을 알아보지 못하게 숨을 참으면서, 그 밝고 커다란 갈색 눈동자에 보이지 않도록. 그녀는 늘 허리에 앞치마를 둘렀고, 두 손은 청소하느라 늘 빨갰다. 주변을 티끌 하나 없이 쓸고 닦는 것으로 상상 속의 죄, 이런 이상한 생물을 낳은 죄를 갚을 수 있기라도 한 듯이 말이다.

둘 다 텔레비전을 그다지 보지 않았다. 그 집은 보통 쥐죽은 듯이 고요했고, 배관을 지나는 쉬쉬거리는 물소리조차, 제자리를 잡느라 삐걱거리는 나무소리조차, 웅웅거리는 냉장고 소리조차 들리지 않았다. 시간마저도 그 집을 돌아서 지나가는 것처럼, 무섭도록 조용했다.

제프티로 말하자면, 악의가 없는 아이였다. 점잖은 공포와 무딘 혐오가 뒤섞인 분위기 속에서 살면서도, 그걸 알았는지 어쨌는지는 모르겠지만 어떤 식으로든 그런 기색을 내비친 적이 없었다. 그는 아이들이 놀 듯이 놀았고, 행복해 보였다. 하지만 그도 느꼈으리라. 다섯 살짜리의 방식으로, 부모가 자신을 얼마나 외계인 대하듯 대하는지를.

외계인이라니. 아니다, 틀렸다. 오히려 제프티는 너무 인간적이었다. 다만 그를 둘러싼 세계에 조응하여 맞아 돌아가는 대신 제 부모가 속한 세계와는 다른 세계의 진동에 공명한 것이리라. 그 세계가 어떤 세계인지는 신만이 아실 것이다. 아무도 제프티와 같이 놀지 않게 되었다. 아이들은 제프티를 지나쳐 자라면서 처음에는 그를 어린애답다고 생각했다가 흥미를 잃었고, 나이 든다는 것이 무엇인지 개념이 분명해지고 나서는, 그가 자기들과 달리 시간의 영향을 받지 않는다는 걸 알고 나서는 완전히 겁에 질렸다. 동네를 돌아다니는 그 나이 또래의 어린아이들조차 길거리에서 차가 갑자기 역발진하는 걸 본 개처럼 화들짝 그를 피하게 되었다.

그래서, 나는 제프티의 유일한 친구로 남았다. 오래된 친구. 5년. 22년. 나는 그를 좋아했다. 말로 다 할 수 없을 만큼. 정확하게 왜 좋아했는지는 모르겠다. 하지만 난 좋아했다. 아낌없이.

하지만 우리가 같이 시간을 보냈기 때문에, 또 그 동네가 예의 바른 곳이었으므로, 나는 그 애의 부모와도 시간을 보내게 되었다. 토요일 오후에 제프티와 영화를 보고 데려다줄 때 나는 가끔 한 시간 정도 같이 저녁 식사를 하곤 했다. 그들은 고마워했다. 비굴해 보일 정도로 그랬다. 내 덕분에 그들은 남부끄럽게 제프티를 데리고 나가야 하거나 세상 사람들 앞에서 완벽하게 정상적이고 행복한 매력적인 아이를 가진 사랑하는 부모인 체해야 하는 부담에서 벗어날 수 있었다. 너무 고마워한 나머지 그들은 내게 음식을 대접하곤 했다. 나로서는 그 시간이 끔찍했다. 의기소침한 그들과 보내는 매 순간이, 끔찍했다.

난 그 불쌍한 사람들이 안쓰러웠지만, 더할 나위 없이 사랑스러운 제프티를 사랑하지 못하는 그들을 경멸했다.

물론 더는 어떻게 해볼 수 없을 정도로 어색한 시간을 보내면서도 그런 말을 입 밖에 낸 적은 없었다.

우리는 그 집 어두워지는 거실에 앉아 있었다. 거실은 늘 어둡거나 어두워지는 중이었는데, 마치 불 켜진 집의 밝은 눈이 드러낼 바깥 세계의 모든 것을 비밀로 묻어놓기 위해 늘 어둠 속에 잠겨 있는 듯했다. 우리는 앉아서 말없이 서로를 바라보곤 했다. 그들은 늘 내게 어떻게 말을 붙여야 할지 몰랐다.

"공장 일은 어때요?" 난 존 킨저에게 말하곤 했다.

그는 어깨를 으쓱거렸다. 대화도 삶도 그에게는 절대 수월하거나 우아하게 들어맞지 않았다.

"좋아, 다 괜찮아." 그가 마침내 말했다.

그리고 우리는 다시 침묵 속에 앉아 있었다.

"커피 케이크 한 조각 먹을래?" 리오나는 말하곤 했다. "오늘 아침에 구웠어." 커피 케이크가 아니면 두껍게 구운 풋사과 파이였다. 아니면 우유와 초콜릿 쿠키거나. 아니면 과일 푸딩이거나.

"아니요. 고맙지만 괜찮아요, 킨저 부인. 제프티와 집에 오는 길에 치즈버거를 두 개나 먹었어요." 그러고는 다시 침묵.

그러다 그들조차 그 고요함과 어색함을 견디기 힘들 정도가 되면(그들이 절대 화제에 올리지 않는 '그것'과 둘만 있을 때 그 완전한 침묵이 얼마나 오래갈지는 아무도 모른다), 리오나 킨저가 말하곤 했다. "애가 잠든 거 같네."

존 킨저가 말하곤 했다. "라디오 소리가 안 들리는데."

내가 공손하게 어딘가 빈약한 근거를 대며 빠져나갈 구실을 찾을 때까지, 상황은 그렇게, 딱 그렇게 진행되곤 했다. 그래, 그런 식이었다. 매번, 똑같이. 딱 한 번만 빼고.

"더는 어찌해야 할지 모르겠어." 리오나가 말했다. 그녀가 울기 시작했다. "아무 변화가 없어. 단 하루도 평화로운 날이 없어."

존이 어렵사리 낡은 안락의자에서 몸을 일으켜 아내에게 갔다. 그는 몸을 구부리고 그녀를 달래려 했지만 세어가는 아내의 머리카락을 만지는 형편없는 손놀림을 봐서는 공감 능력이 마비된 것이 분명했다. "쉿, 리오나, 괜찮아. 쉿." 하지만 그녀는 계속해서 울었다. 그녀가 의자 팔걸이를 덮은 장식 덮개를 가볍게 긁었다.

그러더니 그녀가 말했다. "가끔은 저 애가 사산됐더라면 좋았을 거 같아."

존이 천장 모서리를 올려다보았다. 이름 모를 망령들이 늘 지켜보기 때문일까? 그가 그 공간에서 찾은 건 신이었을까? "진심은 아니잖아." 그는 혹시라도 신이 그 끔찍한 생각을 알아차릴까 봐 잔뜩 긴장한 몸으로, 측은하다는 듯이 목소리를 떨면서 부드럽게 그녀를 종용했다. 하지만 그녀는 진심이었다. 그녀는 정말로 진심이었다.

난 그날 저녁 그 집을 일찍 빠져나왔다. 그들이 누군가 자신들의 수치를 목격하기를 원치 않아서였다. 난 그 집에서 나오게 되어 기뻤다.

　그리고 일주일 동안 나는 거리를 두었다. 그들로부터, 제프티로부터, 그들이 사는 동네로부터, 심지어 그쪽 방향과도.
　내겐 내 생활이 있었다. 가게, 장부정리, 공급업체들과의 회의, 친구들과 하는 포커 게임, 불이 환히 밝혀진 식당에 데려갔던 아름다운 여자들, 내 부모님, 차에 동결방지제 넣기, 소매와 목깃에 너무 풀을 먹인 세탁소에 불만 접수하기, 체육관에서 운동하기, 세금 정산, 현금 등록기에서 돈을 훔친 (누구인지는 모르겠지만) 잰 아니면 데이비드 잡기. 내겐 내 생활이 있었다.
　하지만 그날 저녁의 일도 날 제프티와 떼어놓지는 못했다. 제프티는 가게로 전화를 걸어 로데오에 데려가 달라고 부탁했다. 다른 신경 쓸 일도 많은 스물두 살짜리가…, 음, 다섯 살짜리와 잘 지낼 수 있는 한도 내에서 보자면, 우리는 최고로 잘 지냈다. 무엇이 우리를 묶어놓는지 진지하게 고민해본 적은 없었다. 나는 그냥 우리가 오랜 시간을 같이 지냈기 때문이라고만 생각했다. 말하자면, 동생이 없는 내게 동생처럼 느껴지는 한 아이에 대한 애정 같은 거라고. (우리가 같이 놀던 때, 우리가 같은 나이였던 때를 안다는 점만 빼면. 난 그때를 잊어버리지 않았다. 제프티는 여전히 그대로였다.)
　그러다 어느 토요일 오후에 나는 제프티를 동시상영 영화관에 데려가려고 그 집에 갔었다. 그리고 알아차렸어도 벌써 여러 번 알아차렸어야 했을 일을 그날 오후에서야 처음으로 알아차리기 시작했다.

나는 킨저 씨네 집으로 가면서 제프티가 앞베란다 계단이나 흔들의자에 앉아 나를 기다릴 거라 생각했다. 하지만 그는 어디에도 보이지 않았다. 5월의 햇빛이 한창인 바깥에 있다가 그 어둡고 고요한 실내로 들어가는 건 차마 생각하기도 싫었다. 나는 잠시 현관 앞에 서서 손을 입가에 모으고 소리를 질렀다. "제프티? 어이, 제프티, 이리 나와, 가야지. 늦었어."

어디선가 땅속에서 들리는 것처럼 희미한 소리가 났다.

"도니, 나 여기 있어."

소리는 들렸지만 모습은 보이지 않았다. 제프티였다. 그건 확실했다. '호튼 TV&사운드 센터'의 사장이자 단독 소유주인 나 도널드 H. 호튼을 도니라고 부르는 사람은 제프티밖에 없었다. 그는 다른 이름으로 날 부른 적이 없었다.

(실제로, 이건 거짓말이 아니다. 사람들이 아는 한 나는 그 가게의 단독 소유자다. 패트리샤 고모가 동업자로 등록된 건 내가 열 살때 돌아가신 할아버지의 유산을 스물한 살에 찾았을 때, 가게를 내기에 부족한 부분을 고모한테서 빌렸기 때문이었다. 그다지 큰 금액도 아니었다. 고작 18,000달러에 불과했지만, 나는 돈도 갚을 겸 어릴 때 나를 돌보아주었던 보상도 할 겸 고모에게 숨은 동업자가 돼 달라고 부탁했다.)

"어디 있어, 제프티?"

"베란다 밑 내 비밀장소에."

나는 현관 베란다 옆쪽으로 돌아가서 쭈그리고 앉아 고리
버들을 엮은 격자 창살을 끌어냈다. 거기 안쪽 다져진 흙 위에
제프티가 비밀장소를 만들어 놓았다. 주황색 나무상자에 담긴
만화책들과 작은 탁자와 베개 몇 개를 가져다 놓았다. 커다랗
고 굵은 촛불이 밝혀진 그곳은, 우리가 숨어 있곤 했던 곳이었
다. 우리가 같이 다섯 살이었을 때 말이다.

"거기서 뭐 해?" 나는 안으로 기어들어가 창살을 닫고서 물
었다. 현관 베란다 밑은 서늘했고, 흙바닥에서는 편안한 냄새
가 났으며, 촛불에서도 은밀하면서 친숙한 냄새가 났다. 그
런 장소에서라면 어느 아이라도 편안한 기분을 느낄 것이다.
그런 비밀장소에서 자기 인생에서 가장 행복하고 가장 생산
적이고 가장 달콤한 수수께끼 같은 시간을 보내지 않은 아이
는 없다.

"놀아." 그가 말했다. 그는 뭔가 금빛 나는 둥그런 물건을
들었다. 작은 손바닥에 가득 차는 물건이었다.

"우리 영화 보러 가자고 했던 거 잊어버렸어?"

"아니. 난 그냥 여기서 널 기다렸어."

"엄마 아빠는 집에 계셔?"

"엄마만."

나는 왜 그가 여기 베란다 밑에서 기다렸는지 이해했다. 나
는 더 묻지 않았다.

"그거 뭐야?"

"캡틴 미드나잇 비밀 디코더 배지야." 그가 두 손바닥을 내밀고 그 물건을 보여주었다.

나는 한동안 그게 무엇인지 알아보지 못하고 멍하니 바라보기만 했다. 그러다 제프티가 손에 쥔 그 기적 같은 물건이 무엇인지 갑자기 머리를 스쳤다. 존재할 수 없는 기적이었다.

"제프티." 난 목소리에 놀란 기색을 드러내지 않고 조용히 말했다. "그거 어디서 났어?"

"오늘 우편으로 왔어. 내가 부쳐달라고 했거든."

"돈이 많이 들었겠구나."

"그렇게 많이 들지는 않았어. 10센트랑 코코아 병뚜껑 안에서 뗀 밀랍 인장 두 개."

"내가 봐도 될까?" 내 목소리가 떨렸고 내민 손도 그랬다. 제프티가 그걸 건네주자 난 그 기적을 손에 쥐었다. 놀라웠다.

다들 기억할 것이다. 〈캡틴 미드나잇〉은 1940년에 전국에 방송된 라디오 프로그램이었다. 어느 코코아 업체가 그 프로그램을 후원했다. 매년 비밀 함대 암호해독기 배지가 나왔다. 그리고 매일 프로그램 말미에 공식 배지를 가진 아이들만 판독할 수 있는 암호로 다음 날 방송 줄거리의 실마리를 주곤 했다. 1949년에 그 멋진 해독기 배지의 생산은 중단됐다. 1945년에 나한테 생겼던 해독기를 기억한다. 정말 멋졌다. 암호 다이얼 중앙에 확대경이 붙어 있었다. 〈캡틴 미드나잇〉은 1950년에 방송이 중단됐고, 50년대 중반에 잠깐 텔레비전 시리즈로 방송되면서 1955년과 1956년에 해독기 배지가 생산됐다는 걸 알았지만, 진짜 배지로 말하자면 1949년 이후로는 만들어진 적이 없다고 해야 맞을 것이다.

내 손에 쥔, 제프티가 10센트와(10센트라니!) 코코아 라벨 두 개를 주고 우편으로 받았다는 캡틴 미드나잇 해독기는 반짝이는 금색 금속으로 만들어진 데다 가끔 수집품 전문점에서 엄청난 가격이 붙은 채 발견되는 옛날 것들과 같지 않게 파이거나 녹슨 곳이 하나도 없는 완전한 새것이었다. 그건 새 해독기였다. 그리고 거기에 찍힌 날짜는 올해였다.

하지만 〈캡틴 미드나잇〉은 더 이상 존재하지 않는다. 라디오에 그런 프로그램은 존재하지 않았다. 나는 그즈음 방송사들이 내보내던, 옛날 라디오를 어설프게 흉내 낸 프로그램 한두 개를 들은 적이 있는데, 내용이 따분한 데다 음향효과도 지루했고, 전체적으로 뭔가 잘못되고 철 지난 진부한 느낌이었다. 하지만 난 새 해독기를 쥐고 있었다.

"제프티, 이거 얘기 좀 해봐." 내가 말했다.

"뭘 말이야, 도니? 이건 내 새 캡틴 미드나잇 암호해독기 배지야. 이걸로 내일 무슨 일이 일어나는지 알 수 있어."

"내일?"

"프로그램에서."

"무슨 프로그램?!"

제프티는 내가 일부러 멍청한 체한다는 듯이 나를 쳐다보았다. "캡틴 미드나잇! 좀!" 내가 멍청한 소리를 한 것이다.

난 여전히 곧이곧대로 받아들일 수가 없었다. 바로 눈앞에, 누가 봐도 명확한 물건이 있었지만 나는 여전히 무슨 일이 벌어지는지 알지 못했다. "네 말은, 옛날 라디오 프로그램으로 만든 저 레코드들 말이야? 그거 말하는 거야, 제프티?"

"무슨 레코드?" 그가 물었다. 그는 내 말을 이해하지 못했다.

우리는 거기 현관 베란다 밑에서 서로를 쳐다보았다. 그러다 내가 말했다. 아주 천천히, 어떤 답이 나올지 거의 두려워하는 듯이. "제프티, 넌 어떻게 캡틴 미드나잇을 들어?"

"매일. 라디오로. 내 라디오로. 매일 다섯 시 반에."

뉴스, 음악, 지루한 음악, 그리고 뉴스. 그게 매일 다섯 시 반에 라디오에서 나오는 것들이다. 캡틴 미드나잇은 없다. 그 비밀 함대는 지난 20년 동안 라디오 전파를 타지 못했다.

"우리 오늘 그거 들을 수 있을까?" 내가 물었다.

"좀!" 그가 말했다. 내가 멍청한 말을 한 것 같았다. 제프티가 말하는 투를 보면 그랬다. 하지만 왜인지는 몰랐다. 그러다 어떤 생각이 떠올랐다. 그날은 토요일이었다. 〈캡틴 미드나잇〉은 월요일부터 금요일까지만 방송됐다. 토요일이나 일요일에는 방송하지 않았다.

"우리 영화 보러 갈 거지?"

제프티는 잠시 후에 똑같은 질문을 또 한 번 해야 했다. 내 마음은 어딘가 다른 데에 가 있었다. 분명한 건 없었다. 결론도 없었다. 괜한 추측도 없었다. 나는 그저 잠시 무슨 일인지를 파악하려 했고, 그러고는 누구나 그러듯이 진실을, 불가능하고도 놀라운 진실을 받아들이기보다는 내가 아직 이해하지 못하는 보다 단순한 이유가 있을 거라고, 그냥 잠정적인 결론을 내리면서 잠시 정신을 딴 데 두고 있었다. 모든 좋고 익숙한 것들을 빼앗아가는 대신 하찮은 물건들과 플라스틱을 안겨주는 시간의 흐름 같은 평범하고 지루한 무언가에. 그리고 진보의 이름으로 이루어지는 모든 일에.

"우리 영화 보러 갈 거지, 도니?"

"네 장화를 걸어도 돼, 친구." 나는 말했다. 그리고 미소를 짓고는 그에게 해독기를 건네주었다. 제프티는 그걸 바지 호주머니에 넣었다. 그리고 우리는 현관 베란다 밑에서 기어 나왔다. 우리는 영화를 보러 갔다. 그리고 그날 나머지 시간 동안 우리는 더 이상 캡틴 미드나잇에 관해 얘기하지 않았다. 그리고 그날 나머지 시간 동안 나는 적어도 십 분마다 한 번씩 캡틴 미드나잇에 대해 생각했다.

다음 주는 내내 재고정리 기간이었다. 목요일 오후가 되어서야 제프티를 볼 시간이 났다. 다른 볼 일이 있다고 가게를 잰과 데이비드에게 맡기고 일찍 가게를 나왔다는 사실을 실토해야겠다. 오후 4시였다. 나는 4시 45분경에 킨저네에 도착했다. 리오나가 피곤하고 서먹서먹한 태도로 문을 열어주었다. "제프티 있어요?" 그녀는 아들이 위층 자기 방에 있다고, 라디오를 듣는다고 말했다.

나는 한 번에 두 계단씩 뛰어올랐다.

맞다. 마침내 나는 그 불가능해 보이는, 비논리적인 비약을 했다. 어른이든 아이든 제프티가 아닌 다른 누군가가 그런 걸 믿었더라면, 나는 더욱 말이 되는 결론을 도출했을 것이다. 하지만 그게 제프티였으므로, 다른 종류의 생명체임이 분명했으므로, 그가 경험하는 것들이 정연한 자연법칙에 들어맞을 거라고 기대해서는 안 될 터였다.

난 인정했다. 그런 얘기를 듣고 싶었던 거라고.

문이 닫혔어도 나는 그 프로그램이 뭔지 알아들었다.

"저기 놈이 간다, 테네시! 잡아!"

22구경 소총을 난사하는 소리가 들리고 산탄이 튀는 깡깡거리는 소리가 들리고, 조금 전의 목소리가 의기양양하게 소리쳤다. "잡았다! 딱 맞췄어!"

제프티는 40년대에 내 애청 프로그램의 하나였던, ABC 방송국 790킬로헤르츠 채널에서 방송한 서부모험극 〈테네시 제드〉를 듣고 있었다. 난 그 프로그램을 지난 20년 동안 듣지 못했다. 방송이 되지 않았기 때문이었다.

난 계단 맨 위 칸, 그 집 2층 복도에 앉아서 라디오 연속극을 들었다. 옛 프로그램을 다시 방송하는 게 아니었다. 난 어슴푸레하게나마 그 방송 하나하나를 다 기억했다. 한 편도 놓친 적이 없었으니까. 그리고 그보다 그 프로그램이 새로 만든 것이라는 더 확실한 증거는 광고에 나오는 지금의 문화적, 기술적 발전상들과 40년대에는 대중적으로 사용되지 않았던 문구들이었다. 에어로졸 스프레이 통이라든가 레이저 문신이라든가 탄자니아라든가, '대박'이라는 단어라든가. 난 사실을 외면할 수 없었다. 제프티는 〈테네시 제드〉의 새 단편들을 듣고 있었다. 난 아래층으로 내려가 현관으로 달려나가서는 내 차로 갔다. 리오나는 주방에 있었을 것이다. 나는 차 키를 돌리고 라디오를 틀어 주파수를 790킬로헤르츠에 맞췄다. ABC 채널이었고, 록 음악이 나왔다.

난 잠시 가만히 앉았다가 다이얼을 이쪽에서 저쪽까지 천천히 돌렸다. 음악, 뉴스, 토크쇼들. 〈테네시 제드〉는 없었다. 카 오디오는 내가 장만할 수 있는 최고의 라디오인 블라우풍트 브랜드였다. 주파수가 약한 라디오 채널이라고 놓쳤을 리가 없었다. 〈테네시 제드〉는 그냥 없는 거였다!

잠시 후에 나는 라디오를 끄고, 차 시동을 끄고, 조용히 위층으로 돌아갔다. 난 계단 맨 위 층계에 앉아 프로그램 전부를 들었다. 근사했다.

흥미진진했고, 창의적이었고, 내가 가장 혁신적이라고 생각했던 라디오 드라마의 모든 것이 들어 있었다. 하지만 그건 현대적이었다. 수적으로 점점 줄어드는, 옛날을 그리워하는 시청자들의 수요를 달래기 위해 재방송되는 낡은 것이 아니었다. 익숙하지만 여전히 젊고 선명한 목소리들로 가득 찬 새로운 단편이었다. 지금 살 수 있는 상품을 홍보하는 광고마저도 요즘 라디오에 나오는 선정적인 광고들처럼 시끄럽거나 무례하지 않았다.

5시에 〈테네시 제드〉가 끝나자 제프티가 라디오 다이얼을

돌리는 소리가 났다. 아나운서 글렌 릭스의 친숙한 목소리가
뭔가를 알렸다. "미국 방송의 주역! 홉 해리건 출연!" 비행기
소리가 들렸다. 제트기가 아닌 프로펠러 비행기! 요즘 아이들
이 익숙하게 듣고 자란 소리가 아니라 내가 익숙하게 듣고 자
란, 그렁거리고 홱홱거리는, G-8과 전우들이, 캡틴 미드나
잇이, 친절한 홉 해리건이 몰던 종류의 목쉰 것 같은 비행기
소리였다. 그러고 나는 홉이 말하는 소리를 들었다. "여기는
CX-4, 관제탑 나와라. 여기는 CX-4, 관제탑 나와라. 오버!"
잠시 멈춤. 그러고는, "좋아, 난 홉 해리건이다…. 들어간다!"

그리고 제프티는 방송국마다 가장 인기 있는 프로그램들
을 비슷한 시간대에 경쟁적으로 편성했던 40년대에 우리 모
두가 겪었던 문제를 똑같이 겪었다. 제프티는 홉 해리건과 탱
크 팅커에 경의를 보내면서도 다이얼을 돌려 다시 ABC로 돌
아갔고, 나는 징소리와 함께 와글와글 떠들어대는 의미를 알
수 없는 중국어를 들었다. 그리고 아나운서가 외쳤다. "테-리
와 해적들!"

나는 거기 계단 맨 위층에 앉아서 테리와 코니와 플립 콜
킨과, 맙소사, 〈드래곤 레이디〉의 아그네스 무어헤드와, 밀턴
캐니프가 그 모든 걸 만들던 1937년 판 〈오리엔트〉 시절에는
존재하지도 않았던 '중공'을 무대로 강에서 활동하는 해적들
과 장개석과 군벌들과 무력을 앞세우는 고지식한 미국식 제국
주의 외교가가 등장하는 새로운 모험담을 들었다.

나는 거기 앉아서 연속극 한 편을 다 들었고, 그러고도 계

속 앉아서 〈슈퍼맨〉과 〈잭 암스트롱〉의 일부와 〈올 아메리칸
보이〉와 〈캡틴 미드나잇〉의 일부를 들었다. 존 킨저가 집에 왔
지만, 그도 리오나도 내가 어쩌는지, 또는 제프티가 어디 있
는지 알아보려 위층으로 올라오지는 않았다. 나는 거기 계속
앉아서 문득 울기 시작했다. 울음을 멈출 수 없었다. 그저 거
기 앉아서 한쪽 입꼬리로 흘러드는 눈물을 줄줄 흘릴 수밖에
없었다. 내 소리를 들은 제프티가 방문을 열고 나왔다. 라디
오에서 '텍사스에 소 떼를 모아들이는 시기가 되면 세이지에
는 꽃이 피고'라며 시작하는 〈톰 믹스〉의 주제곡이 흘러나오
는 사이, 제프티는 어린애다운 혼란스러운 표정으로 나를 쳐
다보며 내 어깨에 손을 올리고는 얼굴 가득 미소를 지으며 말
했다. "안녕, 도니. 들어와서 같이 라디오 들을래?"

  흄은 모든 사물이 각자의 장소를 점유하는 절대 공간의 존
재를 부정했다. 보르헤스는 모든 사건이 연관되어 일어나는
절대 시간의 존재를 부정했다.
  제프티는 논리적으로는, 아인슈타인이 생각한 시공간의 자
연법칙으로는 존재할 수 없는 곳에서 내보내는 라디오 프로
그램들을 수신했다. 그는 아무도 만들지 않는 우편주문 상품
을 받았다. 그는 30년 동안 발간이 중지된 만화책들을 읽었
다. 그는 벌써 20년 전에 죽은 배우들이 등장하는 영화를 보았
다. 그는 세상이 변하면서 포기한 과거의 끝없는 기쁨과 즐거
움을 받아들이는 수신기였다. 세계는 새로운 미래를 향해 무

모한 자살비행을 감행하며 단순한 행복이라는 보물의 집을 남김없이 파괴하고, 놀이터에 콘크리트를 퍼붓고, 요정 낙오자들을 저버렸지만, 불가능하게도, 기적적이게도 제프티를 통해 그 모든 것을 다시 현실로 밀어냈다. 전통이 다시 살아나고 새롭게 유지되었을 뿐만 아니라 동시성을 갖게 되었다. 제프티는 본질적으로 마법의 램프처럼 자신의 현실을 형성하는 자생적인 알라딘이었다.

그리고 그는 나를 자신의 세계로 데려갔다.

나를 믿었기 때문이었다.

우리는 아침 식사로 몇십 년 전에 생산이 중단된 시리얼을 먹고, 몇십 년 전에 연재가 중단된 만화 캐릭터가 찍힌 오벌틴 사의 올해 사은품 머그잔에 따끈한 오벌틴 코코아를 타 마셨다. 영화를 보러 가서는 다른 사람들이 골디 혼과 라이언 오닐이 출연한 코미디 영화를 보는 동안 제프티와 나는 도널드 웨스트레이크의 소설 《살육장》을 재치있게 개작한 존 휴스턴의 영화에서 전문절도범 파커로 분한 험프리 보가트의 연기를 즐겼다. 다음 동시상영작은 밸 뉴턴이 제작하고 스펜서 트레이시와 캐롤 롬바드, 레어드 크레거가 주연을 맡은 〈라이닝겐 대 개미〉였다.

한 달에 두 번 우리는 신문가판대에서 통속 잡지인 《새도우》, 《닥 새비지》, 《스타틀링 스토리즈》 최신호를 샀다. 나는 제프티와 같이 앉아 잡지를 읽어주었다. 그는 특히 헨리 커트너가 쓴 최신 단편인 〈아킬레스의 꿈〉과 아원자 입자 우주인

리두르나를 배경으로 한 스탠리 G. 와인봄의 새 단편 시리즈를 좋아했다. 9월에 우리는 《위어드 테일즈》에 실린 로버트 E. 하워드 코난의 신작 소설 〈검은 것들의 섬〉 1화를 재미있게 읽었다. 8월에는 바르숨 시리즈의 존 카터가 나오는 에드거 라이스 버로우즈의 목성 시리즈 네 번째 중편 소설 〈목성 해적선〉을 보고 약간 실망했었다. 하지만 《아르거시 올 스토리 위클리》의 편집자가 시리즈 두 편이 더 나올 것이라 장담했는데, 제프티와 나에게는 그 느슨했던 작품에서 느낀 실망을 잊게 해줄 정도로 기대치 않은 발표였다.

우리는 같이 만화책을 읽었고 제프티와 나는 각자, 서로 얘기도 나누기 전에 우리가 제일 좋아하는 등장인물들이 '인형맨'과 '에어보이'와 '힙'이라고 마음을 정했다. 우리는 또 《징글쟁글 코믹스》에 나오는 조지 칼슨의 연재만화를 좋아했는데, 미묘한 재치 같은 걸 갖기에는 너무 어렸던 제프티에게 몇 가지 난해한 말장난 부분을 설명해줘야 하긴 했지만 같이 읽으면서 많이 웃었던 〈옛날 프레첼 왕국의 파이 얼굴 공주〉를 특히 좋아했다.

이걸 어떻게 설명해야 할까? 난 모르겠다. 대학에서 주먹구구 정도의 추측을 해낼 정도로는 물리학을 배웠지만, 내 추측은 맞기보다는 틀릴 가능성이 더 컸다. 에너지 보존의 법칙들은 가끔 깨진다. 물리학자들이 '경미하게 위배되는' 법칙이라고 부르는 것들이다. 아마 제프티는 우리가 이제야 존재를 깨닫기 시작한 경미한 보존성 위배의 촉매제일 것이다. 난 그

분야의 책을 좀 읽어보려 했다. '금지된' 종류의 뮤온 붕괴, 즉 뮤온 중성미자를 산출해내지 않는 감마 붕괴에 대해서. 하지만 내가 본 건 어느 것도, 심지어 취리히 인근에 있는 스위스 핵연구소에서 펴낸 최신 자료도 실마리를 주지 않았다. 나는 '과학'의 진짜 이름은 마법이라는 철학을 막연하게 납득할 수밖에 없었다.

설명할 수는 없어도 엄청나게 좋은 시간이었다.

내 인생에서 가장 행복했던 시간.

내겐 '진짜' 세계가, 내 가게와 내 친구들과 내 가족과 수익과 손실의 세계가, 세금의 세계가, 쇼핑 얘기나 국제연합 얘기나 커피값이 오른 얘기나 전자레인지 얘기를 하는 젊은 여자들과 보내는 저녁의 세계가 있었다. 그리고 내겐 제프티의 세계가 있었다. 제프티와 같이 있을 때만 현실이 되는 그 세계가. 나는 제프티가 새롭고 신선한 것으로 아는 과거의 것들을 그와 같이 있을 때만 경험할 수 있었다. 그리고 두 세계를 나누는 막은 갈수록 얇아지고 갈수록 밝고 투명해졌다. 난 두 세계에서 제일 좋은 부분을 취했다. 그리고 알았다. 어떻게 알았는지는 모르겠지만, 난 두 세계의 어느 것도 다른 세계로 가져갈 수 없음을 알았다.

아주 잠깐이었지만 그걸 잊어버렸기 때문에, 잊어버려서 제프티를 배신했기 때문에, 이 모든 것이 끝장이 났다.

너무 즐거웠던 나머지 나는 갈수록 조심성이 없어졌고, 제프티의 세계와 내 세계의 관계가 사실은 얼마나 부서지기 쉬운 것인지 인식하지 못했다. 현재가 과거의 존속을 시기하는 데에는 이유가 있다. 나는 정말로 그걸 이해하지 못했다. 생존이 발톱과 이빨과 촉수와 독액과의 싸움으로 그려지는 모험물 어디에도 현재가 과거에 관계될 때 얼마나 사나워지는지를 이해하는 인식은 없었다. 현재가 '지금 이 순간'이 되기 위해, 그래서 그 무자비한 이빨로 '지금 이 순간'을 갈가리 찢어내기 위해, 얼마나 맹렬하게 과거의 것들을 기다리며 도사리는지 어디에도 자세히 언급되지 않았다.

누가 그런 걸 알 수 있을까? 나이를 막론하고, 분명 내 나이에는 아니겠지만, 누가 그런 걸 이해할 수 있을까?

난 변명하려 애쓰는 중이다. 헛수고다. 그건 내 잘못이었다.

또 다른 토요일 오후였다.

"오늘 상영하는 건 뭐야?" 나는 시내로 나가는 차 안에서 제프티에게 물었다.

그가 보조석에서 더없이 환한 웃음을 지으며 나를 올려다보았다. "켄 메이너드가 나오는 〈소몰이 채찍의 정의〉랑 〈파괴된 사나이〉야." 그는 제대로 한 방 먹였다는 듯이 계속 싱글벙글 웃었다. 난 믿을 수 없다는 표정으로 그를 쳐다보았다.

"농담이겠지!" 난 아주 기뻐하며 말했다. "앨프리드 베스터가 쓴 그 《파괴된 사나이》?" 내가 기뻐하는 걸 보고 자기도 기뻐하며 그가 고개를 끄덕였다. 제프티는 내가 그 책을 제일 좋아하는 걸 알았다.

"와, 멋지다!"

"진짜 멋지지." 그가 말했다.

"누가 나와?"

"프랑코트 톤, 에벌린 키스, 라이오넬 배리모어, 엘리샤 쿡 주니어." 나 따위는 비교도 할 수 없을 만큼 제프티는 영화배우들을 많이 알았다. 그는 지금까지 본 모든 영화에 나오는 주요 배우들을 알아보고 이름을 댈 수 있었다. 심지어 군중 장면에서도.

"그럼 만화영화는?" 내가 물었다.

"세 편이 있어. 〈리틀 루루〉, 〈도널드 덕〉, 〈벅스 버니〉야. 그리고 〈피트 스미스 스페셜〉이랑 루 레어의 〈원숭이는 아주 미친 사람들〉이 있어."

"와, 진짜 멋지다!" 내가 말했다. 나는 입이 귀에 걸렸다. 그러던 나는 우연히 고개를 숙였다가 좌석에 놓인 구매요청서철을 보았다. 가게에 들러 주고 온다는 걸 깜박했다.

"상가에 잠깐 들러야겠어." 내가 말했다. "뭘 좀 주고 와야 해. 잠깐이면 될 거야."

"좋아." 제프티가 말했다. "하지만 우리 늦지는 않겠지, 그렇지?"

"어이, 영화 시간에 늦지는 않지." 내가 말했다.

상가 뒤 주차장에 차를 세울 때 제프티는 나와 같이 내려서 극장까지 걸어가기로 마음을 먹었다. 거긴 큰 도시가 아니었다. 영화관은 딱 두 개, '유토피아 영화관'과 '리릭 영화관'뿐이었다. 우리는 유토피아로 갈 예정이었는데, 상가에서 세 구역 밖에 떨어져 있지 않았다.

구매요청서 묶음을 들고 가게에 들어갔더니 일대 소동이 벌어져 있었다. 데이비드와 잰이 각자 고객을 두 명씩 상대하는 중이었고, 도움을 기다리는 손님들이 주변을 둘러쌌다. 잰이 나와 시선을 마주치자 변명하는 듯한 공포에 질린 표정을 지었다. 상품 진열대에 있던 데이비드가 뛰어나와 가까스로 '도와주세요!'라고 중얼거리고는 쫓기듯이 전시실로 사라졌다.

"제프티." 나는 몸을 숙이고 말했다. "그러니까, 몇 분만 기다려 줘. 잰과 데이비드가 저 사람들하고 문제가 좀 있나 봐. 오래 걸리지는 않을 거야, 약속해. 손님 몇 명만 처리할 시간을 줘." 제프티는 불안해 보였지만 이내 고개를 끄덕였다.

난 의자 하나를 가리키며 말했다. "잠깐만 저기 앉아 있으면 내가 금방 올게."

제프티는 마치 무슨 일이 생긴 건지 아는 사람처럼 순순히 의자로 가서 앉았다.

나는 컬러텔레비전을 사고 싶다는 사람을 상대하기 시작했다. 컬러텔레비전을 이처럼 많이 들여놓은 건 그때가 처음이었다. 그즈음에 적정한 수준으로 가격이 내려간 데다 소니의 첫 판촉행사 기간이기도 했다. 그리고 내게는 노다지를 캐는 시기였다. 나는 대출금을 갚고 처음으로 상가에서 매출 선두를 기록하리라 기대했다. 그건 사업이었다.

내 세계에서는 수익성 있는 사업이 최우선이었다.

제프티는 가만히 앉아서 한쪽 벽면을 쳐다보았다. 그 벽면에 대해서 말해야겠다.

그 벽면은 바닥에서부터 천장 밑 60센티미터 지점까지 칸막이와 선반으로 장식됐다. 벽에 텔레비전이 교묘하게 설치됐다. 총 서른세 대였다. 모두가 동시에 화면을 내보냈다. 흑백, 컬러, 작은 화면, 큰 화면 모두가 동시에 돌아갔다.

토요일 오후에 제프티는 거기 앉아서 서른세 대의 텔레비전을 보았다. 우리는 극초단파 교육 방송들까지 포함하여 총 열세 개 채널을 수신했다. 한 채널에서 골프경기를 중계했고, 다음 채널에서는 야구경기를, 그다음 채널에서는 연예인 볼링 대회를 중계했다. 네 번째 채널에서는 종교 관련 토론회가 열렸고, 다섯 번째 채널에서는 청소년용 댄스 예능물이 방송됐다. 여섯 번째 채널은 시트콤을 재방송했고, 일곱 번째 채널은 경찰 드라마를 재방송했고, 여덟 번째는 잇따라 제물낚시를 하는 남자가 나오는 자연 다큐멘터리를 내보냈다. 아홉 번째는 뉴스와 대담이었고, 열 번째는 개조차량 경주였고, 열한 번째에서는 한 남자가 칠판에 대수 문제를 풀었다. 열두 번째에는 레오타드를 입은 여자가 나와 근력 운동을 했고, 열세 번째에서는 스페인어로 더빙된, 작화가 형편없는 만화가 방송됐다. 여섯 개를 제외한 전 채널이 동시에 서른세 대의 텔레비전에 방송되었다. 내가 패트리샤 고모한테서 빌린 돈을 갚고 내 세계와의 유대를 공고히 하기 위해 최대한 재빨리, 그리고 최대한 열심히 물건을 파는 동안 제프티는 토요일 오후에 텔레비전 벽을 보면서 앉아 있었다. 그건 사업이었다.

내가 멍청했다. 난 현재와 그 현재가 어떻게 과거를 죽이는지 이해했어야 했다. 하지만 나는 물건을 파는 데만 정신이 팔렸다. 그리고 30분쯤 지나 마침내 제프티 쪽을 쳐다봤을 때, 그는 완전히 다른 아이 같았다.

제프티는 땀을 흘렸다. 설사병에 걸렸을 때 나는 그런 끔찍한 진땀이었다. 그는 창백했다. 애벌레만큼이나 핏기없이 창백한 얼굴에다 작은 손이 어찌나 세게 의자 손잡이를 움켜잡았는지 툭 튀어나온 관절들이 보일 지경이었다. 난 21인치짜리 '지중해' 신모델을 살펴보던 중년 부부에게 양해를 구하고 그에게 달려갔다.

"제프티!"

제프티가 나를 쳐다봤지만, 눈은 나를 보지 않았다. 그는 절대적인 공포에 사로잡혀 있었다. 내가 제프티를 의자에서 끌어내 출입구로 향하기 시작하자 잠시 양해를 구했던 고객들이 내게 소리를 지르기 시작했다. "어이!" 중년 남자가 말했다. "당신, 장사 할 거요, 말 거요?"

나는 그와 제프티를 번갈아 보다가 다시 그를 쳐다보았다. 제프티는 좀비 같았다. 아이는 내가 끌어낸 그 자리에 가만히 서 있었다. 다리가 후들거렸고 발이 질질 끌렸다. 과거가 현재에 먹히며 고통에 차 신음했다.

나는 바지 주머니에서 되는 대로 돈을 움켜내 제프티의 손에 욱여넣었다. "이봐, 친구… 내 말 들어봐…. 지금 당장 여기서 나가야 돼!" 제프티는 여전히 제대로 초점을 맞추지 못했다. "제프티." 난 최대한 엄격하게 말했다. "내 말 들어!" 중년 고객과 그의 부인이 우리 쪽으로 발걸음을 옮겼다. "이봐, 친구, 지금 당장 여기서 나가. 유토피아 영화관으로 가서 영화 표를 사. 내가 금방 따라갈게." 중년 고객과 그 부인이 거의 우리 곁까지 왔다. 난 문 쪽으로 제프티를 밀고는 그가 반대 방향으로 비틀거리며 가다가 정신이라도 차린 듯이 몸을 돌려 유토피아 영화관 쪽을 향해 상가 정면을 지나가는 것을 보았다. "예, 손님." 난 몸을 일으키고 얼굴을 마주하며 말했다. "예, 사모님, 저 모델은 요즘 인기 있는 신기능들을 탑재한 정말 괜찮은 모델입니다! 잠깐 저와 함께 여기로 와 보시면…."

뭔가 듣기 괴로운 끔찍한 소리가 났지만, 어느 채널에서 나는 소리인지, 어떤 텔레비전에서 나는 소리인지 알 수 없었다.

나는 나중에 매표소 직원과 무슨 일이 있었는지 알려주러 온 지인들에게서 사건의 대강을 알게 되었다. 내가 유토피아 영화관으로 갔을 때는 거의 20분이 지난 후였고, 제프티는 이미 곤죽이 되도록 얻어맞은 채 관리실로 옮겨져 있었다.

"아주 작고 다섯 살쯤 된, 큰 갈색 눈과 갈색 직모를 가진 아이 못 보셨어요? 저를 기다릴 텐데."

"아, 애들이 두들겨 패던 작은 꼬마가 그 애인 거 같아요."

"뭐라고요? 그 앤 어디 있어요?"

"사람들이 관리실로 데려갔어요. 그 애가 누군지, 부모가 어디 있는지 아는 사람이 없어서요."

안내원 제복을 입은 젊은 여자가 긴 의자 옆에 무릎을 꿇고 앉아 젖은 종이타월을 제프티의 얼굴에 대주었다.

난 여자에게서 타월을 받아들고는 사무실에서 나가라고 지시했다.

여자가 모욕이라도 받은 듯한 표정으로 뭔가 무례한 말을 내뱉었지만 어쨌든 방에서 나갔다. 난 긴 의자 한쪽에 앉아 피딱지 앉은 상처가 벌어지지 않게 피를 닦아내려고 애를 썼다. 부어오른 두 눈이 다 감겼다. 입술도 심하게 찢어졌다. 머리카락에 마른 피가 엉겼다.

제프티는 십 대 아이 두 명 뒤에 줄을 섰다. 매표는 12시 30분에 시작되었고, 영화는 1시 시작이었다. 극장 문은 12시 45분이 되어야 열렸다. 제프티는 기다렸다. 앞에 선 청소년 둘이 휴대용 라디오로 야구경기를 들었다. 제프티는 뭔가 다른 프로그램이 듣고 싶었다. 그게 〈그랜드 센트럴 스테이션〉인지 〈렛츠 프린텐드〉인지 〈랜드 오브 더 로스트〉인지, 그가 무얼 듣고 싶어 했는지는 신만이 아시리라.

제프티가 잠깐 다른 프로그램을 듣게 라디오를 빌려줄 수 있냐고 물었다. 그때가 광고가 나오던 때인가 그랬다. 두 녀석이 제프티에게 라디오를 주었는데, 어린아이를 윽박질러 누더기로 만들 구실을 만들기 위한, 뭔가 악의적인 호의였던 것 같다. 제프티가 채널을 돌렸고… 두 청소년은 듣던 야구 중계로 돌아갈 수 없었다. 라디오는 과거에, 제프티 외에는 아무에게도 존재하지 않는 프로그램을 방송하는 채널에 고정되었다.

두 아이가 다들 보는 앞에서 제프티를 심하게 때렸다.

그러고는 도망갔다.

내가 제프티를 홀로 내버려뒀다. 충분한 무기도 없이 현재와 싸우도록 내팽개친 것이다. 나는 21인치 '지중해' 모델 텔레비전을 팔려고 제프티를 배신했고, 지금 그의 얼굴은 곤죽이 되었다. 제프티가 뭔가 알아들을 수 없는 말을 신음하듯이 내뱉고는 나직이 흐느꼈다.

"쉬, 괜찮아, 친구, 나야, 도니. 내가 여기 있어. 집에 데려다줄게, 다 괜찮을 거야."

난 그를 곧장 병원으로 데려갔어야 했다. 내가 왜 그러지 않았는지 모르겠다. 나는 그래야 했다. 그랬어야 했다.

제프티를 안고 집으로 들어가도 존과 리오나 킨저는 그저 나를 바라보기만 했다. 그들은 내 품에 안긴 아이를 받아 안으려 몸을 움직이지도 않았다. 제프티는 한 손을 늘어뜨리고 내 품에 안긴 채였다. 의식이 있긴 했지만 아주 희미했다. 그들은 거기, 현재의 어느 토요일 오후 어둑한 어스름 속에서 나를 쳐다보았다. 나는 그들을 바라보았다. "영화관에서 아이 둘이 이 앨 두들겨 팼어요." 나는 품속에 안은 제프티를 약간 들어 올려 앞으로 내밀었다. 그들은 꼼짝도 하지 않고 나를, 우리 둘을, 아무 감정도 담기지 않은 시선으로 바라보았다. "세상에!" 내가 소리쳤다. "애가 맞았다고요! 당신들 아

66

들이요! 아이한테 손도 대고 싶지 않은 거예요? 대체 무슨 사람들이 이래요?!"

그러자 리오나가 아주 천천히 나에게 다가왔다. 그녀가 잠시 우리 앞에 섰다. 얼굴에는 보기에도 끔찍한 우울한 냉담함이 떠올랐다. 그 얼굴은 말했다. 예전에도 겪었던 일이야, 여러 번. 또다시 이런 일을 견딜 순 없어. 하지만 지금 또 겪잖아.

그리고 그녀는 제프티를 위층으로 데려가 그의 피와 고통을 씻어냈다.

존 킨저와 나는 그 집의 어둑한 거실에 뚝 떨어진 채 서서 서로를 바라보았다. 그는 내게 아무 말도 하지 않았다.

나는 그를 밀치고 털썩 의자에 주저앉았다. 나는 몸을 떨었다.

위층 욕실에서 물 흐르는 소리가 들렸다.

시간이 한참 흐른 듯이 여겨질 때쯤 리오나가 앞치마에 손을 닦으며 아래층으로 내려왔다. 그녀가 소파에 앉았고, 잠시 후에 존이 그녀 옆에 앉았다. 위층에서 록 음악 소리가 들렸다.

"괜찮은 파운드 케이크가 있는데, 한 조각 먹을래?" 리오나가 말했다.

나는 대답하지 않았다. 나는 음악 소리를 들었다. 록 음악이라니. 라디오에서 록 음악이라니. 소파 끝에 달린 탁자에 탁상용 램프가 있었다. 그 불빛이 그늘진 거실에 어둑하고 보잘것없는 빛을 던졌다. 현재의 록 음악이, 위층 라디오에서? 나는 뭔가를 말하려다가, 그제야 깨달았다… 오, 맙소사… 안돼!

내가 벌떡 일어나자 끔찍한 끽끽거리는 소리가 음악 소리를 덮었고, 소파 끝에 놓인 탁상 램프가 어두워지더니 깜박거렸다. 난 뭔가 소리를 질렀다. 나도 무슨 소리였는지는 모르겠다. 그러고는 위층으로 뛰어 올라갔다.

제프티의 부모는 움직이지 않았다. 그들은 그 자리에, 벌써 수년째 앉은 그곳에 손을 포갠 채 앉아 있었다.

난 두 번이나 꼬꾸라지면서 위층으로 달려갔다.

텔레비전에는 내 흥미를 끌 만한 프로그램들이 많지 않다. 나는 중고 가게에서 성당처럼 생긴 옛 필코 라디오를 한 대 사서 수명이 다된 부품들을 아직 작동되는 옛 라디오들을 분해해서 얻은 옛날 진공관들로 교체했다. 트랜지스터나 소자 기판은 하나도 쓰지 않는다. 그런 것들은 작동하지 않는다. 나는 최대한 천천히, 가끔은 전혀 움직이지 않는 것처럼 보일 정도로 천천히 앞뒤로 다이얼을 돌리며 때로는 몇 시간씩 그 앞에 앉아 있곤 했다.

하지만 〈캡틴 미드나잇〉이나 〈랜드 오브 더 로스트〉나 〈새도우〉나 〈콰이어트, 플리즈〉를 찾을 수는 없었다.

그렇게, 그녀는 제프티를 사랑했다. 여전히, 아직도 조금은, 그 모든 일을 다 겪은 후에도. 난 그들을 미워할 수 없다. 그들

은 그저 다시 현재의 세상에서 살고 싶었을 뿐이니까. 현재의
세상을 산다는 건 그렇게까지 끔찍한 일은 아니다.

　이런저런 걸 고려해보면, 좋은 세상이다. 여러 가지 면에
서 예전보다 훨씬 낫다. 사람들은 더는 옛날에 흔했던 병으로
죽지 않는다. 사람들은 새로운 병으로 죽지만, 그게 '진보'다.
그렇지 않아?

　그렇지 않아?

　대답해줘.

　제발 누구라도 대답해줘.

지니는 여자를 쫓지 않아

Djinn, No Chaser

1983년 로커스상 수상

"터키풍이라니, 평생 들어본 적도 없어!" 대니 스콰이어스가 말했다. 그것도 길거리 한복판에서 목청껏.

"대니! 사람들이 다 쳐다보잖아, 목소릴 낮춰!" 코니 스콰이어스가 그의 이두근을 쳤다. 둘은 가구점 앞 길거리에 서 있었다. 대니는 들어가지 않겠다고 결심했다.

"이봐, 코니." 그가 말했다. "이런 고물상 말고 어디 비싸지 않은 현대식 가구점 같은 데로 가자. 내가 아파트를 비싼 고가구로 채우고 시작할 만큼 많이 벌지 못한다는 거 잘 알잖아?"

코니가 살그머니 좌우를 살폈다. 그녀는 의견충돌 자체보다 '남의 시선'을 더 걱정했다. 그러고는 대니에게 몸을 기울이더니 단호한 어조로 말했다. "잘 들어봐요, 스콰이어스 씨. 당신 4일 전에 저랑 결혼했나요, 안 했나요? 그리고 사랑하고 존경하고 아끼고 어쩌고 하면서 온갖 좋은 말로 ~~약속~~을 했나요, 안 했나요?"

대니가 푸른 눈을 굴려 하늘을 쳐다보았다. 할 말이 없어졌다. 본능적으로 방어적인 태도를 보이며 그가 대답했다. "음, 좋아, 코니, 하지만…."

"뭐, 그렇다면, 난 당신 아내고, 당신은 날 신혼 여행에 데려가지 않았…."

"그럴 돈이 없다고!"

"…신혼 여행에 데려가지 않았지." 코니가 집요하게 그 말을 되풀이했다. "그 결과, 우리는 당신이 우스갯소리로 우리 작은 사랑의 둥지라고 부르는 그 토끼장에 약간의 가구를 사 넣을 거야. 그리고 '약간'이 진짜 약간은 아니야. 작은 위안거리로 천 년의 눈물이 마를 수도 있는 거니까. 그러니 다음 몇 주 동안만이라도 내 삶을 견딜 만하게 만들어주려면, 당신이 업존 씨한테 급여를 올려달라고 말할 때까지는…."

"업존 씨라니!" 대니가 거의 비명을 질렀다. "내 직장 상사한테 얼씬하지도 마, 코니. 집적대고 다니지 마. 그가 내 급여를 올려주지도 않을 거고, 난 당신이 그와 떨어져 있는 편이…."

"그때까지는." 그녀가 집요하게 말을 이었다. "우린 우리 아파트를 내가 오랫동안 원해왔던 스타일로 꾸밀 거야."

"터키풍으로?"

"터키풍으로."

대니가 마음대로 하라는 듯이 두 손바닥을 펴 보였다. 무슨 소용이람? 코니가 고집이 세다는 건 알고서 결혼했는데.

그때는 그게 매력으로 보였다. 지금은 그렇게 확실히 말은 못하겠지만. 하지만 그도 마찬가지로 고집이 셌다. 그는 그녀의 고집을 꺾을 수 있으리라 자신했다. 자신했던 것 같았다.

"좋아." 마침내 그가 말했다. "터키풍이군. 그런데 그 빌어먹을 터키풍이란 건 대체 뭐야?"

그녀가 다정하게 그의 팔을 잡고 끌어서 가게 진열창을 보게 했다. "음, 자기야, 이건 실제로는 터키풍이 아니야. 메소포타미아풍에 가까워. 그러니까, 티크 목재와 실크와…."

"끔찍할 거 같아."

"또 시작이네!" 그녀가 눈을 번득이며 입을 꾹 다물고는 그의 팔을 놓았다. "정말로 당신이란 사람이 부끄러워. 그깟 몇 되지도 않는 소소한 즐거움을 빼앗아 내 삶을 눈물바다로 만들려고, 훌쩍, 흑흑…."

우위를 점한 건 그녀였다.

"코니… 코니…."

그녀가 달래려는 그의 손을 뿌리치고 말했다. "이 짐승." 너무 심한 말이었다. 그냥 해보는 말인 게 너무 분명했지만, 그는 갑자기 화가 치밀었다.

"이봐, 망할!"

그녀의 눈에 눈물이 빠르게 차올랐다. 대니는 격분한 채, 어쩔 줄 모르는 채, 의표를 찔린 채, 경찰이 와서 "아가씨, 혹시 이 사람이 귀찮게 합니까?"라고 물어보는 일이 없기를 필사적으로 빌며 서 있었다.

"코니, 알았어, 알았어, 터키풍을 사자. 자, 가자. 아무리 비싸도 상관없어. 내가 어떻게든 돈을 긁어모아 볼게."

거기는 제대로 된 가구가 있을 만한 유리 벽돌과 줄마노로 장식된 (엄청나게 열심히 뒤지고, 엄청나게 많은 돈을 내고, 어떻게 해도 편안한 자세를 취할 수 없는 악몽 같은 모더니즘 가구들을 얼렁뚱땅 속여 팔아먹으려는 장사꾼들을 엄청나게 오래 견뎌낼 수만 있다면 제대로 된 가구를 얻을 수 있을지도 모르는) 백화점이 아니었다. 전혀 아니었다. 거기는 가구점도 아니었다. 거긴 골동품점이었다.

둘은 캐노피가 달리고 기둥마다 금속 장식물이 달린 침대들을 바라보았다. 둘은 손님이 앉을 쿠션들이 여기저기 흩어진 카펫들을 바라보았다. 둘은 바닥에 앉아 연회를 벌일 때 쓰는 높이가 15센티미터쯤 되는 탁자들을 바라보았다. 둘은 무수한 향로와 물담뱃대와 상자와 거대한 꽃병을 꼼꼼히 살펴보았고, 마침내 대니의 머릿속은 죽은 지 한참 된 칼리프들의 궁정으로 가득 찼다.

하지만, 결심했던 것에 비해 코니가 고른 것들은 몇 개 안되었고 값도 적절한 데다, 그런 물건들치고는 상당히 괜찮아보였다. 그리고 시간이 지날수록, 둘이 시내를 돌아다니면서 이런저런 음침한 고물상들을 돌면 돌수록, 대니는 아내의 취

76

향을 갈수록 존경하게 되었다. 그녀는 아파트 한 채를 채울 만한, 전혀 나쁘지 않은 가구들을 고르고 있었다.

6시쯤 쇼핑을 다 끝내고 보니 합해서 200달러에 조금 못 미치는 청구서들이 남았다. 새집을 꾸미는 데 쓸 수 있겠다고, 그러고도 급여로 연명할 수 있겠다고 대니가 결정했던 금액에서 정확하게 30달러가 남는 금액이었다. 그는 안 그래도 빈사상태인 저축계좌에서 200달러를 찾으면서 결국에는 외상으로 가구를 사게 될 게 뻔하거나, 아니면 제대로 된 신혼생활을 시작할 만큼의 가구를 사지 못할 거라고 생각했었다.

그는 피곤했지만 만족했다. 아내는 현명하게 물건을 골랐다. 둘이 있는 곳은 그 도시에서 낙후된 구역이었다. 어쩌다 이런 데까지 오게 됐지? 둘은 두 건물 사이에 낀 공터를 지났다. 두 건물에 걸린 빨랫줄에서 셋방 사람들의 빨래가 펄럭였다. 공터에는 잡초가 무성하고 쓰레기들이 흩어져 있었다.

"이 우울한 주변환경과 녹초가 된 저한테 신경 좀 써주십사 요청해도 되겠습니까?" 대니가 말했다. "택시 타고 돌아가자. 쓰러질 거 같아."

둘이 택시를 찾으러 주변을 돌아보는데, 그 공터가 사라진 것이 아닌가.

바로 그 자리, 두 공동주택 사이에 낀 공터 자리엔 작은 가게가 있었다. 일 층짜리 건물인데, 앞면은 거무죽죽했고, 진열창은 완전히 먼지에 덮여 희끄무레했다. 역시 때가 타서 불투명해진 출입문 유리창에 공들여 손으로 쓴 글씨가 적혔다.

'모하나두스 무카르, 골동품.'

치렁치렁한 웃옷을 걸치고 터키모자를 쓴 왜소한 남자가 출입문으로 튀어나오더니 갑자기 딱 동작을 멈추고는 휙 몸을 돌려 커다란 광고지를 창문에 턱 갖다 붙였다. 그는 풀을 바른 커다란 붓으로 획획 내려치듯이 광고지를 네 번 칠하고는 휙 몸을 돌려 안으로 들어가서 문을 꽝 닫았다.

"아니야." 대니가 말했다.

코니가 입으로 뭔가 기묘한 소리를 냈다.

"우리 집안에 미친 사람은 없어." 대니가 단호하게 말했다. "아주 훌륭한 혈통이라고."

"우리가 뭔가를 잘못 보는 거야." 코니가 말했다.

"그저 잘못 보고 있다는 걸 알아차리지 못하는 거지." 대니가 말했다. 바리톤이던 목소리가 지금은 소프라노에 훨씬 가까웠다.

"뭔가 미친 거라면, 우리 둘 다 그래." 코니가 말했다.

"그렇겠지. 내가 보는 걸 당신도 본다면."

코니가 잠시 잠자코 있더니 말했다. "봤어? 커다란 유람선, 삼 층짜리, 아마도 타이타닉호? 리히텐슈타인 국기가 펄럭이는 다리 위 플라밍고?"

"이것 보쇼, 장난치지 마쇼." 대니가 우는 소리로 말했다. "나, 기분이 이상해지는 거 같으니까."

그녀가 진지하게 고개를 끄덕였다. "좋아. 공터?"

그가 마주 보고 고개를 끄덕였다. "공터. 빨랫줄과 잡초와

쓰레기."

"맞아."

그가 작은 가게를 가리켰다. "작은 가게?"

"맞아."

"터키모자를 쓴 남자. 이름이 무카르?"

그녀가 눈알을 굴렸다. "맞아."

"그런데 왜 우리가 여기로 왔지?"

"난데없이 이상한 가게가 나타나는 이야기들 보면 다 이렇지 않아? 아무 관련도 없는 사람들이 뭔가 거부할 수 없는 힘에 이끌리잖아?"

둘은 보잘것없는 작은 가게 앞에 서 있었다. 둘이 광고지를 읽었다.

'폭탄 세일! 서두르세요! 지금! 당장!'

"'부자연'이라는 단어가 떠오르는군." 대니가 말했다.

"떨리는 마음으로." 코니가 말했다. "그녀는 손잡이를 돌려 문을 열었다."

작은 종이 딸랑딸랑 울렸고, 둘은 문지방을 넘어 모하나두스 무카르의 어둑한 가게 안으로 들어섰다.

"어쩌면 그다지 현명한 짓이 아닐지도." 대니가 나직하게 말했다. 뒤에서 문이 저절로 닫혔다.

가게 안은 서늘하고 곰팡내가 났으며, 이상한 향기들이 꼬리를 물고 둘의 코를 스쳐 갔다.

그들은 조심스럽게 주변을 둘러보았다. 가게에는 고물이

잔뜩 쌓였다. 바닥에서 천장까지, 이 벽에서 저 벽까지, 탁자마다, 산더미같이 쌓였다. 그곳은 괴상한 물건들과 오래된 물건들로 가득 찼다. 물건 더미가 여기저기 바닥에 놓이고 아슬아슬하게 벽에 기대 쌓였다. 잔뜩 쌓인 물건들의 탑과 무더기 사이로는 걸어 다닐 틈도 거의 없다시피 했다. 갖가지 모양의 물건들, 다양한 크기와 색깔의 물건들, 온통 물건들이었다. 둘은 그 뒤죽박죽된 곳에서 물건을 하나씩 따로 떼서 보려고 노력해봤지만, 눈에 보이는 거라곤 그냥 물건, 온통 물건뿐이었다! 물건과 잡동사니와 이런 것과 저런 것과 허접쓰레기들.

"진귀한 미술품들입죠, 선생님." 누군가 설명하는 듯이 말했다.

코니가 놀라서 펄쩍 뛰다가 대니의 발을 밟았다.

무너진 거대한 잡동사니 더미 옆에 선 상점 주인을 허접쓰레기 물건들과 구분하는 데 잠시 시간이 걸렸다.

"광고지를 봤어요." 코니가 말했다.

하지만 대니는 훨씬 무디고 훨씬 직접적이었다. "여긴 공터였어요. 그러더니 잠시 후에, 이 가게가 됐죠. 어떻게 된 거죠?"

왜소한 남자가 먼지를 뒤집어쓴 잡동사니 무더기에서 걸어나왔다. 작은 암갈색 주름진 얼굴이 갑자기 금이 백만 개쯤 그어진 미소를 머금었다. "뜻밖의 사건입죠, 젊은 양반들. 우주라는 천에 생긴 아주 살짝 닳은 구멍이에요. 전 이곳에 놓였는데… 얼마나 오래 있었는지는 모르겠군요. 하지만 여기 있는 동안 장사를 좀 한다고 해서 문제 될 건 없으니까요."

"어, 그렇군요." 대니가 말했다. 그가 코니를 쳐다보았다. 그녀의 표정은 그의 표정만큼이나 멍했다.

"아!" 코니가 소리를 지르고는 골동품들이 줄지어 늘어선 옆 통로 어딘가로 뛰어들어갔다. "이거 완벽해! 소파 옆 탁자에 필요했던 바로 그거야. 오, 대니, 이건 꿈이야! 최고의 꿈이라고!"

대니가 그녀한테 갔지만, 골동품들에 꽉 막힌 어두운 통로에서는 그녀가 무얼 들었는지 알아보기도 힘들었다. 그는 그녀를 밝은 문가로 이끌었다. 그건 딱 그거였다. '알라딘의 램프.'

음, 아마 그 특정인의 램프는 아니겠지만, 어딘지 사악한 냄새를 풍기며 오래된, 기름을 태우는 물건이라는 건 확실했다. 긴 주둥이와 둥근 몸체와 넓고 화려하게 너울거리는 손잡이가 달린 램프였다.

램프는 흐릿한 바닷말 같은 녹색이었는데 갈색 녹이 슨 데다 그을음과 수 세기 어치의 먼지로 빈틈없이 덮였다. 오래됐다는 점에는 이의가 있을 수 없었다. 그처럼 시간이 좀먹은 물건이 진품이 아닐 수가 없었다. "코니, 대체 그렇게 낡은 물건을 어디에다 쓰려는 거야?"

"하지만 대니, 이건 너무너무 완벽해. 조금 닦아주기만 하면 말이야. 조금만 손보면 이 램프는 훌륭한 골동품이 될 거야." 대니는 자기가 졌다는 걸, 그리고 아마 그녀의 말이 맞을 거라는 걸 알았다. 광을 내고 돈을 들이면 아주 멋져 보일 것이다.

"얼마예요?" 그가 가게 주인에게 물었다. 그는 꼭 사고 싶어 하는 사람처럼 보이고 싶지 않았다. 옛날 낙타 대상들은 상대방이 특정 물건을 꼭 가지고 싶어 한다는 걸 알면 무자비하게 흥정에 임했으니까.

"오십 드라크마, 어때요?" 늙은 남자가 말했다. 악의적인 유머가 느껴지는 어조였다. "지금 환율로 계산하면, 오스만 제국이 몰락했다는 걸 고려해서, 삼십 달러요."

대니가 어금니를 물었다. "그거 내려놔, 코니. 나가자."

그가 아내를 끌고 출입문 쪽으로 향하기 시작했다. 하지만 그녀는 여전히 그 램프를 움켜쥔 채였다. 가게 주인이 둘을 불렀다. "좋아요, 선생님. 노련한 손님이시군요, 알겠습니다. 그걸 찾아낸 걸 보면 흥정을 아시는 분인 거죠. 하지만 전 당신네 달러와 이상한 패스트푸드적인 토착 관례들이 있는 이 시간대가 익숙지 않아요. 여기에 내려온 적은 한 번밖에 없었거든요. 그리고 제가 달러보다는 드라크마가, 센트보다는 셰켈이 훨씬 편하기 때문에, 밑지는 게 분명하겠지만, 이 훌륭한 골동품을… 에… 이십 달러에 드리겠소, 어때요?" 성마른 듯한 목소리였고, 그의 어조에는 의심과 희망이 섞였다.

"날강도는 하다못해 총이라도 들었지!" 대니가 다시 한 번 출입구 쪽으로 움직이면서 힐난했다.

"십오 달러!" 가게 주인이 구슬프게 울부짖었다. "그리고

82

당신네 아이들이 다 텔레비전을 너무 많이 봐서 안경을 쓰게 되기를!"

"오 달러! 그리고 매독에 걸린 낙타 십만 마리가 당신 밥그릇에 토하기를!" 대니가 어깨너머로 큰 소리로 맞받아쳤다.

"나쁘지 않아요." 가게 주인이 말했다.

"고맙군요." 대니가 딱딱한 미소를 지으며 말했다. 그는 기다렸다.

"이 흡혈귀! 싼 것만 찾는 무정한 악덕 손님! 신사 궁둥이에 난 여드름! 지하철에 그려진 낙서! 십삼 달러! 그 이하로는 안 돼. 그리고 국제전화전신회사와 아메리카은행이 당신의 황금만능주의를 외면하기를!" 하지만 가게 주인의 눈이 마침내, 다행히도, 뼛속까지 타고난 흥정꾼답게 황금빛으로 번득였다.

"칠 달러! 거기서 한 푼도 더 줄 수 없어, 이 저주받은 아라비아 상인아! 그리고 아주 높은 곳에서 무거운 물건이 떨어져 당신을 쩨쩨한 당신 영혼의 두께만큼 납작하게 만들기를!" 코니가 드러내놓고 경의와 감탄에 찬 표정으로 대니를 우러러보았다.

"십일! 십일 달러, 껌값이야, 이 정도면 완전 도둑질이지. 경비원을 불러, 경찰에 신고해야 돼. 이건 말도 안 되는 값이야!"

"내가 육 달러에서 일 센트라도 더 낼작시면 내 그림자는 당신의 그 사악하고 탐욕스럽게 번득이는 눈앞에서 사라질 것이고, 이 소식은 끝없는 사막을 건너 모든 계곡과 오아시스에 퍼질 거요. 모하나두스 무카르가 썩은 고기한테서 구더기를 훔치고, 말똥한테서 파리를 훔치고, 정직한 노동자한테서 피땀 흘려 번 드라크마를 훔쳤다고. 육 달러, 이 얼빠진 놈, 그게 다야!"

"내가 진짜로 죽을 참이로군." 아랍인이 터키모자 밑으로 보이는 흰 머리카락들을 날려버릴 듯이 소리쳤다. "어디 강도질해보시지, 어서, 뺏어가 봐. 내 생명의 피를 마셔! 십 달러! 내가 이십 달러를 밑지는 거야."

"좋아요, 좋아." 대니가 돌아서서 지갑을 꺼냈다. 그는 안에 남은 십 달러 지폐 세 장 중 한 장을 꺼내고 코니를 돌아보며 말했다. "당신, 진짜로 이 못생기고 더러운 쓰레기를 살거야?" 그녀가 고개를 끄덕이자 그가 왜소한 상인 앞에 지폐를 내밀었다. 대니는 그제야 무카르가 끝이 둥그렇게 말린 뾰족한 슬리퍼를 신었다는 사실을, 귀에 털이 났다는 사실을 깨달았다.

"십 달러."

대니가 미처 손을 빼기 전에 왜소한 남자가 흰족제비처럼 유연하게 10달러짜리 지폐를 홱 낚아챘다. "낙찰!" 무카르가 킬킬 웃었다. 그가 제자리에서 한 바퀴를 돌았다. 둘이 다시 그의 얼굴을 마주했을 때, 지폐는 보이지 않았다. "그리고 알라는 아시겠지만, 완전 도둑이 따로 없지. 치열한 거래였소, 실제로는 강탈이었지만. 복 받으셨소!"

대니는 갑자기 자신이 당했다는 걸 깨달았다. 그 램프는 아마도 어느 고물상에서 집어온 아무 가치도 없는 쓰레기일 것이다. 그게 진짜 골동품이 맞냐고 물어보려는 참에 쓰레기 더미들이 흔들거리고 울렁거리며 불빛에 반짝거리기 시작했다.

"이봐요!" 대니가 경계하며 말했다. "이건 뭐죠?"

왜소한 남자의 주름투성이 얼굴이 공포에 질렸다. "나가요! 나가, 빨리! 시간의 틀이 다시 빨려 나가고 있어! 나가요! 나와 이 가게와 함께 영원 속을 떠돌고 싶지 않다면 지금 나가요. 그러면 난 아무 도움도 줄 수 없어요! 나가요!"

그가 둘을 떠밀었고, 코니가 발을 헛디뎌 넘어지면서 유리 제품 무더기에 처박혔다. 아무것도 깨지지 않았다. 그녀가 뭔가를 짚으려고 내민 손은 그대로 유리를 통과했다. 대니가 그녀를 일으켜 세웠다. 공포에 질린 당황스러움이 그의 몸을 휩쓸었다. 그들을 둘러싼 가게가 계속해서 흔들리며 갈수록 흐릿해지는 것 같았다.

"나가! 나가! 나가!" 무카르가 소리를 질러댔다.

다음 순간 그들은 문가에 있었고, 가게 주인이 끝이 말린 슬리퍼 신은 발을 대니의 등짝에 대고는 글자 그대로 가게에서 차 냈다. 둘이 한 덩어리가 되어 인도로 밀려났다. 램프가 코니의 손에서 떨어져 쨍그랑 소리를 내면서 길옆 도랑에 떨어졌다. 왜소한 남자가 문간에 서서 빙긋 웃었다. 가게가 희미해지며 사라지는 와중에 둘은 가게 주인이 기분 좋게 중얼거리는 소리를 들었다. "딱 9달러 75센트 이득 봤네! 저런 썩

은 물건에! 자넨 쓸모없는 쓰레기를 샀어. 진짜 아무짝에도 쓸
모없는 물건이지. 하지만 내 이 말은 해야겠네. 매독 걸린 낙
타 얘기는 기발했어."

그러고는 가게가 사라졌다. 둘은 텅 빈, 잡초가 무성한 공
터 앞에 섰다.

아무짝에도 쓸모없는 물건이라고?

"당신, 자?"

"응."

"그럼 어떻게 대답을 해?"

"난 예의 바르게 자랐거든."

"대니, 얘기 좀 하자…. 응?"

"대답은 '아니'야. 난 그거에 관해서는 얘기하지 않을 거야."

"우린 얘기를 해야 해!"

"그럴 필요가 없을 뿐만 아니라, 그리고 싶지도 않고, 그러
지도 않을 거니까, 나 잠자게 그만 말해."

"우리 벌써 한 시간째 이렇게 누워 있어. 둘 다 잠을 못 자잖
아. 그 일에 관해서 얘기를 해봐야 해, 대니."

그가 자기 쪽 스탠드를 켰다. 유일한 그 불빛이 뉴저지에 사
는 대니의 형한테서 받아온 소파 겸용 침대에서 퍼져나가 접시
와 아마포가 든 몇 안 되는 나무상자와 결혼선물로 받은 소소
한 주방 가전 세 점과 코니의 이모가 준 등받이가 곧은 의자 몇
개와 둘의 첫 신혼집이 보여주는 황량하고 우울하기 짝이 없는

현실을 희미하게 비추었다.

오늘 둘이서 산 가구들이 배달되면 좀 나아질 것이다. 시간이 지나면, 나아질 것이다. 지금 이곳은 이혼을 부추기는, 크리스마스 시즌에 나이 든 노총각들을 건물 옥상으로 떠미는, 일종의 도회적 살풍경을 보여주었다.

"난 얘기를 해야겠습니다, 스콰이어스 씨."

"그럼 얘기해. 난 엄지로 귀를 막을 테니까."

"내 생각엔 저걸 문질러봐야 할 것 같아."

"뭐라고 하는지 안 들려. '그런 일'은 일어나지 않았어. 내 감각이 뭘 증언하든 난 인정하지 않아. 없었던 일이야. 난 엄지로 귀를 막았으니, 그 미친 짓에 대해서는 한마디도 들리지 않아."

"세상에, 대니, 난 오늘 당신과 같이 거기 있었어. 난 당신과 마찬가지로 '그런 일'이 일어난 걸 봤어. 난 그 이상한 작고 늙은 남자를 봤고, 그 케케묵은 가게가 나타났다가 커다란 트림처럼 사라지는 걸 봤어. 봐, 우리 둘 다 그걸 부정할 순 없어!"

"당신 소리가 들리면 나도 동의할 텐데 말이지. 그러면 난 내 감각의 증언들을 부정하고 당신한테…." 그가 괴로운 표정으로 귀를 막았던 손을 뗐다. "…내 온 마음을 다해서 당신을 사랑한다고, 업존 사 타이핑실에서 당신을 본 그 순간부터 내내 당신을 사랑한다고, 내가 십만 살까지 살더라도 지금 이 순간 당신을 사랑하는 것처럼 다른 사람이나 다른 사물을 사랑할 수는 없을 거라고 말할 거야. 그러고는 당신한테 그건 그냥 잊어버리라고, 그리고 내일 아침에 스스로를 속여 그 일이 내가 아는 식으로 일어나지 않았다고 믿을 수 있도록 지금은 잠 좀 자게 해달라고 말하겠지. 됐어?"

코니가 이불을 걷고 일어섰다. 그녀는 발가벗었다. 둘이 결혼한 지 그렇게 오래되지 않았으니까.

"어디 가?"

"어디 가는지 알잖아."

대니가 소파 겸용 침대에 일어나 앉았다. 그의 목소리에는 쾌활함이라곤 전혀 없었다. "코니!"

그녀가 발걸음을 멈추고 거기 불빛 속에 서서 그를 쳐다보았다.

그가 나직하게 말했다. "하지 마. 나 무서워. 제발 하지 마."

그녀는 아무 말도 하지 않았다. 그녀가 잠시 그를 쳐다보았다. 그러더니, 발가벗은 채 그녀가 침대 옆 바닥에 책상다리로 앉았다. 그녀는 둘이 가진 얼마 되지 않는 세간을 둘러보며 그의 말에 다정하게 답했다. "난 해야 해, 대니. 해야만 해…. 가능성이 있다면, 해봐야 해."

둘은 그런 식으로, 피할 수 없는 무언의 명령을 받고 심연을 가로질러 서로에게 손을 뻗은 사람들처럼 앉아 있었다. 그러다 마침내, 대니가 무겁게 한숨을 쉬며 고개를 끄덕이고는 침대에서 나왔다. 그는 어느 나무상자에서 걸레를 꺼내 상자에다 대고 턴 다음 그녀에게 건네주었다. 그가 뿌옇게 때 끼고 녹슨 기름 램프를 올려놓은 창턱으로 가서 램프를 집어 그녀에게 주었다.

"그 빌어먹을 것을 번쩍번쩍하게 닦으세요, 스카이어스 부인. 누가 압니까? 알고 보니 우리가 24캐럿짜리 지니를 고른 건지. 오, 내 메소포타미아풍 저택의 안주인이시여, 광을 내시게."

그녀가 한 손엔 램프, 다른 손엔 걸레를 들었다. 몇 분이 지나도록 그녀는 둘을 마주 대지 않았다. "나도 겁이 나." 그녀가 불안한 어조로 말하고는 재빠르게 둥근 램프의 배를 문질렀다.

잽싼 그녀의 손길에 녹과 그을음이 군데군데 벗겨지기 시작했다. "제대로 하려면 놋쇠 광택제가 필요하겠어." 그녀가 말했다. 그때, 갑자기 램프를 뒤덮은 더러운 것들이 사라지면서 램프 자체의 반짝이는 표면이 드러났다.

"오, 대니, 이거 진짜 괜찮지 않아? 표면에 앉은 걸 다 벗겨내고 나니 말이야!" 그리고 바로 그 순간에 램프가 그녀의 손에서 튕겨 나가며 가늘고 세찬 회색 연기를 뿜었다. 거대한 목소리가 아파트를 쩌렁쩌렁 울렸다.

"아아…!" 목소리가 지하철보다 더 큰 소리를 질렀다. "**아아…!**"

"**마침내 자유다! 만 년 만에, 앞으로 내내, 자유다! 자유롭게 말하고, 움직이고, 마음대로 말할 수 있어!**"

대니가 뒷걸음질을 쳤다. 그 소리를 들으니 마치 폭탄 투하지점에 선 것처럼 마음이 조여들었다. 창유리가 터져나갔다. 아파트 내부의 모든 전구가 산산이 부서졌다. 그나마 빈약한 둘의 사기그릇들이 담긴 나무상자에서 접시와 컵이 죄다 가루로 변하는 싸락눈 소리 같은 희미한 소리가 들렸다. 몇 구역이나 떨어진 곳까지 개와 고양이들이 울부짖기 시작했다. 코니가 뱃고동처럼 천둥 치는 목소리에 묻혀 전혀 들리지 않는 비명을 지르고는 발목을 접질리며 데굴데굴 굴러 방구석에 처박혔다. 좁은 아파트에 횟가루가 내려앉았다. 창문을 가린 차양들이 말려 올라갔다.

대니가 먼저 정신을 차렸다. 그는 의자를 타고 넘으며 기어가서 공포에 질린 눈으로 램프를 바라보았다. 코니는 하얗게 질린 얼굴로 눈만 휘둥그레 뜨고는 손으로 귀를 막고서 구석에 앉았다. 대니가 일어서서 아무 해가 없어 보이는 램프를 내려다보았다.

"큰 소리 내지 마! 우리가 집에서 쫓겨나는 거 보고 싶어?"

"물론이지, 이 벌레 자식아!"

"내가 말했지. 그 빌어먹을 큰 소리 좀 내지 마!"

"이렇게 속삭이는 소리를? 내가 내뱉을 허리케인에 비하면 이건 약과야, 이 짚신벌레 새끼야!"

"더는 못 참아." 대니가 소리를 질렀다. "무슨 단지에 든 목소리만 큰 지니인가 뭔가 때문에 뉴욕을 통틀어 내가 감당할 수 있는 유일한 아파트에서 쫓겨날 수는…." 그가 말을 멈췄다. 그가 코니를 쳐다보았다. 코니도 그를 마주 쳐다보았다.

"아, 세상에." 그녀가 말했다.

"이거 진짜야." 그가 말했다.

둘은 무릎으로 기었다. 램프는 소파 겸용 침대 옆 바닥에 모로 누워 있었다.

"너 진짜 이 안에 있는 거야?" 코니가 물었다.

"내가 달리 어디에 있겠어, 이 쌍년아!"

"어이, 내 아내한테 그런 식으로 말하지⋯."

코니가 그에게 쉿 하고 입을 다물게 했다. "이게 지니라면, 마음대로 지껄이게 놓아둬. 몽둥이로 치는 것도 아니고 돌을 던지는 것도 아니고, 그냥 말인데 뭐. 가난한 것보다는 욕 좀 듣는 게 낫지."

"에? 음, 누구도 내 아내한테⋯."

"그냥 덮어두세요, 스콰이어스 씨. 난 내가 알아서 할 수 있으니까. 이 램프에 든 게 당신이 날 극장에 데려갔을 때 영화에서 본 지니의 반밖에 안 되는 크기라 해도⋯."

"〈바그다드의 도적〉⋯ 1939년 판이었지. 하지만 렉스 잉그램은 그냥 배우야. 영화에서 크게 보이도록 만들었을 뿐이고."

"그렇다 해도. 그 영화의 지니가 그렇게 컸으니, 이 지니가 그 반밖에 안 된다 해도 당신이 과보호주의 마초 쇼비니스트 남편 노릇을 하는 건 좀 위험⋯"

"만 년이 지났어도 인간들은 여전히 원숭이처럼 더듬거리는구만! 누가 이 소란스러운 해충 떼를 지구에서 좀 박멸해주지 않나?"

"우린 바로 쫓겨날 거야." 대니가 말했다. 극도의 불안으로 얼굴이 잔뜩 일그러졌다.

"그 전에 경찰이 오지 않으면 말이지."

"제발, 지니." 대니가 거의 램프에 입을 대다시피 하고 말했다. "조금만 목소리를 낮춰 줘, 응?"

"냄새나는 놈의 자식 같으니! 어디 한번 고생해보시지!"

"넌 지니가 아니야." 코니가 잘난 체하며 말했다. 대니가 못 믿겠다는 표정으로 그녀를 쳐다보았다.

"이게 지니가 아니라고? 그럼 당신은 대체 이게 뭐라고 생각해?"

코니가 그를 찰싹 때렸다. 그러고는 조용히 하라고 손가락을 입에 갖다 댔다.

"나는 지니야, 이 타락한 창녀야!"

"아니야."

"맞아."

"아니야."

"맞아."

"아니야."

"맞아, 이 납골당에서 몸 파는 매춘부 같으니! 왜 아니라는 거야?"

"지니는 엄청난 힘이 있어. 지니라면 자기 말을 듣게 하려고 그렇게 소리칠 필요가 없잖아. 넌 지니가 아니야, 지니라면 조용하게 얘길 하겠지. 넌 적당한 소리로 말할 수도 없잖

아. 가짜니까."

"말조심해, 이 창녀야!"

"푸, 난 겁나지 않아. 네 말처럼 네가 강하다면, 목소리를 줄이겠지."

"이러면 좀 나아? 이제 확신이 들어?" 지니가 소리를 좀 줄였다.

"그래." 코니가 말했다. "이편이 훨씬 그럴듯한 거 같아. 그런데, 계속 이럴 수 있어? 그게 중요하지."

"그럴 필요가 있다면, 평생이라도."

"그럼 소원도 이뤄줄 수 있어?" 대니가 다시 대화에 끼었다.

"당연하지…. 하지만 넌 아니야, 이 메스꺼운 인간 벌레야."

"어이, 이봐." 대니가 화를 내며 대꾸했다. "난 네가 누구든, 무엇이든 상관없어! 하지만 나한테 그런 식으로 말하지 마." 그때 어떤 생각이 하나 그의 머릿속에 떠올랐다. "무엇보다, 난 너의 주인이잖아!"

"아! 정정하지, 이 원시바다의 오물 새끼야. 세상에는 소유자의 지배를 받는 지니가 있긴 있어. 그런데 너한텐 안됐지만, 난 그런 지니가 아니야. 난 이 금속 감옥에서 나가지 못하니까. 분자압축은 개똥만큼도 모르고, 우주를 묶어주는 힘에 대해서는 그보다도 더 모르는 어느 술 취한 마법사가 아주 오래전에 날 이 저주받은 용기에 가뒀어. 나한테는 턱도 없이 작은 이 램프에 날 넣고는 삼중의 저주를 걸어버린 거야. 그 이후로 난 선한 심성이 썩어 문드러지는 세월 동안 이 안에서 꼼짝하지 못했어. 난 강해. 하지만 갇혔어. 날 소유한 이들이 뭔가를 부탁하거나 소원을 이뤄달라고 부탁해봤자 소용없어. 난 불행해. 그리고 불행한 지니는 사악한 지니지. 내가 자유로워진다면 네 노예라도 될 거야. 하지만 지금은 내가 이런 꼴이니, 너한테 천 가지의 불행을 선사하겠어!"

대니가 큭큭거리며 웃었다. "어디 한번 해보시지. 난 널 소각로에 던져버릴 거야."

"아! 하지만 못할걸? 한 번 램프를 사면 절대 잃어버리거나 파괴하거나 남한테 줘버릴 수 없어. 오직 팔 수만 있지. 난 너희들과 영원히 같이 있을 거야. 대체 누가 이런 끔찍한 램프를 사겠어?"

그리고 하늘에서 천둥이 우르릉거렸다.

"뭘 할 건데?" 코니가 물었다.

"무얼 할 거냐고? 뭐든 말해 봐, 그럼 보여주지!"

"난 빼줘." 대니가 말했다. "넌 너무 괴팍해."

"돈이 가득한 지갑 같은 거 좋아하지 않아?"

램프에서 나오는 목소리가 진지하게 들렸다.

"음, 좋지, 돈은 필요해, 하지만…."

어마어마하게 큰 지니의 웃음소리가 울리다가 멈추자 천장 밑 어느 지점에서 개구리가 비처럼 쏟아지기 시작했다. 작고 악취를 풍기는 꾸물거리는 녹색 생물체들이 대니와 코니에게 철썩철썩 떨어졌다. 코니가 비명을 지르며 옷장으로 뛰어들었다. 잠시 후에 나온 그녀의 머리카락은 개구리 범벅이었다.

옷장 안에도 개구리가 떨어졌다. 개구리 비가 계속되자 대니가 놈들을 피해 보려 현관문을 열었다. 복도에도 개구리가 떨어졌다. 자신이 여전히 벌거벗었다는 사실을 깨달은 대니가 문을 꽝 닫고 들어와서는 두 팔로 머리를 가렸다. 개구리들이 꿈틀거리며, 악취를 풍기며 떨어졌다. 둘은 이내 무릎까지 개구리에 파묻혔다. 작고 불결한, 오톨도톨 혹이 난 몸체들이 둘의 얼굴까지 뛰어올랐다.

"내 성질은 어쩌면 이리 고약한지!" 지니가 말하고는 껄껄 웃었다. 그리고 다시 웃었고 그 쨍쨍거리는 소리가 조용해지자 개구리 비가 멈추고 사라지더니 피의 홍수가 시작됐다.

　그런 식으로 일주일이 지났다.

　어디를 가도 지니에게서 벗어날 수 없었다. 둘은 또 서서히 굶주리기 시작했다. 식료품을 사러 나갈 때마다 발밑에서 땅이 갈라지거나 길에서 코끼리 떼가 쫓아오거나 수백 명의 사람이 심한 병에 걸려서 그들에게 토하곤 했다. 그래서 둘은 집 안에 머물며 결혼 첫 나흘 동안 비축해둔 통조림 음식을 먹었다. 하지만 아파트를 바닥부터 천장까지 채운 메뚜기나, 두 사람이 하얀 생쥐라도 되는 양 집요하게 달려드는 뱀 틈에서 누군들 제대로 먹을 수 있겠는가?

　처음에는 개구리였고, 다음은 피의 홍수였고, 그다음은 소용돌이치는 먼지 폭풍이었고, 그다음은 거미와 각다귀였고, 그다음은 뱀이었고, 그다음은 메뚜기였고, 그다음은 둘이 벽에 찰싹 붙어서 휘두르던 의자를 먹어치운 호랑이였다. 그러고는 박쥐와 문둥이와 우박이 왔고, 그다음엔 아파트 바닥이 사라졌다. 둘이 간신히 벽 장식물에 매달린 사이 예정보다 빨리 배달된 가구들이(배달 인부들이 우박을 맞으며 안으로 날라 줬다) 밑으로 떨어져 아래층에 사는 나이 든 여성을 거의 죽일 뻔했다.

그다음엔 벽이 벌겋게 달아오르며 녹아내렸고, 그다음엔 번개가 모든 것을 검게 태웠고, 그다음엔 마침내 대니가 한계에 이르렀다. 그는 머리끝까지 화가 나서 종잡을 수 없는 말을 끽끽거리며 전구 소켓과 바닥 판재 틈에서 뻗어 나오는 식인 넝쿨들을 마구잡이로 뽑아 뒤엎었다. 그는 결국 호수를 이룬 원숭이 오줌 구덩이 한가운데 주저앉아 얼굴이 퉁퉁 붓고 눈이 새빨개지고 코가 평소보다 세 배나 커질 때까지 꺼이꺼이 울었다.

"더는 못 참겠어, 떠날 거야!" 그가 자기 발을 두드리고 바짓단을 뜯어내려 하면서 신경질적으로 소리를 질렀다.

"그 여자와 이혼하는 수가 있어. 그러면 넌 그 구매 계약에서 제외되지. 네가 아니라 그 여자가 램프를 원했으니까." 지니가 안을 제시했다.

대니가 고개를 들고 (때마침 잘 숙성된 검은 앵거스 종 소똥이 얼굴을 덮쳤다) 소리쳤다. "안 해! 네 맘대로는 안 될걸. 우리는 겨우 일주일 하고 나흘 전에 결혼했어. 난 아내를 떠나지 않아!"

이런저런 상처로 만신창이가 된 코니가 비틀거리며 다가와 그를 껴안았다. 대니가 타피오카 푸딩으로 변해서 흐물흐물 녹는 중이었지만 말이다. 하지만 사흘 뒤, 그가 세상에서 제일 무서워하는 사람들의 유령 같은 것들이 한시도 떠나지 않고 주변을 맴돌자 대니는 완전히 정신을 놓고 한때는 전화기였던 보아뱀으로 요양원에 전화해달라고 코니에게 부탁했다. "이것들이 다 끝나면 와서 날 데려가." 그는 그녀의 담쟁이덩굴 입술에 입을 맞추며 처연하게 울었다. "우리가 따로 떨어져 있으면 놈도 약간 자비를 베풀지 몰라." 하지만 둘 다 과연 그럴까 의심했다.

아래층 벨이 울리고, 정신병 요양원에서 나온 사람들이 둘의 아파트였던 아수라장 속으로 들어와 어렵사리 늪의 진흙에서 발을 빼내는 코니를 보았다. 그들이 대니를 하얀 구급차에 급히 싣는 동안 그와 그녀는 같이 울었다. 코니의 남편이 멀어지는 사이, 기분 나쁜 웃음소리가 천둥처럼 하늘을 우르르 울렸다.

코니는 혼자 남았다. 그녀는 다시 아파트로 돌아갔다. 달리 갈 데가 없었다.

그녀는 녹은 용암구덩이에 넘어졌고, 개미들이 살을 물어뜯고 공수병에 걸린 쥐들이 벽지를 갉는 동안 생각하려 애썼다.

"지금까지는 다 몸풀기였어." 램프 안에서 지니가 말했다.

*

일시적 불안증 환자들을 위한 보호시설에 대니의 입소가 허락된 지 사흘도 채 되지 않아 코니가 데리러 왔다. 코니가 대니의 병실로 들어갔다. 창문 커튼이 다 내려졌고, 침대보가 매우 희었다. 대니는 그녀를 보는 순간 이를 덜덜 떨었다.

그녀가 다정하게 미소를 지었다. "내가 잘 모르는 사람이었으면 당신이 날 보고 너무 좋아서 그러는 게 아니라고 생각할 거야, 스콰이어스 씨."

그가 이불 밑으로 미끄러져 들어가서는 눈만 빼꼼 내놓았다. 이불 밑에서 그의 목소리가 들렸다. "혹시 종기라도 날까 싶어서 그래. 그거 분명히 재발할 게 뻔하니까. 주간 간호사가 지저분한 걸 싫어하거든."

"내 보호주의 마초 남편은 대체 어디로 가버렸지?"

"난 내내 몸이 좋지 않았어."

"그래, 음, 그건 다 끝났어. 당신은 아주 원기 왕성하니까, 이제 궁둥이를 잽싸게 놀려서 여기서 나가자."

대니 스콰이어스가 미간을 찌푸렸다. 머리카락이 개구리 범벅이었던 여자의 어조가 아니었다. "난 이혼할까 아니면 자살할까 고민 중이었어."

그녀가 이불을 걷어내자 병원 가운 자락 밑으로 불쑥 튀어나온 맨다리가 보였다. "집어치워, 친구. 이혼을 고려하기 전에 세상엔 아직 우리가 시도도 못 해본 체위가 못해도 백 가

지 하고도 열 가지는 더 있어. 이제 침대에서 일어나 나가실
까요?"

"하지만…."

"… 움직이지 않으면, 내가 걷어차 줄게."

당황한 채 그는 움직였다.

시동을 건 롤스로이스 한 대가 바깥에서 기다렸다. 정신적
으로 무기력한 환자들을 위한 시설의 현관문을 나서면서 대
니는 코니의 도움을 받아 퇴원용 휠체어에서 일어났다. 제복
을 입은 운전사가 튀어나와 차 문을 열어주었다. 둘이 뒷좌석
에 앉자 코니가 말했다. "집으로 가요, 마크." 운전사가 고개
를 끄덕이고는 잽싸게 차를 한 바퀴 돌아 운전석에 올랐다. 롤
스로이스가 이중 머플러 덕분에 숨죽인 듯한 부릉부릉 소리
를 내며 출발했다.

대니가 끽끽거리는 성마른 목소리로 말했다. "우리가 리무
진을 빌릴 여유가 있어?"

코니는 그저 미소를 지으며 그의 곁으로 바싹 다가앉을 뿐
대답은 하지 않았다.

잠시 후에 대니가 물었다. "그런데 어떤 집 말이야?"

코니가 팔걸이에 달린 조작판에서 어떤 단추를 누르자 앞
좌석과 뒷좌석 사이에 소리 없이 유리 칸막이가 쳐졌다. "내
부탁 좀 들어줘." 그녀가 말했다. "집에 갈 때까지 스무고개를
참아줄 수 있겠어? 정말 힘든 사흘이었거든. 내가 부탁하는

건 한 시간만 그냥 잠자코 있어 달라는 거야."

대니는 마지못해 고개를 끄덕였다. 그러자 그녀가 엄청나게 값비싸 보이는 옷을 입었다는 사실이 눈에 들어왔다. "당신이 입은 모피 코트에 대해서도 안 물어보는 게 낫겠지, 그렇지?"

"그래 주면 좋겠어."

그는 스무 개는 가뿐히 넘는 묻지 못할 질문들을 머릿속에서 이리저리 굴리며 불편한 침묵을 지켰다. 조용히 앉았던 그는 차가 뉴욕으로 가는 고속도로를 타지 않았다는 사실을 깨달았다. 그는 상체를 벌떡 일으키고는 자신들이 어디에 있는지 확인하기 위해 이리저리 고개를 획획 돌리며 뒷좌석 창문 밖을 쳐다보았다. 그러자 코니가 말했다. "우린 맨해튼으로 가지 않아. 코네티컷 주에 있는 다리엔으로 가."

"다리엔? 대체 다리엔에 우리가 아는 사람이 누가 있다고?"

"음, 한 명을 꼽자면, 업존 씨가 다리엔에 살아."

"업존! 세상에, 그가 날 해고하고는 직접 처형하려고 차를 보냈구나! 미리 알아봤어야 했는데!"

"스콰이어스 씨." 그녀가 말했다. "대니, 자기, 내 사랑하는 대니, 잠시만 그 입 좀 닫아주면 정말로 고마울 거 같은데! 업존 씨는 이제 우리와 아무 상관이 없어. 전혀."

"하지만…, 하지만 우린 뉴욕에 살잖아!"

"더는 그렇지 않아."

✳

20분 뒤에 그들은 다리엔에서도 가장 집값이 비싼 구역으로 들어가서 어느 사유지 도로로 접어들었다.

그들은 근사하게 손질된 에트루리아 소나무들이 줄지어 늘어선 사유지 도로를 10킬로미터도 넘게 달려 구부러진 어느 진입로로 들어섰다. 500미터쯤 떨어진 곳에서 진입로가 나선형을 그리며 거대하고 사치스러운, 완벽하게 우아한 빅토리아풍 저택 앞을 휘감았다. "자." 코니가 말했다. "당신 집이야."

"여기엔 누가 살아?" 대니가 물었다.

"방금 말했잖아. 우리가 살아."

"당신이 그렇게 말한 거 같았어. 나 여기서 내려줘. 정신병원까지 걸어갈 거야."

롤스로이스가 저택 앞에 멈추자 집사가 달려와 그들을 대신해 차 문을 열어주었다. 둘이 차에서 내리자 집사가 코니에게 깊숙이 절을 했다. 그러고는 대니 쪽으로 몸을 돌렸다. "집에 오신 것을 환영합니다, 스콰이어스 씨." 그가 말했다. 대니는 대답도 못 할 정도로 무기력했다.

"고마워요, 펜즐러." 코니가 말했다. 그러고는 운전사에게 말했다. "차를 차고에 갖다 놔요, 마크. 오늘 오후에는 쓸 일이 없을 거 같아요. 하지만 포르쉐에 기름을 넣고 준비를 해둬요. 이따 늦게 땅을 둘러보러 나갈지도 모르니까요."

"잘 알겠습니다, 스콰이어스 부인." 마크가 대답하고는 차를 몰고 사라졌다.

대니는 흡사 한 사람의 몽유병자 같았다. 그는 코니가 이끄는 대로 안으로 들어갔고, 사치스러운 실내장식과 장엄한 홀과 발이 푹푹 빠지는 깔개와 호화로운 가구와 한쪽 벽을 차지한 복합통신 설비와 단추만 누르면 바닥에서 솟아나는 아르데코풍 바와 마치 자신이 그곳의 주인인 양 그에게 절을 하고 미소를 짓는 하인들을 보고는 더욱 어리벙벙해졌다. 그는 최신 가전들이 빠짐없이 비치된 드넓은 주방과 코니가 들어서자 거대한 국자를 든 채 정중하게 인사하는 프랑스인 주방장을 보고 깜짝 놀랐다.

"이, 이게 다 어디서 난 거야?" 마침내 그가 에스컬레이터를 타고 위층으로 이끄는 코니에게 헐떡거리며 물었다.

"왜 이래, 대니. 이게 다 어디서 났는지 알잖아."

"롤스로이스, 집, 땅, 모피 코트, 하인들, 현관에 걸린 페르메이르 그림, 푸른색 유리로 장식한 아르데코풍 바, 빔 텔레비전 시설이 갖춰진 오락실, 영화관, 볼링장, 폴로 경기장, 해수수영장, 에스컬레이터에다 지금 보니까 당신 목에 걸린 여섯 겹짜리 검은 진주 목걸이… 이 모든 게 다 지니한테서 났다고?

"뭔가 기가 막히는 것 같지, 그렇지 않아?" 코니가 솔직하게 말했다.

"난 뭔가 이해가 잘 안 돼."

"이해가 잘 안 될 게 뭐가 있어, 대니. 지니가 당신을 힘들게 했고, 당신은 그걸 감당할 수 없어서 포기했지만, 어쩌다

보니 내가 그 늪에서 이것들을 다 끌어내게 된 거지."

"난 다시 이혼을 고려하는 중이야."

둘은 야마자키와 고바야시, 다카히코 리, 켄조 타니이, 오라이 등 근대 일본 일러스트레이션 작가들의 그림이 줄줄이 걸린 긴 복도를 걸어갔다. 코니가 걸음을 멈추더니 대니의 떨리는 어깨에 양손을 얹었다.

"지금 우리가 겪고 있는 문제가 뭐냐면 말이야, 대니. 자기 정체성 재평가라는 거야. 이번 건 별로 좋지 않은 사례지. 모든 전투에서 다 이기는 사람은 없어. 우리는 결혼한 지 채 2주도 안 됐지만, 서로 안 지는 3년이야. 당신은 전에 내가 얼마나 많은 실패를 했는지 몰라. 그리고 난 당신이 전에 얼마나 많은 성공을 거뒀는지 모르고. 나한테는 지난 3년간 당신을 안 것만으로도 당신과 결혼하기에 충분했어. '이 사람은 내가 못하는 일을 감당할 수 있겠구나!' 생각하는 거지. 내가 생각하기에는 그게 결혼의 상당히 큰 부분이야. 내가 매번 골을 넣을 수 있는 것도 아니고, 당신도 그래. 가정이라는 하나의 단위가 유지되는 이상은. 이번엔 내가 골을 넣었어. 다음번은 당신이 넣겠지. 아마도."

대니가 삐죽이 미소를 지었다. "나 이혼을 고려하지 않아."

뒤에서 뭔가가 움직이는 낌새에 그가 흘깃 어깨너머로 돌아보았다. 키가 3미터가 넘고 흑요석을 깎아낸 듯 윤곽이 뚜렷한 이목구비에 어느 모로 보나 신체적으로 완벽한 데다 나무랄 데 없이 재단된 고급 양복을 쫙 빼입고 단정하게 실크 넥타이를 맨 아도니스 같은 흑인이 복도가 교차하는 지점에 있는 문짝 높이가 4미터가 넘는 거대한 방에서 나와 복도에 섰다.

"어…." 대니가 말했다.

코니가 힐끗 돌아보았다. "안녕, 마수드. 스콰이어스 씨, 이프리트의 마지킨 지니이자 모든 지니의 주인인 마수드 잔 빈 잔 씨를 소개합니다. 우리의 후원자야. 내 친구이고."

"얼마나 좋은 친구야?" 대니가 자기 앞에 3미터도 넘게 솟아오른 완벽한 성적 매력의 상징 같은 존재를 바라보며 속삭였다.

"우린 육체적으론 서로를 몰라, 당신의 그 비열한 언급이 의미하는 바를 내가 제대로 알아들은 거라면." 그녀가 대답했다. 그리고 어쩐지 수심에 잠긴 듯이 덧붙였다. "난 그의 취향이 아니야. 내가 보기엔 레나 혼한테 반한 거 같아." 반쯤 화가 난 대니의 표정을 보고 그녀가 또 덧붙였다. "세상에, 그렇게 쓸데없이 의심하는 짓 좀 그만해!"

마수드가 발을 떼더니 두 걸음 만에 4~5미터를 건너와 전통 이슬람식 인사를 하고는 전형적인 미남 배우 같은 얼굴에 미소를 띠며 우아하게 물러섰다. "집에 오신 것을 환영합니다, 주인님. 어떤 분부든 편하게 내리십시오."

놀란 대니가 어찌할 바를 몰라 할 말을 잊은 채 지니와 코니를 번갈아 쳐다보았다. "하지만…, 넌 램프에 갇혔잖아…. 성질 나쁘고, 오 그래, 넌 심술궂었어…. 어떻게 네가… 어떻게 코니가…."

코니가 웃음을 터뜨렸고, 지니도 대단히 위엄있게 웃었다.

"넌 램프 안에 있었어…. 네가 우리한테 이 모든 걸 줬다니…. 하지만 넌 우리한테 분노 말고는 아무것도 안 줄 거라고 했잖아! 대체 왜?"

지니가 둘에게 따스한 미소를 지으며 대답했다. 대니는 그 부드러운 목소리가 하늘을 나는 새도 떨어뜨릴 것 같던 예전의 그 낯선 목소리와 같다는 사실을 겨우 알아챘다. "훌륭한 부인께서 절 풀어주셨어요. 세상에서 가장 끔찍한 지하감옥에서 영원한 복통을 앓으며 옴짝달싹 못 하고 고통 속에 웅크린 채 만 년을 보냈는데, 코니 주인님께서 절 풀어주셨어요. 만 년 동안 잔혹하고 돈만 아는 주인만 백 명쯤 겪다가 처음으로 절 존중해주는 분의 손에 떨어진 겁니다. 저희는 친구입니다. 저는 그 우정이 스콰이어스 주인님께도 이어지길 바랍니다." 마치 마음을 터놓고 자기 심정을 토로하는 연설을 준비라도 한 것 같았다. "이제 자유로워진 저는 제 족속을 전설 속의 존재에 불과하다고 믿는 이 시대 인간들 가운데 존재하게 되었습니다. 그래서 흥미진진한 새 삶을 살 수 있게 되었죠. 예전 저의 증오와 분노가 끝이 없었듯이 지금 저의 감사하는 마음도 끝이 없습니다. 저는 이제 더 이상 악귀처럼 행동할 필요가 없습니다. 이제는 시편 제41장에서 랍비 예레미야 빈 엘리아자르가 말씀하셨던 종류의 이프리트가 될 수 있습니다. 저는 인간의 시간으로 사흘간 이 세상의 많은 것을 봤습니다. 제가 보기에는 둘도 없이 즐거웠습니다. 그 속도와 그 반짝임과 그 빛. 무엇과도 비교할 수 없는 아름다운 레나 혼. 농구 좋아하십니까?"

"하지만 어떻게? 코니, 당신 대체 어떻게 한 거야? 아무도 그를 꺼내지 못…."

코니가 대니의 손을 잡고 높이가 4미터가 넘는 문으로 이끌었다. "네 방에 들어가 봐도 될까, 마수드?"

지니가 잽싸게 어서 듭시라는 몸짓을 하고는 둘이 지나가자 머리가 바닥에 닿도록 절을 했다.

둘은 지니의 거처에 발을 들여놓았다. 고대 바스라와 천일야화의 시대로 들어선 것 같았다. 아니면 코넬 와일드가 나오는 역사 영화 속으로나.

하지만 거기, 사방에 비단이 널리고 벽을 장식한 천들과 바닥에 놓인 쿠션들과 양초들과 놋쇠 장식품들이 널린 넓은 방 중앙에는 흑마노로 만든 장식대가 있고, 그 위에는 성상이 든 투명한 상자 하나가 놓여 있었다. 어디선가 한 줄기 빛이 들어와 성상을 비추었다.

"가끔은 마법도 기술에 고개를 숙여야 할 때가 있지." 코니가 말했다. 대니가 앞으로 나섰다. 검은 벨벳 쿠션에 놓인 게 무엇인지 분간할 수 없었다. "그리고 가끔은 고대의 분노도 상식에 고개를 숙여야 하는 법이야."

대니는 이제 그게 무엇인지 알아볼 수 있을 만큼 가까이 다가갔다.

간단했다. 너무나 간단했다. 하지만 지금껏 누구도 그 생각을 하지 못했던 것이다. 먼저 램프를 소유했던 사람들도 무척이나 필요로 했을 테지만, 그때는 세상에 존재하지 않았던 물건이었을 테다.

"깡통 따개." 대니가 말했다. "깡통 따개!? 이 간단하고 시시한, 매일 쓰는 깡통 따개!?! 이게 다야? 난 정신이 완전히 무너졌는데, 넌 깡통 따개를 찾아냈다고?"

"힘 좀 썼지." 코니가 마수드에게 윙크를 하며 말했다.

"귀엽지 않아, 코니." 대니가 말했다. 하지만 그는 리츠크래커만 한 다이아몬드를 생각하는 중이었다.

소년과 개

A Boy and His Dog

1970년 네뷸러상 수상

1970년 휴고상 노미네이트

1976년 휴고 최고드라마상 수상

1

나는 내 개 블러드와 같이 밖에 나와 있었다. 그 주는 블러드가 날 앨버트라 부르면서 괴롭히는 주였다. 놈은 그게 우라지게 재미있다고 생각하는 모양이었다. 소설가이자 개 사육사였던 앨버트 페이슨 터휸 말이다. 하하.

난 놈에게 커다란 황록색 물쥐 두 마리와 '아랫동네' 어딘가에서 목줄을 풀고 도망 나온, 털이 잘 손질된 길 잃은 푸들 한 마리를 잡아주었다.

블러드는 그것들을 아주 잘 먹었지만, 짜증이 나 있었다. "자, 개새끼야." 내가 윽박질렀다. "이제 나한테 엉덩짝 하나라도 찾아줘."

블러드는 개 특유의 저음으로 킄킄거렸다. "너, 발정 나면 웃기더라." 놈이 말했다.

네 쫄깃한 똥구멍을 걷어차 줄 만큼 웃기겠지, 딩고 무리에서 도망 나온 놈 주제에.

"찾기나 해! 농담 없어!"

"부끄러운 줄 알아, 앨버트. 내가 가르쳐줬잖아. '농담 없어'가 아니라 '농담 아니야'라고."

블러드는 내가 인내심의 한계에 다다른 걸 눈치채고는 부루퉁한 모습으로 낚시질을 시작했다. 놈이 바스러진 인도 가장자리에 앉더니 눈을 깜박이다가 감았다. 털북숭이 몸이 팽팽하게 긴장했다. 잠시 후에 놈이 몸을 숙여 바닥을 긁으며 앞발을 쭉 뻗어 반듯이 엎드리고는 털이 북슬북슬한 머리를 앞다리에 얹었다. 몸에서 긴장이 사라지고, 놈은 벼룩 문 데를 긁기 직전처럼 몸을 떨기 시작했다. 그런 식으로 거의 15분쯤이 지나자 놈은 결국 몸을 굴려 앞발을 사마귀처럼 접고 뒷다리를 활짝 벌려 쭉 편 자세로 벌렁 누워서는 벌거벗은 배를 밤하늘에 드러냈다. "미안해." 놈이 말했다. "아무것도 없어."

있는 대로 성질을 부리며 욕을 할 수도 있었지만, 나는 놈이 애썼다는 걸 알았다. 결과가 마음에 들지 않았고, 정말로 여자와 자고 싶었지만, 내가 뭘 어쩌겠는가? "좋아." 나는 체념하며 말했다. "그건 됐어."

놈이 옆으로 몸을 굴리며 벌떡 일어났다.

"뭐 할 거야?" 놈이 물었다.

"할 수 있는 게 별로 없잖아, 안 그래?" 나도 모르게 심하게 빈정대는 말투가 나왔다. 놈이 건방지게 겸손한 태도로 다시 내 발치에 앉았다.

나는 녹아버린 가로등 둥치에 기대선 채 여자애들을 생각했다. 생각만 하자니 고통스러웠다. "영화는 언제든 보러 갈 수 있지." 내가 말했다. 블러드는 거리를 둘러보고 잡풀이 우거진 폭탄 구덩이에 파인 그늘진 웅덩이들을 쳐다보면서 아무 말도 하지 않았다. 이 개새끼는 내가 '좋아, 가자'라고 말하기를 기다리고 있었다.

"좋아, 가자."

놈이 일어서더니 좋아서 혀를 빼문 채 헐떡거리며 내 뒤를 따랐다. 그래, 마음대로 웃어라, 이 간사한 새끼. 너한테 줄 팝콘은 없어!

떠돌이 무리 중 하나였던 아워갱(Our Gang)* 패거리는 그냥 걸리는 대로 집어먹고 사는 것에 만족할 수가 없었다. 그래서 그들은 안락을 선택했고, 안락을 얻기 위해 영리한 방법을 취했다. 영화에 익숙했던 녀석들은 메트로폴 극장이 있는 구역을 접수했다. 아무도 그 구역은 건드리지 않았다. 다들 영화가 필요했고, 아워갱이 필름을 관리하며 상영이 계속되도록 노력하는 동안 만큼은 나와 블러드 같은 솔로들까지, 특히 우리 같은 솔로들이 영화를 볼 수 있었기 때문이었다.

* 〈아워갱〉은 어른 흉내를 내는 아이들의 이야기를 그린 미국 영화로 1920년대부터 1940년대까지 200편이 넘는 시리즈가 만들어졌는데, 출연 배우들이 줄줄이 사망해 저주받은 영화로 불린다.

아워갱은 극장에 총기류를 들고 들어가지 못하게 했다. 나는 입구에서 45구경 권총과 22구경 브라우닝 소총을 맡겨야 했다. 매표소 바로 옆에 작은 보관대가 있었다. 먼저 표를 샀다. 내가 먹을 튀긴 돼지고기 통조림과 블러드가 먹을 정어리 통조림을 살 만한 액수였다. 그러자 브렌 경기관총을 든 아워갱 경비원들이 몸짓으로 보관대 쪽을 가리켰고, 나는 거기에 무기를 맡겼다. 부러진 천장 파이프에서 물이 새는 것이 보여서 나는 커다란 가죽 같은 사마귀가 얼굴과 입술을 온통 뒤덮은 보관원 녀석에게 내 무기를 마른자리로 옮겨달라고 말했다. 그 자식이 내 말을 무시했다. "야, 너! 씨발 두꺼비 같은 새끼야, 내 걸 저쪽으로 옮기라고. 금방 녹이 슨단 말이야. 이봐, 얼룩 하나라도 생기면 뼈도 못 추릴 줄 알아!"

놈이 나한테 뭐라고 씨부렁거리며 경기관총을 든 경비원들을 쳐다보았다. 경비원들이 나를 쫓아내면 영화를 보든 못 보든 내가 꼼짝없이 푯값을 잃으리라는 걸 알고 하는 짓이었다. 하지만 인원이 부족했는지 어쨌는지, 경비원들은 별 조처를 하려는 기색 없이 놈에게 그냥 해주라고, 내가 말하는 대로 들어주라는 의미로 고개를 끄덕였다. 그래서 그 두꺼비 새끼가 내 브라우닝 소총을 거치대 반대쪽 끝으로 옮기고 45구경 권총을 장총 아래쪽에 찔러넣었다. 블러드와 나는 극장 안으로 들어갔다.

"팝콘."

"어림없어."

"이봐, 앨버트. 팝콘 사줘."

"나 빈털터리야. 팝콘 못 먹는다고 안 죽어."

"너 완전히 망할 놈이구나."

난 어깨를 으쓱거렸다. 꼬우면 고소하시든가.

극장으로 들어가니 자리가 꽉 찼다. 나는 경비원들이 총 말고 다른 건 빼놓으라고 하지 않아서 기뻤다. 목덜미에 숨긴 기름 먹인 칼집에 든 대못과 칼을 생각하면 마음이 든든했다. 블러드가 두 명이 앉을 자리를 찾아냈다. 안쪽 좌석으로 들어가다가 남의 발을 밟았다. 누군가가 욕설을 했지만 나는 무시했다. 도베르만 한 마리가 으르렁거렸다. 블러드의 털이 순간적으로 곤두섰지만 별다른 대응은 없었다. 메트로폴 극장 같은 중립 지역에도 힘자랑하려는 놈들은 늘 있게 마련이었다.

(남쪽 지구 옛 대형매장에 있는 그라나다 극장에서 그런 놈들이 흥분해서 벌인 일에 대해 들은 적이 있다. 결국 떠돌이 열 명인가 열두 명인가와 개들이 죽고, 극장은 불타서 무너지고, 제임스 캐그니가 나오는 훌륭한 영화 두 편이 사라졌다. 떠돌이 무리가 극장을 성역으로 지정하는 협정을 맺은 것이 그 일 이후였다. 지금은 나아지긴 했지만, 유순하게 굴기에는 마음이 너무 꼬인 놈들이 늘 있게 마련이니까.)

3편 동시상영이었다. 그중 데니스 오키프와 클레어 트레버, 레이먼드 버, 마샤 헌트가 나오는 〈로 딜〉이 제일 오래된 영화였다. 86년 전인 1948년에 만들어졌다. 이 빌어먹을 영화가 어떻게 그 세월을 버티고 온전하게 남았는지는 신만이 아시리라. 필름을 감아주는 레버가 사라져서 필름이 영사기에서 빠질 때마다 상영을 멈추고 다시 걸어야 했다. 하지만 좋은 영화였다. 자기 패거리에게 배신당하고 감옥에 갇혔다가 복수를 위해 탈옥하는 솔로에 관한 이야기였다. 조폭과 폭도도 나오고, 엄청나게 서로 치고 싸우고… 진짜 좋았다.

중간 상영작은 내가 태어나기 27년 전인 1992년, 제3차 세계대전 중에 나온 〈되놈 냄새〉라는 영화였다. 대부분 내장이 쏟아지는 장면들이고, 근사한 육박전 장면도 몇 군데 있었다. 네이팜탄 투척기를 장착한 전투용 그레이하운드 사냥개들이 중국놈들 마을을 깡그리 불태우는 멋진 장면도 있었다. 이미 본 영화였는데도 블러드가 정신없이 빠져들었다. 놈은 자신이 그 영화에 나오는 개들의 후손이라고 사기를 치고 다녔는데, 그게 거짓말이라는 걸 놈도 알고 나도 알았다.

"왜, 애라도 하나 불태우게, 영웅 씨?" 나는 놈에게 속삭였다. 놈은 속으로 찔렸는지 아무 말도 하지 않고 개들이 마을을 이리저리 뛰어다니는 장면을 계속 바라보면서 그저 자세를 고쳐 앉을 뿐이었다. 나는 지루해 죽을 지경이었다.

나는 주요 상영작을 기다렸다.

마침내 마지막 영화가 시작됐다. 1970년대 후반에 만든 걸작 포르노 영화로, 제목은 〈크고 검은 가죽 틈새〉였다. 시작부터가 아주 좋았다. 검은 가죽 코르셋에 허벅지까지 올라오는 끈으로 조이는 부츠를 신고 가면을 쓰고 채찍을 든 금발 여자 둘이 빼빼 마른 남자 하나를 눕힌 후 하나는 남자의 얼굴에 앉고 다른 하나는 남자 아래쪽으로 내려갔다. 그 뒤로는 정말로 난잡해졌다.

내 주변은 온통 자위하는 솔로들로 가득했다. 막 내 걸 깨워 보려는 찰나에 블러드가 몸을 기울이더니 유별나게 냄새가 심한 뭔가를 찾아냈을 때처럼 아주 나직하게 말했다. "여기 계집애가 있어."

"너 미쳤구나." 내가 말했다.

"진짜야. 냄새를 맡았어. 여기 계집애가 있다고, 이 사람아."

나는 눈에 띄지 않게 주위를 둘러보았다. 극장 좌석은 솔로 아니면 솔로의 개로 거의 꽉 찼다. 계집애가 몰래 숨어들어왔다면 폭동이라도 일어날 판이었다. 누구 하나 박기도 전에 계집애는 갈가리 찢길 것이다. "어디?" 내가 나직이 물었다. 금발머리 둘이 가면을 벗고, 하나가 허리에 두른 끈에 고정한 커다란 나무 딜도로 삐쩍 마른 남자를 조지자 사방의 솔로들이 신음을 토하며 속도를 높였다.

"잠깐만 기다려 봐." 블러드가 말했다. 놈은 진짜로 집중했다. 놈의 몸이 철삿줄처럼 팽팽하게 긴장했다. 눈은 감겼고 주둥이가 움찔거렸다. 난 놈을 그냥 내버려두었다.

가능한 일이었다. 그냥 가능은 한 얘기였다. 아랫동네에서는 정말로 멍청한 영화만 만들었다. 1930년대나 40년대에 만들었던 것 같은, 결혼한 사람들조차 침대를 따로 쓰는, 미르나 로이와 조지 브렌트가 나올 것 같은 종류의, 정말로 깨끗한 쓰레기들이었다. 그리고 나는 가끔 정말로 엄격한 아랫동네 중산층 가정의 계집애가 난잡한 영화가 어떤 건지 보려고 지상으로 올라오는 일이 있다는 것도 들어서 알고 있었다. 하지만 내가 간 극장에서 그런 일이 있었던 적은 한 번도 없었다.

그리고 특히 이 메트로폴 극장에서 그런 일이 일어날 가능성은 아주 적었다. 이곳에는 수상쩍은 손님들이 많았다. 뭐, 이해한다. 서로에게 잘해주는 남자들에게 특별히 편견이 있는 건 아니다. 뭐, 이해는 할 수 있다. 어디에도 계집애들이 충분하지 않으니까. 하지만 난 남자들끼리 엉키는 짓에 영 마음이 내키지 않았는데, 뭔가 약해빠지고 왜소한 남자 쪽이 상대방에게 달라붙어서는 갈수록 질투를 하는 데다, 한쪽은 다른 쪽을 먹이기 위해 사냥을 해야 하는데 다른 쪽은 그저 똥구멍을 들이대기만 하면 모든 걸 당연하게 받아도 된다고 생각하는 것 같아서였다. 계집애를 달고 다니는 것만큼이나 안 좋다. 대규모 떠돌이 패거리 내에서 엄청나게 많은 불화와 싸움을 일으키기에도 안성맞춤이다. 그래서 나는 절대 그쪽 길로는 눈길도 주지 않았다. 뭐, '절대'는 아니었지만, 오래 그런 건 아니었다.

그래서 메트로폴 극장에 득실거리는 이 온갖 변태놈들 틈에서 계집애가 무사할 성싶지는 않았다. 여자 역할을 하는 놈들과 여자를 좋아하는 놈들 중에서 누가 먼저 계집애를 찢어놓을지…, 확률은 반반이었다.

그리고 만약 여자애가 여기 있다면, 왜 다른 개들은 냄새를 맡지 못하지?

"우리 앞에서 세 번째 줄." 블러드가 말했다. "통로 쪽 자리야. 솔로처럼 입었어."

"넌 냄새를 맡을 수 있는데, 왜 다른 개들은 눈치채지 못하지?"

"내가 누군지 잊었구나, 앨버트."

"잊진 않았지만, 그냥 믿기지 않아서 그래."

사실 요점만 보자면, 난 블러드의 말을 믿었던 것 같다. 사람이 나처럼 멍청한 데다 옆에 그렇게 많은 걸 가르쳐준 블러드 같은 개가 있다면, 사람은 그 개의 말이면 뭐든 믿게 된다. 선생님과 입씨름을 할 수는 없는 법이니까.

그 개가 읽기, 쓰기, 더하기, 빼기는 물론이요 똑똑하다고 평가받는 사람이 알아야 할 모든 것을(하지만 지금은 알면 좋다는 정도지, 아주 중요하게 여겨지지는 않는 것 같다) 가르쳐줬을 때는 더욱 그렇다.

(읽기는 정말 좋다. 폭탄 맞은 슈퍼마켓 같은 곳에서 통조림을 찾을 때 아주 요긴하다. 라벨에 찍힌 그림이 사라져도 자기가 좋아하는 품목을 골라내기 편해지니까 말이다. 읽을 줄 아는 덕분에 비트 통조림을 고르려다 만 적이 몇 번이나 된다. 제기랄, 난 비트가 싫어!)

그래서 나는 거기 있던 다른 개는 아무도 계집애 냄새를 못 맡는데 블러드만 맡을 수 있다는 사실을 진짜로 믿었던 것 같다. 거기에 대해서 놈이 나한테 백만 번쯤 한 얘기가 있다. 놈이 제일 좋아하는 이야기였다. 놈은 그것을 '역사'라고 불렀다. 세상에, 내가 그렇게까지 멍청하진 않아! 나도 역사가 뭔지는 안다고. 역사란 지금보다 이전에 일어난 모든 일이다.

하지만 난 늘 블러드가 끌고 와서 읽게 시켰던 그 지저분한 책들보다는 놈한테서 직접 듣는 역사 얘기를 좋아했다. 그 특정한 역사는 몽땅 놈 자신에 관한 것이었는데, 놈이 하도 그 얘기를 하고 또 하는 바람에 난 그걸 다 외워… 아니, '귀에 박혔다'는 말이 맞겠다. 그 얘기는 말 그대로 한 글자 한 글자 내 귀에 박혔다.

그리고 개가 가르쳐준 것이 한 사람이 아는 것의 전부일 때, 그리고 그 개가 뭔가를 귀에 박히도록 말할 때, 사람은 결국 그 얘기를 믿게 되는 법이라고 나는 생각한다. 물론, 놈한테는 절대 그런 티를 내지 않았지만.

2

귀에 박히도록 놈이 한 얘기는 다음과 같다.

65년도 더 된 옛날, 제3차 세계대전이 전면적으로 확대되기 전에 로스앤젤레스 세리토스에 뷰싱이라는 남자가 살았다. 그는 경비 겸 보초 겸 공격용으로 개를 길렀다. 도베르만과 그레이트 데인, 슈나우저, 일본산 아키타 등이었다. '진저'라는 이름의 4살짜리 독일산 셰퍼드 암캐도 한 마리 있었다. 진저는 로스앤젤레스 경찰국 마약 전담반에서 일했는데, 마리화나 냄새를 맡았다. 아무리 잘 숨겨놔도 말이다. 사람들이 실험을 했다. 자동차 부속품 창고 안에 2만5천 개의 상자를 쌓고, 그 중 다섯 상자에는 셀로판지에 싸고 은박지와 두꺼운 갈색 종이로 만 다음 봉투에 넣어 마지막으로 세 겹으로 밀봉한 마리화나를 넣었다. 진저는 7분 만에 다섯 상자를 모두 찾아냈다. 진저가 일을 하던 그때, 북쪽으로 150킬로미터 떨어진 샌타바버라에서는 고래연구학자들이 돌고래의 척수액을 추출해 증식시킨 물질을 차크마개코원숭이와 개에 투여했다. 개조수술과 이식은 이미 끝난 상태였다. 이 고래 실험에서 처음으로 나온 성공적 결과물이 '아부'라는 이름의 2살짜리 수컷 풀리 종이었는데, 지각적 느낌을 텔레파시로 전달할 수 있었다. 교배와 지속적인 실험을 통해 제3차 세계대전에 딱 알맞은 때에 첫 전투용 개들이 생산됐다. 단거리에서 텔레파시를 쓸 수 있고, 조련이 쉬웠으며, 인간 조종사와 연결되면 기름 냄새나 군대나 독가스나 방사능을 추적할 수 있었던 그 개들은 새로운 유형의 전쟁에 안성맞춤인 기습특공대가 되었다. 선택적으로 배양했던 특성이 종의 특질로 고정되었다. 도베르만과 그레이하운드, 아키타, 풀리, 슈나우저들은 갈수록 더욱 강한 텔레파시 능력을 갖추게 되었다.

진저와 아부가 블러드의 조상이었다.

놈이 그렇게 말했다. 천 번쯤. 나한테 저 얘기를 딱 저런 식으로, 딱 저 말로, 천 번을 얘기했다. 자기가 들은 그대로라며. 난 지금까지도 놈의 말을 믿지 않는다.

어쩌면 저 새끼는 자기 말대로 특별할지도 모른다.

난 앞쪽 세 번째 줄 통로 자리에 폭 주저앉은 솔로를 살펴보았다. 빌어먹을, 아무것도 알 수 없었다. 그 솔로는 야구모자를 푹 눌러쓰고 양털 재킷을 목까지 채워 입었다.

"확실해?"

"더없이 확실해. 저건 여자애야."

"만약 그렇다면, 여자애가 남자랑 똑같이 자위하고 있는 거네."

블러드가 낄낄거렸다. "놀랐냐?" 놈이 빈정대듯이 말했다.

그 의문의 솔로는 〈로 딜〉이 다시 상영되는 동안에도 그 자리에 앉아 있었다. 만약 저게 여자애라면 이해되는 일이다. 대부분의 솔로와 떠돌이 패거리 전부는 난잡한 영화가 끝난 후에 자리를 떴으니까. 지금 시각에 극장이 더 차지는 않을 테고, 그러는 사이 길거리도 한산해질 것이다. 그러면 저 남자인지 여자인지 알 수 없는 녀석은 어딘지 모르겠지만 자기가 왔던 곳으로 돌아갈 수 있을 것이다. 나도 〈로 딜〉이 다시 상영되는 내내 앉아 있었다. 블러드는 잠이 들었다.

의문의 솔로가 일어서자 나는 녀석이 맡겨뒀을지도 모르는 무기를 찾아 나갈 정도의 시간차를 두고 따라나섰다. 나는 블러드의 커다란 털북숭이 귀를 끌어당기며 말했다. "자, 시작하자." 블러드가 몸을 수그린 채 나를 따라 통로를 올라왔다.

난 맡겼던 총을 찾아서 거리로 나왔다. 텅 비었다.

"좋아, 개코 선생님." 내가 말했다. "그 자식이 어디로 갔지?"

"그 년이라니까. 오른쪽."

나는 탄약대에서 총알을 꺼내 브라우닝 소총에 장전하면서 출발했다. 폭탄을 맞아 껍데기만 남은 건물들 사이로 움직이는 사람은 아무도 보이지 않았다. 도시의 이 구역은 지저분한데다 정말로 형편없었다. 그렇지만 메트로폴 극장을 운영하는 한, 아워갱 놈들이 생계를 유지하기 위해 뭐라도 수리를 해야 할 필요는 전혀 없었다. 역설적이었다. 드래곤 패거리는 다른 떠돌이 패거리들에게서 조공을 받기 위해 발전소 하나를 통째로 운영해야 했다. 테드 패거리는 저수지 관리에 전전긍긍했다. 바스티나도 패거리는 마리화나 밭에서 농사꾼들처럼 일했다. 바베이도스 블랙 패거리는 도시 전역에 깔린 방사능 구덩이들을 청소하느라 매년 스무 명이 넘는 단원들을 잃었다. 그런데 아워갱 패거리는 그저 저 영화관만 굴리면 되는 것이다.

수렵채취 생활을 하던 솔로들이 언제부터 떠돌이 패거리를 형성하기 시작했는지, 두목이 누구였는지 모르겠지만, 난 놈을 인정할 수밖에 없었다. 놈은 지독하게 똑똑한 새끼였으니까. 그는 어떤 사업을 해야 하는지 알았다.

"여기서 방향을 틀었어." 블러드가 말했다.

나는 도시 변두리와 여전히 언덕들에서 깜박이는 푸르스름한 녹색 방사능 빛을 향해 껑충껑충 뛰기 시작하는 개의 뒤를 따랐다. 그때 나는 놈의 말이 맞았다는 걸 알았다. 그쪽에 있는 거라곤 '비명쟁이'들과 아랫동네로 이어지는 강하 통로밖에 없었다. 여자애였군, 좋았어.

그 생각을 하자 볼기짝이 바짝 조여들었다. 난 여자애랑 잘 것이다. 블러드가 대형마트 지하에서 솔로 계집애 냄새를 맡은 이래로 한 달 만이다. 그년은 지저분했고, 나한테 사면발니를 옮겼지만, 분명 여자는 여자였으니까. 그리고 일단 그년을 묶고 두어 번 몽둥이로 내려치고 나니까 상당히 괜찮았다. 그년도 좋아했다. 침을 뱉으며 자기가 풀려나기만 하면 날 죽일 거라고 말하긴 했지만. 난 만일을 위해 그년을 묶은 채 두고 떠났다. 지지난 주에 보러 가보니 그년은 거기 없었다.

"조심해." 블러드가 주변의 그늘 때문에 거의 보이지 않는 구덩이를 피하며 말했다. 뭔가가 구덩이 안에서 움직였다.

아무도 살지 않는 구역을 돌아다니면서 나는 왜 몇몇을 제외한 솔로와 떠돌이 패거리들 전부가 다 남자인지를 깨달았다. 전쟁 탓에 대부분의 여자애가 죽었다. 전쟁이란 늘 그런 식이니까…. 적어도 블러드가 해준 말로는 그랬다. 태어나는 것들은 남자도 여자도 아니기 십상이었고, 모체에서 끌려 나오자마자 담벼락에 패대기쳐지는 신세가 됐다.

중산층들과 함께 아랫동네로 내려가지 않은 소수의 여자애들은 대형마트에서 봤던 그년처럼 혼자 다니는 독한 년들이었다. 물건을 밀어 넣었다간 면도날로 잘려버릴 것처럼 거칠고 억셌다. 여자 맛 한 번 보기가 갈수록 힘들어졌고, 손에 들어오는 것도 갈수록 나이가 들어갔다.

하지만 아주 가끔은 떠돌이 패거리의 소유물로 사는 데 지친 어린 계집애가 나오거나, 대여섯 패거리들이 작당하고 경계가 심하지 않은 어느 아랫동네를 습격하거나, 이번처럼 멀쩡한 아랫동네 중산층 계집애가 욕정에 사로잡혀 난잡한 영화가 어떤 건지 보러 나와서 돌아다니는 일이 있었다.

난 여자랑 잘 것이다. 아 젠장, 더는 못 견디겠어!

3

외진 이곳에는 폭파된 채 텅 빈 건물의 잔해들 말고는 아무것도 없었다. 하늘에서 철제 프레스가 내려와 한 방 꾹 누른 것처럼, 한 구역 전체가 납작하게 죄다 가루가 되었다. 계집애는 겁을 집어먹고 잔뜩 긴장한 모양이었다. 힐끗힐끗 뒤쪽과 좌우를 살피며 산만하게 움직였다. 여자애는 이곳이 위험하다는 걸 알았다. 정말이지, 이곳이 '얼마나' 위험한지만 알았더라면.

포격을 받아서 납작해진 그 구역 끝쪽에 기왕 못 맞혔으니 그냥 놔두자고 결정한 것 같은 건물이 한 채 홀로 서 있었다. 여자애가 조심스레 안으로 들어가더니 잠시 후에 까딱거리는 불빛이 보였다. 손전등인가? 아마도 그렇겠지.

블러드와 나는 길을 건너 그 건물을 둘러싼 어둠 속으로 잠입했다. YMCA 건물의 남은 일부였다.

YMCA란 '기독교청년회'라는 뜻이다. 블러드가 읽는 법을 가르쳐주었다.

그런데 대체 저 빌어먹을 기독교청년회라는 건 뭐지? 가끔은 읽을 줄 아는 덕분에 그냥 멍청할 때보다 더 궁금한 게 많아진다.

난 여자애가 밖으로 나오지 않았으면 싶었다. 안에 여자애와 자기에 썩 괜찮은 곳이 있었기 때문이었다. 그래서 나는 빈 껍데기 건물로 들어가는 정문 계단 옆에 블러드를 세워 지키게 하고는 뒤쪽으로 돌아갔다. 물론 모든 문과 창문은 떨어져나갔다. 안으로 들어가는 게 어려운 일이 아니었다. 나는 어느 창문턱을 뛰어넘어 안으로 내려섰다. 안은 어두웠다. 오래된 YMCA 건물 저쪽에서 이리저리 돌아다니는 여자애 소리 말고는 아무 소리도 들리지 않았다. 난 여자애가 무장했는지 어쩐지 알지 못했고, 그걸 알아볼 기회도 만들지 않을 작정이었다. 나는 브라우닝 소총을 어깨에 비끄러매고 대신 45구경 권총을 꺼냈다. 동작을 멈출 필요는 없었다. 약실에는 언제나 총알을 장전해두고 있으니까.

나는 조심스럽게 방을 통과해 움직이기 시작했다. 일종의 탈의실 같은 곳이었다. 바닥이 온통 유리와 잔해에 뒤덮였고, 기포가 생겨 페인트가 들뜬 철제 사물함 한 줄이 통째로 남았다. 아주 오래전에 창으로 들어온 섬광이 그것들을 덮쳤을 것이다. 방을 가로질러 가는 동안 고무창을 댄 운동화에서는 아무 소리도 나지 않았다.

문이 경첩 하나에 매달렸다. 나는 벌어진 그 역삼각형 틈으로 발을 들여놓았다. 그곳은 수영장이었다. 커다란 수영장은 텅 비었고, 얕은 쪽 끝에는 타일이 다닥다닥 붙었다. 심한 악취가 났다. 놀랄 일도 아닌 것이, 한쪽 벽을 따라 죽은 놈들이, 아니 죽은 놈들의 뭔지 모를 잔해들이 놓였다. 누구인지 형편없는 청소부가 놈들을 쌓아놓기만 하고 묻지를 않은 것이다. 난 목에 두른 다용도 손수건을 끌어올려 코와 입을 막고는 계속 전진했다.

나는 수영장 반대쪽으로 나와 천장에 전구들이 달린 짧은 복도를 지났다. 시야에는 아무 문제가 없었다. 터진 여러 창문과 한쪽 구석이 사라진 천장에서 달빛이 들어왔다. 복도 끝에 난 문 바로 안쪽에서 여자애가 움직이는 소리가 진짜로 또렷이 들렸다. 나는 벽에 바싹 붙어서 문으로 걸음을 옮겼다. 문은 조금 열린 채였지만 벽에서 떨어진 횟가루 덩어리들과 철망으로 막혔다. 열려고 당기면 소리가 날 것이 너무나 명백했다. 적당한 때를 기다려야 했다.

나는 벽에 찰싹 붙은 채 여자애가 안에서 무얼 하는지 확인했다. 그곳은 천장으로 타고 오르는 밧줄들이 늘어진 아주 넓은 체육관이었다. 여자애는 건전지 여덟 개가 들어가는 땅딸막하고 네모진 손전등을 뜀틀에 올려놓았다. 주위엔 온통 녹이 슨 금속 평행봉과 높이가 2.5미터쯤 되는 철봉이 있었다. 흔들리는 링과 트램펄린과 커다란 나무 평균대도 있었다. 저기 한쪽에는 벽에 고정된 평행 손잡이와 작은 평균대들과 수평 또는 사선 사다리들과 뜀틀 상자 두 무더기가 있었다. 나는 내부를 익히기 위해 하나하나 눈여겨보았다. 그곳은 내가 폐차장에 얼기설기 만든 체육관보다 운동하기에 더 좋아 보였다. 남자라면 몸을 잘 만들어야 한다. 솔로가 될 작정이라면 말이다.

여자애는 변장했던 걸 벗은 채였다. 벌거벗고 거기 서서 벌벌 떨고 있었다. 그래, 싸늘한 날씨였다. 여자애 피부에 오돌토돌 소름이 돋은 것이 보였다. 키가 170센티미터쯤 돼 보였고, 젖통이 근사했다. 다리는 약간 마른 편이었다. 여자애가 머리를 빗었다. 머리카락이 등 뒤로 한참 늘어졌다. 손전등 불빛으로는 머리카락이 붉은색인지 밤색인지 분간하기 어려웠지만, 최소한 금발이 아닌 게 좋았다. 난 빨간 머리를 좋아하니까. 그래도 그 젖통은 근사했다. 아주 부드럽게 물결치며 흘러내린 머리카락에 가려 얼굴은 보이지 않았다.

여자애가 입었던 누더기들이 바닥에 널렸고, 입으려고 준비한 옷가지들이 뜀틀에 놓였다. 여자애는 약간 우스꽝스럽게 생긴 굽이 달린 작은 신을 신었다.

나는 움직일 수 없었다. 갑자기 손가락 하나도 꼼짝할 수 없게 되었다. 여자애는 근사했다. 정말로 근사했다. 나는 그냥 그 자리에 서서 여자애의 허리가 안쪽으로 당겨지고 엉덩이가 바깥쪽으로 굽는 모습을, 여자애가 손을 머리 위로 올려 머리카락을 끝까지 빗어 내릴 때마다 젖통 양쪽 근육이 땅기는 모습을 바라보는 것만으로도 정말로 엄청난 충격을 받았다. 그냥 서서 계집애가 그런 짓을, 뭐랄까, 아주, 음, 여자다운 짓을 하는 걸 보는 것만으로 그런 충격을 받다니, 정말로 기묘한 느낌이었다. 그게 아주 좋았다.

난 눈을 떼지 못하고 마냥 그렇게 계집애를 쳐다보았다. 내가 지금껏 본 계집애들은 모두 블러드가 냄새를 맡아주면 내가 낚아채 움켜잡았던 더러운 쓰레기들이었다. 아니면 그 난잡한 영화에 나오는 푸짐한 년들이든가. 이런 애는 없었다. 연약하고, 소름이 돋았어도 아주 부드러운 이런 종류의 애는 결코 없었다. 여자애를 지켜보며 밤이라도 새울 수 있을 것 같았다.

여자애가 빗을 내려놓고 손을 뻗어 옷가지 더미에서 팬티를 꺼내 꿈틀거리며 입었다. 그러고는 브라를 집어 입었다. 난 계집애들이 브라를 이렇게 입을 거라고는 꿈에도 상상을 못 했다. 여자애는 브라를 반대방향으로 허리에 대고 갈고리를 채웠다. 그러고는 브라의 컵이 앞쪽으로 오도록 돌린 다음 위로 끌어올려 가슴을 채워 넣었는데, 먼저 하나를 넣은 다음에 다른 하나를 넣었다. 그러고는 끈을 어깨 위로 끌어올렸다. 여자애가 겉옷으로 손을 뻗는 순간, 나는 철망과 회반죽 덩어리를 한쪽으로 밀고는 문을 움켜쥐고 홱 잡아당겼다.

여자애는 머리를 옷 속에 집어넣은 상태였다. 옷 안에서 잠시 팔과 머리가 엉켰다. 문을 잡아당기자 어딘가 멀리서 나무와 회반죽 덩어리들이 떨어지는 것 같은 우당탕 소리와 심하게 삐걱거리는 소리가 났다. 나는 안으로 풀쩍 뛰어들어 여자애가 옷 밖으로 얼굴을 내밀기 전에 덮쳤다.

여자애의 얼굴은 혼란스러웠다. 그저 혼란스러울 뿐이었

다. 눈이 컸다. 그늘이 져서 눈이 무슨 색인지는 분간할 수 없었다. 정말로 근사한 이목구비였다. 커다란 입, 작은 코, 내 광대뼈와 똑같이 정말로 툭 튀어나온 광대뼈, 그리고 오른쪽 뺨에 보조개가 하나 있었다. 여자애가 잔뜩 겁에 질린 표정으로 나를 쳐다보았다.

그러고는… 이게 정말로 기묘한데…, 난 여자애한테 뭔가 말을 해야 할 것 같은 기분이 들었다. 무슨 말을 해야 할지는 몰랐다. 그냥 무슨 말이든 해야 할 것 같았다. 여자애가 겁먹은 걸 보니 마음이 편치 않았지만, 그렇다고 내가 달리 뭘 할 수 있겠는가. 내 말은, 무엇보다 난 그 애를 강간할 참인데, 마음 편히 받아들이라고 잘 말할 자신은 없었다. 무엇보다, 지상으로 올라온 건 그 애니까. 하지만 그렇다 해도, 난 '어이, 겁먹지 마. 난 그냥 널 자빠뜨리고 싶은 거뿐이야'라고 말하고 싶었다. (전에는 이런 적이 한 번도 없었다. 계집애한테 뭔가 말하고 싶었던 적이 없었다. 그냥 밀고 들어가는 것, 그게 다였다.)

하지만 그 순간은 지나갔다. 내가 한쪽 발로 여자애의 다리를 걸어 넘어뜨리자 여자애가 풀썩 쓰러졌다. 내가 45구경 권총을 겨누자 여자애의 입이 작은 동그라미 모양으로 벌어졌다. "내가 지금 저기로 가서 레슬링 매트를 가지고 올 거야. 그러는 편이 나을 거야, 편안할 테니까. 그렇지? 조금이라도 움직이면 다리를 쏴서 날려버리겠어. 그러면 만신창이가 되는 건 똑같겠지만, 다리가 하나 없는 만신창이가 되겠지." 나는 내 말이 무슨 뜻인지 여자애가 이해했다는 신호가 보일 때까지 기다렸고, 여자애는 마침내 정말로 천천히 고개를 끄덕였다. 그래서 나는 자동권총을 여자애에게 겨눈 채 먼지를 뒤집어쓴 매트 더미로 가서 하나를 끌어냈다.

나는 그걸 여자애가 있는 곳까지 끌고 와 조금이라도 더 깨끗한 쪽이 위로 오도록 뒤집고는 45구경 권총의 총구를 까닥여 여자애한테 올라가라는 신호를 보냈다. 여자애는 손으로 뒤쪽 바닥을 짚고 무릎을 세운 채 거기 매트 위에 가만히 앉아서 나를 뚫어지게 쳐다보았다.

지퍼를 열고 바지를 한쪽으로 끌어내리던 나는 여자애가 정말 재미있다는 듯이 나를 쳐다보는 걸 발견했다. 난 바지에서 손을 뗐다. "뭘 보는 거야?"

난 화가 났다. 왜 화가 났는지는 몰랐지만, 화가 났다.

"이름이 뭐야?" 여자애가 물었다. 온통 보드라운 털로 덮인 목구멍에서 나오는 것 같은, 아주 부드럽고도 약간은 흐릿한 목소리였다.

여자애는 계속 나를 쳐다보면서 대답을 기다렸다.

"빅." 내가 말했다. 여자애는 뭔가를 더 기다리는 것처럼 보였다.

"빅 다음은?"

나는 잠시 무슨 말인가 하다가 마침내 알아들었다. "빅. 그냥 빅이야. 그게 다야."

"음, 그러면 네 어머니와 아버지의 이름은 뭐야?"

그제야 나는 웃음을 터트리며 다시 바지를 내리기 시작했다. "세상에, 이런 멍청한 년을 다 보겠네." 나는 말했고 좀 더 웃었다. 여자애는 상처를 받은 것 같았다.

그게 또 나를 화나게 했다. "그만 쳐다봐, 아니면 이빨을 몽땅 털어줄 테니까!"

여자애가 두 팔로 다리를 감싸 안았다.

내 바지가 발목께에 걸렸다. 운동화에 걸려 벗겨지지 않았다. 난 한 발로 중심을 잡고 다른 쪽 발을 바닥에 문대며 운동화 한 짝을 벗었다. 45구경 권총으로 여자애를 겨누는 동시에 운동화를 벗는 일은 쉽지 않았다. 하지만 난 해냈다. 내가 아랫도리를 훤히 드러낸 채 서자 여자애가 세웠던 무릎을 내려 손을 밑에 깐 채 양반다리를 하고는 몸을 약간 앞으로 숙였다. "벗어." 내가 말했다.

여자애가 잠시 꼼짝하지 않아서 나는 그년이 뭔가 소동을 벌이는 건 아닌가 생각했다. 하지만 그때 여자애가 팔을 뒤로 돌려 브라를 풀었다. 그러고는 몸을 뒤로 기울이며 엉덩이에 걸친 팬티를 벗었다.

갑자기, 여자애가 더는 겁에 질린 사람처럼 보이지 않았다. 여자애는 나를 더욱 뚫어지게 쳐다보았고, 나는 그제야 그 눈이 푸른색인 걸 알았다. 지금부터는 정말로 기묘한 일인데….

그 짓을 할 수가 없었다. 내 말은, 정말로 그랬다는 건 아니다. 내 말은, 그 애와 떡을 치고는 싶었는데, 뭐랄까, 여자애가 너무 부드럽고 예쁜 데다 계속 날 쳐다보니까 말이지, 날 아는 솔로라면 아무도 믿지 않겠지만, 난 불현듯 여자애한테 말을 거는 내 목소리를 들었다. 무슨 미친놈처럼 한쪽 운동화는 벗어 던지고 바지는 발목에 걸친 채 거기 서서 말이다.

"넌 이름이 뭐야?"

"퀼라 준 홈즈."

"이상한 이름이네."

"어머니 말로는 그렇게 드문 이름은 아니래, 예전 오클라호마에서는."

"네 부모가 거기 출신이야?"

여자애가 고개를 끄덕였다. "3차 대전 전에."

"지금은 아주 늙었겠네."

"그래. 하지만 건강하셔. 내가 보기엔."

우리는 각자의 자리에 얼어붙은 채 이야기를 나눴다. 여자애는 분명 추웠을 것이다. 떨고 있었으니까. "음." 난 여자애 옆에 누울 나름의 준비를 하며 말했다. "내 생각엔 우리….."

빌어먹을! 빌어먹을 블러드 자식! 바깥에 있던 놈이 딱 그 순간에 쏜살같이 안으로 뛰어들었다. 먼지를 일으키며 철망과 회반죽 덩어리 사이로 들어온 놈이 엉덩이를 깔고 앉은 채로 우리가 있는 곳까지 미끄러져 왔다. "무슨 일이야?" 내가 힐난하는 투로 말했다.

"누구랑 얘기하는 거야?" 여자애가 물었다.

"저놈. 블러드."

"저 개!?!"

블러드가 여자애를 빤히 쳐다보더니 무시했다. 놈이 뭔가 말을 하려는 찰나에 여자애가 다시 끼어들었다. "그렇다면 사람들 말이 사실이었구나. 너희들이 동물과 얘기할 수 있다고…."

"밤새도록 저년 얘기를 들을래, 아니면 내가 왜 왔는지 들을래?"

"알았어, 왜 왔어?"

"문제가 생겼어, 앨버트."

"이봐, 쓸데없는 소리는 집어치우고, 무슨 일이야?"

블러드가 고갯짓으로 YMCA 정문 쪽을 가리켰다. "떠돌이 패거리야. 건물을 에워쌌어. 열다섯에서 스물쯤 되는 거 같아. 더 많을 수도 있고."

"우리가 여기 있는 걸 대체 어떻게 알았지?"

블러드가 분하다는 표정을 지었다. 놈이 고개를 떨궜다.

"응?"

"극장에서 여자애 냄새를 맡은 개가 몇 마리 더 있었던 것 같아."

"멋지군."

"이제 어떻게 하지?"

"이제 놈들과 맞서 싸워야지. 뭐 더 좋은 안이라도 있어?"

"딱 하나 있어."

나는 기다렸다. 놈이 씩 웃었다.

"바지나 올려."

4

퀼라 뭐시기라는 여자애는 아주 안전했다. 나는 10여 장쯤 되는 레슬링 매트로 일종의 피신처를 만들어주었다. 유탄에 맞을 일도 없을 것이고, 놈들이 여자애가 숨은 곳을 알지 못하는 한 놈들에게 발각되는 일도 없을 것이다. 나는 브라우닝 소총과 탄환 두 줌을 들고 대들보에 걸린 밧줄을 타고 올라가 자리를 잡았다. 나는 브렌이나 톰슨 같은 자동소총이 생기게 해달라고 신에게 빌면서 45구경 권총에 약실마다 총알이 모두 장전됐는지 확인했고, 여분 탄약 클립들을 대들보에 내려놓았다. 체육관 전체가 시원하게 사격범위에 들어왔다.

블러드는 정문 바로 옆 어두운 그늘에 엎드렸다. 블러드는 할 수 있다면 먼저 떠돌이 패거리의 개들을 제거하라고 내게 말했다. 그러면 자신이 자유롭게 움직일 수 있을 거라고.

그건 걱정거리도 아니었다.

나는 출입구가 하나만 있는 다른 방을 고르고 싶었지만, 떠돌이들이 이미 건물 안으로 들어왔는지 어떤지 알 방법이 없으니 그냥 그곳에서 최선을 다해보는 게 맞을 터였다.

사방이 고요했다. 퀼라조차도. 아무 소리도 내지 말고 꼭꼭 숨는 편이 훨씬 나을 거라고 여자애를 설득하느라 귀중한 몇 분을 허비했었다. 놈들 스무 명보다는 나와 있는 편이 여자애한테 좋을 것이다. "네 엄마 아빠를 다시 보고 싶다면 말이지." 나는 경고했다. 그 뒤로 여자애는 매트 더미에 파묻힌 채 아무 소란도 일으키지 않았다.

고요했다.

그때 두 가지 소리가 동시에 들렸다. 저쪽 수영장에서 회반죽 부스러기들을 밟는 부츠 소리가 들렸다. 아주 작은 소리였다. 그리고 정문 바깥쪽에서 금속이 나무에 부딪히는 땡그랑 소리가 났다. 그래, 놈들은 양쪽에서 포위하려는 심산이구나. 뭐, 난 준비 끝났어.

다시 고요해졌다.

수영장 쪽 문가에 언뜻 브라우닝 소총이 보였다. 문은 내가 들어올 때부터 열린 채였다. 총을 든 놈의 키가 180센티미터쯤 된다고 확인하고서 나는 45센티미터쯤 아래쪽을 겨냥했다. 가슴을 맞출 작정이었다. 굳이 머리를 쏘려고 애쓸 필요가 없다는 건 오래전부터 알았다. 몸에서 가장 넓은 부위를 노려야 한다. 가슴과 배, 몸통 말이다.

갑자기 바깥에서 개 짖는 소리가 들렸고, 정문 근처의 어두운 그늘 일부가 떨어져 나오더니 체육관 안으로 들어왔다. 문을 가운데에 놓고 블러드와 그놈이 대치한 형국이었다. 나는 브라우닝 소총을 움직이지 않았다.

정문의 떠돌이가 벽을 따라 한 발짝 움직여 블러드에게서 멀어졌다. 그러고는 팔을 젖히더니 사격을 유도하기 위해 돌멩이나 금속조각 같은 뭔가를 체육관 반대쪽으로 던졌다. 난 브라우닝 소총을 움직이지 않았다.

놈이 던진 물체가 바닥에 떨어지자 수영장 쪽 문 양편에서 소총을 들고 갈길 준비가 된 떠돌이 두 명이 튀어나왔다. 놈들이 행동을 개시하기도 전에 나는 첫 발을 쏘았고, 표적을 바꿔 두 번째 총알로 다른 놈을 맞췄다. 두 놈이 바닥에 꼬꾸라졌다. 심장을 맞춘, 명중이었다. 꽈당, 둘은 쓰러졌고, 아무도 움직이지 않았다.

정문 옆에서 미끼를 던졌던 놈이 나가려고 돌아서자 블러드가 달려들었다. 그렇지, 암흑 속에서 뛰쳐나와 콱!

블러드가 놈이 겨눈 소총 크로스바 위로 곧장 뛰어올라 놈의 목덜미에 이빨을 꽂아넣었다. 놈이 비명을 질렀고, 블러드는 뜯어낸 놈의 살점을 입에 문 채 뛰어내렸다. 놈이 보글거리는 끔찍한 소리를 내면서 한쪽 무릎을 꿇었다. 내가 놈의 머리에 한 발을 박아넣자 놈이 앞으로 쓰러졌다.

다시 사위가 고요해졌다.

나쁘지 않았다. 진짜 진짜 나쁘지 않았다. 세 명을 처치했고, 놈들은 아직 우리 위치를 모른다. 블러드는 다시 정문 옆 어둠 속으로 사라졌다. 블러드는 아무 말도 하지 않았지만, 난 녀석이 무얼 생각하는지 알았다. 분명 열일곱 중 셋, 아니면 스물 또는 스물둘 중 셋이라 숫자를 세겠지. 정확한 숫자를 알 방법은 없었다. 여기서 일주일을 싸워도 우리가 놈들을 다 처치했는지, 아니면 일부만 처치했는지, 아니면 전혀 처치하지 못했는지 알 수 없었다. 놈들은 마음대로 갔다가도 다시 몰려올 수 있지만, 내겐 소진되는 총알과 굶주림과 울면서 내 신경을 분산시킬 퀼라 뭐시기라는 여자애와 햇빛과, 우리가 굶주리다 못해 뭔가 바보 같은 짓을 할 때까지, 아니면 총알을 모두 소진할 때까지 저기서 죽치고 기다릴 놈들밖에 없을 것이다. 그리고 그때가 되면 놈들은 우릴 덮치겠지.

떠돌이 하나가 정문을 통과해 전속력으로 뛰어들어오더니 풀쩍 뛰어 구르고는 다시 방향을 틀어 구르는 식으로 이동했다. 놈이 체육관 세 모퉁이를 향해 세 번 방향을 튼 후에야 나는 브라우닝 소총을 겨냥할 수 있었다. 그때쯤 놈은 내 22구경 총알을 낭비하지 않아도 될 만큼 아래쪽으로 가까이 다가와 있었다. 나는 45구경 권총을 들어 소리 없이 놈의 뒤통수를 날렸다. 총알이 깔끔하게 들어갔다가 놈의 머리카락을 거의 몽땅 걷어내며 튀어나갔다. 놈이 그 자리에 쓰러졌다.

"블러드! 총!"

블러드가 어둠 속에서 뛰쳐나와 놈이 들었던 소총을 입으로 낚아채고는 저쪽 구석에 쌓인 레슬링 매트 더미로 끌고 갔다. 매트들 틈에서 팔이 하나 쑥 나오더니 소총을 붙잡아 끌고 들어가는 것이 보였다. 음, 저기라면 필요할 때까지 총이 안전하게 있긴 하겠군. 저 용감한 개자식 같으니. 블러드 놈이 죽은 떠돌이를 이리저리 뒤지면서 몸에 두른 탄띠를 벗겨내기 시작했다. 시간이 꽤 걸렸다. 탄띠를 벗기는 사이에 문간이나 창문 밖에 있는 떠돌이들의 표적이 될 수도 있었지만, 블러드는 해냈다. 용감한 개새끼 같으니라고. 여기서 벗어나면 놈한테 뭔가 근사한 먹을거리를 줘야지. 난 그 어두운 곳에 올라앉아 씩 웃었다. 아니지, 이 상황을 모면하고 나면 놈한테 줄 부드러운 살점을 구할 걱정은 하지 않아도 될 것이다. 부드러운 살점이 체육관 바닥 여기저기에 누워 있으니까.

블러드가 탄띠를 어둠 속으로 끌고 들어가자마자 떠돌이 두 명이 개를 데리고 침입했다. 1층 창문으로 차례로 들이닥친 놈들은 바닥에 닿자마자 앞으로 구르며 각기 반대 방향으로 향했고, 개 두 마리 그러니까 형편없이 생긴 집채만 한 아키타와 똥색 도베르만 암컷은 정문으로 총알처럼 뛰어들어와 아무도 없는 두 방향으로 찢어져 달려갔다. 45구경 권총으로 아키타를 쓰러뜨렸지만, 도베르만이 바로 블러드에게 달려들었다.

하지만 좀 전에 발포할 때 내 위치가 들킨 듯했다. 떠돌이 하나가 성급하게 30-06구경 덤덤탄을 내가 앉은 대들보 주변에 난사했다. 자동권총을 내려놓고 브라우닝 소총으로 손을 뻗는 찰나에 내려놨던 권총이 대들보에서 미끄러지기 시작했다. 나는 황급히 45구경 권총을 잡으려 했고, 그 덕분에 간신히 목숨을 건졌다. 총을 잡으려고 앞으로 몸을 숙이는 순간 떠돌이가 내가 앉았던 곳에 총질을 가했다. 권총이 미끄러져 콰당 소리를 내며 체육관 바닥에 떨어졌다. 내가 팔을 달랑거리며 대들보에 엎드린 순간, 놈은 총이 떨어지는 소리에 화들짝 놀랐다. 놀란 놈이 총을 갈겨댔고, 그 순간 다른 윈체스터 소총 소리가 들렸다. 무사히 어둠 속에 숨어 있던 다른 떠돌이가 가슴에 난 구멍에서 꿀럭꿀럭 피를 토해내며 앞으로 쓰러졌다. 매트 더미에 숨은 퀼라가 놈을 쏜 것이다.

대체 일이 어떻게 돌아가는지 정신을 차릴 여유조차 없었다. 블러드와 도베르만이 끔찍한 소리를 내며 엉킨 채 굴렀다. 30-06구경 총을 가진 떠돌이가 또다시 총알을 난사했고, 그 중 한 발이 대들보에 걸쳐놓은 내 브라우닝 총구를 맞춰 옆으로 튕겨버렸다. 별안간에 브라우닝 소총도 떨어지고 말았다. 난 무기도 없는 맨몸이 되었고, 빌어먹을 떠돌이 새끼는 어둠 속에서 주춤거리며 나를 기다렸다.

다시 윈체스터 소총의 총성이 들렸다. 그러자 떠돌이가 매트 더미를 겨냥하고 총을 발사했다. 여자애가 몸을 웅크린 채 물러앉았고, 더는 그 여자애한테서 기대할 게 없을 거라는 걸 나는 알았다. 하지만 난 도움이 필요치 않았다. 그 순간에, 놈이 여자애한테 집중한 사이에 나는 대들보에 매달린 밧줄을 붙잡고 폭탄 구덩이에서 새된 소리를 지르는 비명쟁이처럼 큰 소리를 지르며 뛰어내렸다. 밧줄에 쓸려 손바닥이 까지는 게 느껴졌다. 제법 높이가 있어서 줄을 잡은 몸이 앞뒤로 흔들렸다. 나는 몸을 뒤쳤다. 나는 매번 다른 식으로 몸을 뒤치며, 이쪽으로 갔다가 훌쩍 몸을 던져서는 저리로 가는 식으로 왔다 갔다 흔들었다. 그 자식이 내 궤적을 쫓으려 애쓰면서 계속 총을 쏘아댔지만, 난 계속해서 총알 세례를 비껴갔다. 그러다 놈의 총알이 떨어지자 나는 최대한 뒤로 세게 발을 굴렀다가 돌아오는 길에 밧줄을 놓으면서 놈이 섰던 구석 쪽으로 풀쩍 몸을 날렸다. 놈이 거기 있었다. 난 바로 놈에게 달려들었고, 벽으로 날아간 놈을 타고 앉아 두 엄지손가락으로 눈을 푹 찔렀다. 놈이 비명을 질렀고, 개들이 비명을 질렀고, 여자애가 비명을 질렀다. 나는 그 자식이 움직이지 않을 때까지 놈의 머리를 바닥에 내리찧었다. 그러고는 빈 30-06구경 소총을 움켜쥐고 놈이 더는 날 도발하지 못할 게 확실해질 때까지 놈의 머리를 내리쳤다.

그러고는 내 45구경 권총을 찾아서 도베르만을 쏘았다.

블러드가 바닥에서 일어나 몸을 털었다. 상처가 심했다. "고마워." 놈이 중얼거리고는 어두운 곳으로 가서 엎드리더니 몸을 핥았다.

퀼라에게 가보니 울고 있었다. 우리가 죽인 그 모든 놈들 때문에. 특히 자신이 죽인 한 놈 때문에. 여자애가 소리 내 우는 걸 그치게 할 방도가 없어서 난 그년의 얼굴을 철썩 갈기고는 덕분에 내 목숨을 구했다고, 그게 제법 도움이 됐다고 말했다.

블러드가 꾸물꾸물 걸어왔다. "여기서 어떻게 나가지, 앨버트?"

"생각 좀 해보자."

난 생각했지만, 희망이 없다는 걸 알았다. 우리가 아무리 많은 떠돌이를 처치하더라도 바깥에는 더 많은 떠돌이가 있다. 그리고 지금쯤 이 일은 남자의 자존심이 걸린 문제가 되었을 것이다. 그들의 명예 말이다.

"불은 어때?" 블러드가 제안했다.

"불이 타는 사이에 나가자고?" 나는 고개를 흔들었다. "놈들이 사방 천지에 깔렸을 거야. 소용없어."

"우리가 여기서 나가지 않으면 어떨까? 우리가 불과 함께 타버린다면?"

난 놈을 쳐다보았다. 용감한 놈…. 그리고 지독하게 영리한 놈.

5

우리는 목재와 매트와 운동용 사다리와 뜀틀과 걸상과 그 외에 불에 탈 만한 건 뭐든 모아 체육관 한쪽에 설치된 목제 칸막이에 기대 쌓아 올렸다. 퀼라가 창고에서 찾아낸 등유 깡통으로 우리는 그 빌어먹을 쓰레기 더미 전체에 불을 붙였다. 그러고는 블러드를 따라 놈이 찾아낸 장소로 갔다. YMCA 건물 지하 보일러실이었다. 우리는 모두 속이 빈 보일러 안으로 기어들어간 다음 공기가 들어올 수 있도록 가스 배출구를 남겨두고 문을 꽉 닫았다. 우리는 매트 한 장과 들 수 있는 한 최대한 많은 탄약과 떠돌이들의 소총과 권총을 챙겨 들어갔다.

"뭔가 느껴지는 거 있어?" 내가 블러드에게 물었다.

"조금. 많진 않아. 지금 한 놈의 동태를 살피는 중이야. 건물은 잘 타고 있어."

"놈들이 떠나면 알 수 있겠어?"

"아마. 놈들이 떠난다면 말이지."

난 자리를 잡고 앉았다. 퀼라는 지금껏 벌어진 일들의 충격으로 덜덜 떨고 있었다.

"마음 편히 먹어." 내가 말했다. "아침 정도면 여기가 다 무너져 내릴 거고, 놈들이 잔해를 뒤져서 죽은 고깃덩어리들을 잔뜩 찾아낼 거야. 놈들이 계집애 몸뚱이를 그렇게 열심히 찾을 것 같지는 않아. 그러면 다 괜찮아질 거야. 우리가 여기서 질식해 죽지만 않는다면 말이야."

여자애가 아주 살짝 웃음을 짓고는 용감한 척했다. 여자애는 괜찮아 보였다. 여자애가 매트에 누워서 눈을 감고 잠을 청했다. 기진맥진해서 나도 눈을 감았다.

"혼자 감당할 수 있겠어?" 내가 블러드에게 물었다.

"그럴 거 같아. 넌 좀 자는 편이 좋겠어."

난 여전히 눈을 감은 채 고개를 끄덕이고는 모로 누웠다. 뭔가를 생각하기도 전에 의식이 끊겼다.

정신이 들어보니 퀼라가 내 품에 파고들어 한쪽 팔로 내 허리를 감은 채 깊은 잠에 빠져 있었다. 난 거의 숨을 쉴 수가 없었다. 보일러 안은 거의 불구덩이나 다름없었다. 아니 빌어먹을, 그냥 불구덩이였다. 난 한 손을 뻗었다가 보일러 표면이 너무 뜨거워서 갖다 대지도 못하고 어이쿠 소리를 냈다. 블러드도 매트 위로 올라왔다. 우리가 제대로 그을리지 않도록 막아주는 건 그 매트가 유일했다. 블러드는 몸을 둥글게 말고 잠들었다. 여자애도 잠들었다. 여전히 발가벗은 채.

난 한 손을 여자애의 가슴에 올렸다. 따뜻했다. 여자애가 몸을 뒤척이면서 더 가까이 다가들었다. 내 물건이 딱딱해졌다.

겨우 바지를 벗고 몸을 굴려 여자애에 올라탔다. 여자애 다리를 벌리는데 뭔가를 느낀 여자애가 번쩍 정신을 차렸지만, 그때는 이미 너무 늦었다. "안 돼. 그만… 뭘 하는 거… 안 돼, 하지 마…."

하지만 여자애는 아직 잠이 덜 깬 상태였고, 약했다. 어쨌거나 여자애가 진짜로 나와 싸울 작정이었다고는 생각하지 않는다.

내가 안으로 밀고 들어가자 여자애가 당연히 소리를 질렀지만, 그 뒤로는 괜찮았다. 레슬링 매트가 피범벅이 됐다. 블러드는 그냥 계속 잠들어 있었다.

정말로 달랐다. 보통은, 블러드를 시켜 여자를 찾게 시켰을 때는, 붙잡아 때리고 쑤신 다음 뭔가 나쁜 일이 벌어지기 전에 도망가는 게 정석이었다. 하지만 그 여자애는 흥분하자 매트에서 상체를 일으켜 내 갈비뼈를 부러뜨리는 게 아닐까 싶을 정도로 나를 꽉 껴안았고, 그러고는 천천히, 천천히, 내가 폐차장에 만든 임시변통 체육관에서 다리 운동을 할 때처럼 아주 천천히 다시 몸을 뉘었다. 눈을 감은 여자애의 표정은 편안해 보였다. 그리고 행복해 보였다. 난 확신했다.

우리는 여러 번 그 짓을 했다. 몇 번 이후로는 여자애가 먼저 하자고 했고, 나는 '아니'라고 말하지 않았다. 그리고 우리는 나란히 누워 얘기를 나눴다.

여자애가 블러드랑 지내는 게 어떠냐고 물었고, 나는 전투용 개들이 어떻게 텔레파시 능력을 갖게 됐는지, 놈들이 어떻게 하다 스스로 먹이를 찾는 능력을 잃어버렸는지, 그래서 솔로들과 떠돌이 무리가 어떻게 그 일을 대신해줘야 하는지, 그리고 나 같은 솔로들이 계집애들을 찾을 때 블러드 같은 개들이 얼마나 유용한지 말했다. 여자애는 거기에 대해 아무 말도 하지 않았다.

나는 여자애한테 아랫동네 생활은 어떠냐고 물었다.

"괜찮아. 하지만 늘 너무 조용해. 서로서로 아주 예의 바르게 대해. 그냥 작은 마을이야."

"네가 사는 데는 어디야?"

"토피카. 여기서 진짜 가까워."

"그래, 나도 알아. 강하 통로가 여기서 1킬로미터도 안 떨어져 있지. 거기까지 한 번 가본 적 있어. 어떤가 둘러보러."

"아랫동네에서 살아본 적이 있어?"

"아니. 하지만 그러고 싶지 않아."

"왜? 아주 괜찮아. 좋아할 거야."

"돌았군."

"그 말 엄청 무례해."

"난 원래 엄청 무례해."

"늘 그렇진 않아."

난 갈수록 화가 났다. "이봐, 이 미친년아, 대체 생각이 있는 거야? 난 널 납치해서 막 대했고, 대여섯 번은 강간했어. 그런 나한테 좋을 게 뭐 있다고, 어? 대체 정신이 있는 거야? 머리가 모자라? 누군가가 널…."

여자애가 나를 보며 웃었다. "신경 안 써. 난 이거 하는 게 좋아. 또 하고 싶어?"

난 정말로 충격을 받았다. 난 여자애한테서 떨어졌다. "대체 넌 뭐가 잘못된 거야? 너 같이 아랫동네에서 온 계집애가 솔로들한테 정말로 어떤 취급을 받는지 몰라? 아랫동네 계집애들이 부모들한테서 늘 듣는 소리 말이야. '위쪽 세상에 가지 마, 올라가자마자 더럽고 추잡하고 군침을 질질 흘리는 솔로들한테 붙잡힐 거야!' 넌 그것도 몰라?"

여자애가 손을 내 다리에 올려놓고 위쪽으로 쓰다듬기 시작했다. 손가락 끝이 내 허벅지를 스쳤다. 내 물건이 또 딱딱해졌다. "우리 부모님은 솔로들 얘기를 한 적이 없어." 여자애가 말했다. 그러더니 나를 다시 자기 위로 끌어올려서 입을 맞췄고, 난 다시 여자애 안으로 들어가지 않을 도리가 없었다.

세상에, 그런 식으로 몇 시간이나 했는지 모르겠다. 한참 후에 블러드가 돌아보더니 말했다. "더 이상은 자는 척 못 하겠어. 나 배고파. 그리고 아파."

난 그때 내 위에서 하고 있던 여자애를 옆으로 밀치고는 블러드를 살펴보았다. 도베르만이 오른쪽 귀를 한 입 뜯어갔고, 주둥이 바로 아래쪽도 찢어졌으며, 한쪽 털에 피가 엉겼다. 엉망이었다. "세상에, 이봐, 너 엉망이야." 내가 말했다.

"한가하게 논평이나 할 때가 아닐 텐데, 앨버트!" 개가 딱딱거렸다. 나는 손을 거뒀다.

"우리 여기서 나가도 될까?" 나는 놈에게 물었다.

블러드가 이리저리 머리를 기울이더니 고개를 흔들었다. "아무것도 읽히지 않아. 보일러 위에 잔해들이 무더기로 쌓인 게 틀림없어. 내가 나가서 돌아봐야겠어."

우리는 한동안 이 문제를 생각해 보았고, 마침내 건물이 남김없이 무너지고 열기가 약간 식은 상태라면 떠돌이 무리가 남은 잿더미를 샅샅이 뒤지고도 남았을 거라고 결론 내렸다. 놈들이 보일러를 살펴보지 않았다는 사실은 우리가 아주 잘 묻혀 있다는 방증이었다. 그게 아니라면, 머리 위에서 건물이 여전히 연기를 내고 있을 가능성이 컸다. 그러면 놈들이 잔해들을 뒤지기 위해 여전히 바깥에서 기다리고 있을 것이다.

"그 몸으로 감당할 수 있을 거 같아?"

"내가 해야만 할 것 같은데, 아니야?" 블러드가 말했다. 놈은 정말로 뿌루퉁했다. "내 말은, 넌 저거랑 붙어서 성교하느라 얼이 빠져서 살아남는 데 쏟을 정신이 별로 없을 것 같은데, 그렇지 않아?"

난 진짜로 놈의 마음에 들지 않는 게 뭔지 알아차렸다. 놈은 퀼라를 좋아하지 않았다. 난 블러드 옆을 지나쳐 보일러 뚜껑을 열었다. 열리지 않았다. 그래서 나는 보일러 측면에 등을 대고 버티면서 다리를 들어 올려 천천히 일정한 힘으로 밀었다.

바깥에 쌓인 뭔지 모를 것들이 잠시 저항하더니 밀려나기 시작했고, 이내 쿵 소리를 내며 굴러떨어졌다. 난 문을 끝까지 밀고는 밖을 내다보았다. 위층들이 지하실로 무너져내렸지만, 더 버티지 못하고 무너졌을 때는 이미 대부분 재와 가벼운 파편들뿐이었다. 바깥에 있는 모든 것이 연기를 내뿜었다. 연기 사이로 햇빛이 보였다.

나는 보일러에서 빠져나오다가 뚜껑 바깥쪽 가장자리에 두 손을 데었다. 블러드가 따라 나왔다. 녀석이 잔해들 사이로 길을 찾아 나가기 시작했다. 보일러가 위에서 떨어진 끈적한 물질에 거의 완전히 뒤덮인 게 보였다. 우리가 새까맣게 타버렸을 거라고 짐작한 떠돌이 무리가 슬쩍 훑어보고 지나쳤을 가능성이 컸다. 하지만 그래도 나는 블러드가 정찰해주길 바랐다. 이미 출발한 놈을 내가 다시 불러들였다. 놈이 다가왔다.

"무슨 일이야?"

난 놈을 내려다보았다. "무슨 일인지 말해주지, 친구. 너 아주 밥맛 떨어지게 굴고 있어."

"꼬우면 고소하시든가."

"빌어먹을 개새끼, 대체 뭐가 불만이야?"

"저 여자. 네가 저기 앉혀놓은 그 빈대 계집애."

"그게 뭐 어때서? 별일이네…. 예전에도 계집애들은 있었잖아."

"그래. 하지만 이번 년처럼 푹 빠진 적은 없었지. 내 경고하는데, 앨버트. 저 여자 때문에 문제가 생길 거야."

"멍청하게 굴지 마!" 놈은 대꾸하지 않았다. 그저 화난 표정으로 날 쳐다보더니 절뚝거리며 주변을 살피러 가버렸다. 나는 다시 안으로 기어들어 와 입구를 꼭 닫았다. 여자애가 다시 그걸 하고 싶어 했지만, 난 그러고 싶지 않다고 말했다. 블러드 때문에 기분이 잡쳐서 심기가 불편했다. 누구한테 짜증을 내야 할지 알 수 없었다.

하지만 빌어먹을, 여자애는 예뻤다.

여자애는 제 딴에 삐쳐서 팔로 몸을 감싼 채 떨어져 앉았다. "아랫동네에 대해서 더 얘기해줘." 내가 말했다.

처음에는 삐죽거리면서 그다지 말을 하려 들지 않던 여자애가 조금 지나자 거리낌 없이 술술 얘기를 늘어놓기 시작했다. 나는 많은 걸 알게 되었다. 언젠가는 써먹을 수도 있을 것 같았다. 어쩌면 말이다.

예전에 미국과 캐나다였던 남은 지역에는 겨우 이백여 군데의 '아랫동네'가 있다. 우물이나 광산, 기타 여러 종류의 깊은 구멍이 있던 자리를 더 깊이 파고들어 간 곳들이다. 서부에 있는 일부 아랫동네는 자연 동굴지대에 있었다. 대략 지표로부터 3~8킬로미터 떨어진 깊이에 위치했다. 아랫동네들은 세워놓은 커다란 총알처럼 생겼다. 그리고 그런 동네에 정착한 사람들은 최악이라 할 만큼 꽉 막힌 사람들이었다. 남부침례교파 교인들, 근본주의자들, 법과 질서를 맹신하는 멍청이들, 거친 삶에 대한 취향이라곤 눈곱만큼도 없는 진짜 중산층 꼰대들. 그리고 그들은 150년 전의 생활방식으로 돌아갔다. 그들에게는 그 생활방식으로 돌아갈 방법과 이유를 만들어낼 마지막으로 남은 과학자들이 있었다. 그러다 과학자들도 소진됐다. 그들은 어떠한 진보도, 어떠한 불화도, 뭐가 됐든 물을 흐릴 만한 건 아무것도 원하지 않았다. 그때까지 겪은 것만으로도 충분했다. 세상이 가장 좋았던 때는 제1차 세계대전이 일어나기 전이었으니, 그 시대를 그대로 지킬 수만 있다면 조용하게 살면서 생존할 수 있을 거라고 그들은 판단했다. 엿이나 먹으라지! 난 아랫동네에 있으면 미쳐버릴 거야.

퀼라가 웃으며 다시 내 품에 안겨들었고, 이번에는 나도 거절하지 않았다. 여자애가 다시 내 아래쪽 거기와 몸 전체를 자극하기 시작했다. 그러고는 물었다. "빅?"

"으응."

"사랑에 빠져본 적 있어?"

"뭐?"

"사랑 말이야. 여자애와 사랑에 빠져본 적 있어?"

"음, 절대 없었던 거 같은데?"

"사랑이 뭔지는 알아?"

"물론이지. 안다고 생각해."

"하지만 사랑에 빠져 본 적이 한 번도 없다면서?"

"멍청한 소리 그만해. 똥인지 된장인지 꼭 먹어봐야 아는 건 아니니까."

"넌 사랑이 뭔지 몰라. 내가 장담해."

"음, 그게 아랫동네에 사는 걸 의미한다면, 난 그냥 모르는 채로 살래." 우리는 그 말 뒤로 더는 대화를 나누지 않았다. 여자애가 나를 끌어내렸고 우리는 다시 그 짓을 했다. 그리고 일이 끝났을 때 블러드가 보일러를 긁는 소리가 들렸다. 입구를 열자 놈이 바깥에 서 있었다.

"아무도 없어." 놈이 말했다.

"확실해?"

"그래, 그래, 확실해. 바지나 입어." 놈의 어조에 비웃음이 실렸다. "그리고 나와 봐. 할 얘기가 있어."

놈을 쳐다보니 장난은 아닌 것 같았다. 난 바지와 운동화를 걸치고 보일러 밖으로 나갔다.

놈이 터덜터덜 앞장서더니 보일러와 숯덩이가 된 들보들을 지나 체육관 밖으로 나갔다. 건물이 무너져 썩어서 뿌리만 남은 충치 같았다.

"자, 뭐가 문제야?" 내가 놈한테 물었다.

놈이 재빨리 콘크리트 더미로 뛰어 올라가 거의 얼굴을 맞댈 수 있는 위치에 섰다.

"너 멍청해지고 있어, 빅."

나는 놈이 진지하다는 걸 알았다. 내내 입에 달고 다니던 그 빌어먹을 앨버트가 아니라 단도직입적으로 빅이라고 불렀다. "어째서?"

"이봐, 어젯밤에 우리는 그 여자를 놈들한테 주고 거길 빠져나올 수 있었어. 그게 영리한 수였을 거야."

"내가 원했어."

"그래, 알아. 내가 말하는 게 그거야. 지금은 오늘이고, 어젯밤이 아니야. 넌 벌써 그년을 한 오십 번은 따먹었어. 그런데 왜 우리가 여길 어슬렁거리지?"

"난 더 원해."

그러자 놈이 화를 냈다. "그래, 그렇군. 이봐, 친구. 나도 원하는 게 몇 가지 있어. 난 먹을 걸 원하고, 옆구리에서 고통이 사라지길 원하고, 이 구역에서 벗어나길 원해. 놈들이 이렇게 쉽게 포기하진 않을 거야."

"걱정하지 마. 우린 다 해결할 수 있어. 저 애가 우리와 같이 못 갈 이유는 안 있어."

"'안 있어'가 아니라 '없어'야." 놈이 문법을 지적했다. "그리고 그건 또 새로운 이야기네. 이제 우리는 셋이서 다니는 거야? 그런 거야?"

나는 정말로 신경질이 났다. "넌 빌어먹을 푸들 같은 소리만 찍찍대고 있어!"

"그리고 넌 남창 같은 소리나 찍찍대고 있고."

난 놈을 패려고 팔을 치켜들었다. 놈은 움직이지 않았다. 난 손을 내렸다. 난 한 번도 블러드를 때린 적이 없다. 그리고 그걸 지금 시작하고 싶지도 않았다.

"미안해." 놈이 나직이 말했다.

"괜찮아."

하지만 우리는 서로의 시선을 회피했다.

"빅, 친구. 넌 날 돌볼 책임이 있어."

"굳이 얘기 안 해줘도 알아."

"음, 얘기해줘야 할 것 같은데. 너한테 몇 가지 알려줘야 할 것 같아. 그 비명쟁이가 거리로 뛰쳐나와 널 붙잡았을 때 같은 얘기 말이야."

난 몸을 떨었다. 그 씨발 것은 녹색이었다. 버섯처럼 빛나는 완전한 진짜 녹색. 생각만으로도 속이 뒤집혔다.

"그리고 내가 놈한테 달려들었어, 그렇지?"

난 고개를 끄덕였다. 맞아, 개자식아, 맞아.

"그리고 난 심하게 화상을 입을 수도 있었고, 죽을 수도 있었어. 어찌 되었든 내겐 목숨을 건 일이었어, 그렇지 않아?" 나는 다시 고개를 끄덕였다. 나는 정말로 화가 났다. 난 죄책감을 느껴야 하는 상황을 좋아하지 않았다. 그 점에서는 블러드도 나와 막상막하였다. 놈은 그걸 알았다. "하지만 난 했어, 그랬지?" 난 그 녹색 것이 비명을 지르던 걸 떠올렸다. 세상에, 그건 온통 질질 흐르는 분비물과 속눈썹밖에 보이지 않았다.

"좋아, 좋다고. 일장 운개 하지 마."

"'운개'가 아니라 '훈계'."

"아 진짜, 뭐가 됐든!" 나는 소리쳤다. "그냥 개소리 집어치워, 아니면 빌어먹을 협정이고 뭐고 다 잊어버리는 수가 있으니까!"

그때 블러드가 입을 열었다. "음, 그래야 할지도 모르겠네. 넌 그냥 멍청이 음경일 뿐이니까!"

"음경이 뭐야, 이 똥 덩어리 새끼…. 그거 뭔가 나쁜 말이지? 그래, 그렇겠지…. 너 이 개새끼, 그 빌어먹을 입 조심해. 아니면 내가 혼쭐을 내줄 테니까!"

우리는 거기 앉아서 15분 동안 아무 말도 하지 않았다. 둘 다 어째야 할지 알지 못했다.

결국, 내가 한발 물러섰다. 난 부드러운 어조로 천천히 말했다. 놈과 다니는 데에 신물이 나려 했지만, 나는 지금껏 늘 그랬듯이 놈을 공정하게 대할 것이라 얘기했다. 놈은 이 도시를 돌아다니는 아주 힙한 솔로가 두 명이나 있고, 자기처럼 냄새를 잘 맡는 개라면 누구나 얼씨구나 할 테니 내가 자기한테 존나 잘해야 할 거라며 날 협박했다. 나는 협박당하는 걸 좋아하지 않으며, 앞으로 길 다닐 때 조심하라고, 다시 보면 내가 다리를 부러뜨려주겠다고 말했다. 놈은 불같이 화를 내며 떠나버렸다. 난 '꺼져'라고 말하고는 그 분노를 저 퀼라 뭐시기라는 년한테 퍼부으려고 보일러로 돌아갔다.

하지만 고개를 보일러 안으로 들이밀고 보니, 여자애는 죽은 떠돌이들이 남긴 권총 한 정을 손에 쥐고 날 기다리는 중이었다. 여자애가 그걸로 내 오른쪽 관자놀이를 아주 제대로 내리쳤고, 난 입구에 몸을 걸친 채 쓰러져 정신을 잃었다.

6

"내가 그년 아무짝에도 쓸모없다고 얘기했지." 블러드가 지켜보는 가운데 나는 의약품 상자에서 소독약을 꺼내 찢어진 데를 닦아내고 요오드를 발랐다. 내가 찡그리자 놈이 능글

맞게 웃었다.

난 약들을 치우고 보일러 안을 뒤져서 가져갈 수 있을 만큼 여분 탄약들을 챙겼다. 브라우닝 소총을 버리고 더 무거운 30-06구경 경기관총을 집어 들었다. 그러다 나는 여자애 옷에서 흘렸을 게 분명한 뭔가를 발견했다.

가로 10센티미터에 세로가 5센티미터쯤 되는 작은 금속판이었다. 숫자가 빽빽하게 한 줄로 찍혔고, 여기저기 구멍이 뚫렸다.

"이건 뭐지?" 내가 블러드에게 물었다.

놈이 그걸 쳐다보고는 냄새를 맡았다.

"무슨 신분증 같은데. 그년이 아랫동네에서 나올 때 썼던 건지도 몰라."

그걸로 내 마음은 정해졌다.

난 금속판을 주머니에 쑤셔 넣고 그 강하 통로를 향해 발걸음을 옮기기 시작했다.

"대체 어디로 가는 거야?" 블러드가 날 쫓으며 소리쳤다.

"돌아가, 넌 거기 가면 죽을 거야!"

"난 배가 고프다고, 제기랄! 난 다쳤어! 앨버트, 이 개자식아! 여기로 돌아와!"

난 계속 걷기만 했다. 난 그 쌍년을 찾아서 대가리를 후려갈길 참이었다. 그년을 찾으러 아랫동네로 가는 한이 있어도 말이다.

토피카로 이어지는 강하 통로까지 걸어가는 데 한 시간이 걸렸다. 블러드가 한참 뒤에서 머뭇거리며 따라오는 게 얼핏 보인 듯했지만 난 신경 쓰지 않았다. 난 제정신이 아니었다.

그 순간, 강하 통로가 눈앞에 나타났다. 아무 표식도 없이 불쑥 솟아오른 반짝이는 검은 금속 기둥이었다. 지름이 6미터쯤 되고 윗면이 완전히 평평한 기둥이 똑바로 땅에 꽂혔다. 그건 마개였다. 그게 다였다. 나는 곧장 거기로 걸어가서 주머니를 뒤져 금속판을 찾았다. 그때 뭔가가 내 오른쪽 바짓자락을 당겼다.

"이봐, 이 멍청한 놈아, 저기로 내려가면 안 돼!"

놈을 차버렸지만, 놈은 바로 돌아왔다.

"내 말 좀 들어!"

난 고개를 돌리고 놈을 노려보았다.

블러드가 자리에 앉았다. 먼지가 주변으로 풀풀 날렸다. "앨버트…."

"내 이름은 빅이야, 이 썩을 놈아."

"알았어, 알았어. 장난치지 않을게. 빅." 놈의 어조가 부드러워졌다. "빅. 이봐, 친구." 놈은 날 설득하려 했다. 나는 속이 정말로 부글부글 끓었지만, 어쨌든 놈이 날 설득하려 애쓰는 중이었다. 난 어깨를 으쓱거리고는 놈의 옆에 쭈그리고 앉았다.

"내 말 들어봐." 블러드가 말했다. "그 계집애가 널 완전히 홀려놨어. 저기 내려가면 안 된다는 건 너도 알아. 이건 확실히 다 정리가 끝난 얘기고, 누구든 다 아는 사실이야. 저놈들은 솔로를 싫어해. 이미 충분히 많은 떠돌이 무리가 아랫동네를 습격하고 놈들의 여자를 강간하고 식량을 강탈했어. 놈들이 방어책을 세웠을 게 분명하잖아. 넌 놈들 손에 죽어, 빅!"

"씨발 대체 뭘 걱정하는 거야? 넌 늘 내가 없는 편이 훨씬 나을 거라고 그랬잖아."

그 말에 놈은 풀이 죽었다.

"빅, 우리가 같이 지낸 지 거의 3년이야. 좋을 때도 있었고 나쁠 때도 있었어. 하지만 이건 최악이 될 수 있어. 난 겁난다고, 이 사람아. 네가 돌아오지 못할까 봐 겁나. 그러면 난 배가 고프니까 누군가 날 거둬줄 놈을 찾으러 가야 해. 지금은 대부분의 솔로가 무리에 합류했으니까, 난 서열이 낮은 개가 되겠지. 난 이제 그다지 젊지 않으니까. 그리고 난 심하게 다쳤어."

무슨 말인지 알 것 같았다. 놈은 합리적으로 얘기했다. 하지만 내 머릿속에 떠오르는 거라곤 저 쌍년이, 저 퀼라라는 년이 나를 후려갈기던 장면밖에 없었다. 그러고는 그 부드러운 젖가슴이, 그리고 내가 안에 들어가 있을 때 그년이 나직하게 신음하던 장면들이 떠올랐다. 난 고개를 저었고, 복수해야 한다고 다시금 다짐했다.

"난 가야 해, 블러드. 가야만 해."

놈이 한숨을 푹 쉬더니 한층 더 풀이 죽었다. 놈은 말해 봐야 소용없다는 걸 알았다.

"빅, 넌 그년이 너한테 무슨 짓을 하는 건지 생각도 안 해. 그 금속판 말이야. 그거 너무 속보여. 그년이 너한테 따라오라고 던져놓기라도 한 것처럼 말이야."

나는 일어섰다. "최대한 빨리 돌아올게. 여기서 기다릴 거
야…?"

놈은 오랫동안 아무 말이 없었고, 나는 기다렸다. 마침내,
놈이 말했다. "한동안은. 네가 돌아왔을 때 난 여기 있을 수도
있고, 없을 수도 있어."

난 녀석을 이해했다. 나는 돌아서서 검은 금속 기둥 주변
을 돌기 시작했다. 마침내 기둥에 난 틈을 발견하고는 금속판
을 밀어 넣었다. 부드럽게 웅웅거리는 소리가 나더니 흠 하나
보이지 않던 기둥 한 부분이 열리기 시작했다. 둥근 원이 열
리자 난 다가갔다. 돌아보니 블러드가 나를 지켜보고 있었다.
우리가 서로를 쳐다보는 동안에도 기둥은 내내 웅웅거렸다.

"잘 가, 빅."

"몸조심해, 블러드."

"빨리 돌아와."

"노력할게."

"그래. 좋아."

나는 고개를 돌리고 안으로 들어섰다. 등 뒤에서 출입구가
스르르 닫혔다.

7

이럴 줄 알았어야 했다. 의심했어야 했다. 그래, 어쩌다 가끔 어느 계집애가 지상은 어떤지, 도시들이 어떻게 됐는지 보러 올라올 때가 있다. 그래, 그런 일이 있지. 그래서, 그년이 그 푹푹 찌는 보일러 안에서 나한테 딱 달라붙어 남자애랑 그걸 하면 어떤 기분일지 알고 싶었다고, 토피카에서 봤던 영화들은 죄다 순하고 건전하고 지루했다고, 그리고 학교 여자애들이 난잡한 영화 얘기를 했다고, 어떤 애가 조그만 여덟 쪽짜리 만화책을 갖고 있어서 눈이 휘둥그레진 채 본 적이 있다고 말했을 때, 난 그 말을 믿었어…. 그래, 난 그년을 믿었다. 논리적이었으니까. 그년이 금속 신분증을 놓고 갔을 때 뭔가 이상하다고 의심했었어야 했다. 너무 빤하잖아. 블러드가 나한테 그 말을 하려고 했지. 내가 멍청하냐고? 그래!

등 뒤에서 출입구가 조리개처럼 스르르 닫힌 순간, 웅웅거리는 소리가 더 커지면서 벽에서 이상한 차가운 빛이 났다. 벽이었다. 그곳의 안과 밖을 가른 벽만 있는 둥그런 방이었다. 벽이 율동 치듯 빛을 뿜어냈고 웅웅거리는 소리가 더욱 커졌다. 바닥이 문과 똑같은 방식으로 열렸다. 하지만 난 만화에 나오는 쥐처럼 그 자리에 서 있었다. 아래를 내려다보지만 않으면, 멀쩡했다. 나는 아래로 떨어지지 않았다.

그러나 그 불안정한 상태는 이내 수습되기 시작했다. 나는 밑으로 떨어졌고, 위에서 조리개 같은 막이 닫혔다. 나는 속도를 내며, 그러나 너무 빠르지는 않게 긴 관 속으로 꾸준하게 떨어졌다. 난 그제야 강하 통로가 뭔지 알게 되었다.

아래로 아래로, 나는 계속 떨어지면서 이따금 벽에 나타나는 '10층' 또는 '55번 오염방지실' 또는 '사육장' 또는 '6번 펌프시설관리실' 같은 표시를 보곤 했다. 어렴풋이 그 조리개 같은 출입구가 눈에 띄기도 했지만…, 난 끊임없이 떨어졌다.

마침내 난 바닥까지 떨어져 내렸고, 거기 벽에는 '토피카 시 경계. 인구 22,860명'이라 적혔다. 아무런 저항도 없이 몸이 멈춰 섰다. 충격을 완충하기 위해 상체가 약간 굽었지만, 그마저도 그리 티가 나지 않았다.

난 다시 그 금속판을 밀어 넣었다. 이번에는 훨씬 큰 조리개가 스르륵 열렸고, 난 처음으로 아랫동네를 보았다.

눈앞에서 아랫동네가 30킬로미터쯤 멀리까지 뻗었다가 무디게 번득이는 양철 벽을 만나 지평선을 이루었다. 등 뒤의 벽이 둥그렇게 굽고 굽고 또 굽어서 그 지평선과 만난 다음 계속해서 아랫동네를 감싸 안으며 굽고 굽고 다시 굽어서 처음 시작된 내 등 뒤로 돌아왔다. 나는 머리 위 200미터쯤에 지붕이 있고 지름이 대략 30킬로미터인 거대한 금속 통 바닥에 있었다. 그리고 누군가가 그 깡통 바닥에 커다란 마을을 건설해 놓았다. 위에 있던 도서관에서 찾은, 물에 젖어 불은 어느 책에 나오는 세상을 그대로 따라 한 것 같았다. 나는 그 책에서 이런 마을을 보았다. 딱 이런 마을이었다. 단정한 작은 집들과 구불구불한 좁은 도로들과 잘 다듬은 잔디밭과 상업지구와 토피카에 있을 다른 모든 것들.

태양만 빼고, 새들만 빼고, 구름만 빼고, 비만 빼고, 눈만 빼고, 추위만 빼고, 바람만 빼고, 개미만 빼고, 진흙만 빼고, 산만 빼고, 바다만 빼고, 드넓은 경작지만 빼고, 별만 빼고, 달만 빼고, 숲만 빼고, 자유로이 돌아다니는 동물만 빼고, 그리고…,

자유만 빼고.

그들은 죽은 물고기처럼 이곳에 담겼다. 통조림처럼.

목구멍이 조여오는 듯했다. 나가고 싶었다. 나가고 싶어! 몸이 떨리기 시작하더니 손끝이 차가워지고 이마에 진땀이 났다. 여기로 내려오다니, 내가 미쳤지. 난 나가야 해. 나가야 해!

다시 강하 통로로 나가려고 돌아서는데 '그것'이 나를 붙잡았다.

쿨라, 이 빌어먹을 쌍년 같으니! 의심했어야 했는데!

그것은 나지막한 녹색 상자처럼 생겼다. 팔 대신 끝에 벙어리장갑이 달린 굵은 케이블이 달리고 캐터필러로 굴러다니는 그것이 나를 붙잡았다.

그게 나를 번쩍 들어 평평하고 네모진 윗면에 올려놓고는 케이블에 달린 벙어리장갑으로 꽉 붙들었다. 나는 꼼짝없이 붙들려서, 앞면에 달린 커다란 유리 눈알을 발로 차봤지만 아무 소용이 없었다. 유리 눈알은 깨지지 않았다. 그것의 높이라 해봐야 기껏 120센티미터 정도밖에 되지 않아서 내 발이 거의 땅에 닿을 정도였지만, 그렇다고 실제로 닿지는 않았다. 그것이 나를 얹은 채 토피카를 향해 움직이기 시작했다.

어디를 보나 사람들이 있었다. 자기 집 앞베란다 흔들의자에 앉은 사람, 잔디밭에서 낙엽을 긁는 사람, 주유소에서 어슬렁거리는 사람, 풍선껌 기계에 동전을 넣는 사람, 길 한가운데에 흰 선을 긋는 사람, 길모퉁이에서 신문을 파는 사람, 공원 야외공연장에서 뿜빠뿜빠 밴드 연주를 듣는 사람, 돌차기와 술래잡기 놀이를 하는 사람, 소방차를 닦는 사람, 벤치에 앉아서 책을 읽는 사람, 창문을 닦는 사람, 생울타리 가지를 치는 사람, 모자를 들어 숙녀들에게 인사하는 사람, 철망 바구니에 우유병을 모아 담는 사람, 말을 빗기는 사람, 개에게 물어올 막대기를 던지는 사람, 공공수영장에서 다이빙하는 사람, 식료품점 앞 석판에 채소 가격을 적는 사람, 여자애와 손을 잡고 산책을 하는 사람…, 그 사람들 전부가 그 금속제 씨발 것에 앉은 내가 지나가는 걸 지켜보았다.

강하 통로로 들어서기 전에 블러드가 한 말이 들리는 듯했다. '이건 확실히 다 정리가 끝난 얘기고, 누구든 다 아는 사실이야. 저놈들은 솔로를 싫어해. 이미 충분히 많은 떠돌이 무리가 아랫동네를 습격하고 놈들의 여자를 강간하고 식량을 강탈했어. 놈들이 방어책을 세웠을 게 분명하잖아. 넌 놈들 손에 죽어, 빅!'

고맙다, 개새끼야.

잘 있어라.

8

녹색 상자가 상업지구를 가로질러 가더니 창문에 '사업개선국'이라는 글자가 붙은 어느 상점 안으로 들어갔다. 열린 문을 통해 곧장 안으로 들어가니 남자와 늙은 남자와 아주 늙은 남자 여섯 명이 나를 기다리는 중이었다. 여자 두 명도 있었다. 녹색 상자가 멈췄다.

남자 한 명이 다가와 내가 쥐고 있던 금속판을 빼앗아 들여다보고는 돌아서서 나이 든 남자 중에서도 제일 나이가 많은 남자에게 내밀었다. 금속판을 받은 늙은이는 헐렁한 바지에 녹색 햇빛 가리개를 쓰고 줄무늬 셔츠 소매를 걷어 고무밴드로 고정한 시든 두꺼비처럼 생긴 남자였다. "루, 퀼라 거예요." 남자가 늙은 남자한테 말했다. 루가 금속판을 접뚜껑이 달린 책상의 왼쪽 맨 위 서랍에 넣었다. "아론, 놈의 총을 뺏는 게 좋겠네." 그 늙은 얼간이가 말했다. 그러자 신분증을 뺏어갔던 남자가 내 몸을 샅샅이 뒤졌다.

"아론, 풀어주게." 루가 말했다.

아론이 녹색 상자 뒤쪽으로 돌아가 뭔가를 찰깍거리니 케이블 벙어리장갑이 상자 안으로 빨려 들어갔다. 난 상자에서 내려섰다. 상자가 날 잡았던 팔 부분에 감각이 없었다. 난 놈들을 노려보며 차례로 양팔을 주물렀다.

"자, 얘야…." 루가 입을 열었다.

"꺼져, 씨발 놈아!"

여자들이 창백해졌다. 남자들 표정이 굳었다.

"제가 소용없을 거라고 했잖아요." 또 다른 늙은 남자가 루에게 말했다.

"이거, 안 될 일이에요." 좀 젊은 축에 드는 남자가 말했다.

딱딱한 등받이의자에 앉은 루가 몸을 앞으로 숙이더니 부러질 것 같은 손가락으로 나를 가리켰다. "얘야, 착하게 구는 게 좋을 게다."

"다들 언청이 애새끼나 낳아라!"

"소용없어요, 루!" 또 다른 남자가 말했다.

"천한 것." 잎이 뾰족하게 튀어나온 여자가 날카롭게 말했다.

루가 나를 뚫어지게 쳐다보았다. 심술궂게 꾹 다문 입술이 짧고 검은 선 같았다. 나는 그 개자식의 지저분한 머릿속이 온통 썩고 냄새나는 욕망으로 가득 차 있다는 걸 알았다. 그는 악의를 담은 작은 눈으로 나를 뚫어지게 쳐다보았다. 세상에, 놈은 벽에 앉은 파리를 막 혀로 훔치려는 두꺼비처럼 흉했다. 그는 뭔가 내가 좋아하지 않을 말을 내놓을 참이었다. "아론, 저 애한테 다시 감시병을 붙이는 게 나을 것 같네." 아론이 녹색 상자로 다가갔다.

"좋아, 그만." 난 손을 들고 말했다.

아론이 걸음을 멈추더니 루를 쳐다보았고, 루가 고개를 끄덕였다. 그러고는 루가 몸을 바짝 내밀고는 그 새 발톱 같은 손가락으로 나를 가리켰다. "착하게 굴 준비가 됐니, 꼬마야?"

"그래, 그런 거 같아."

"확실히 그러는 편이 좋을 거야."

"좋아. 확실히 그러지. 존나 확실하게!"

"그리고 입을 조심해야 할 거다."

난 대답하지 않았다. 늙다리 얼간이 같으니.

"얘야, 넌 우리한테는 약간의 실험 같은 거란다. 우리는 다른 방식으로 너희 같은 애 하나를 여기로 데려오려고 했었지. 별 볼 일 없는 너희 풋내기 하나를 잡으려고 선량한 사람들 몇이 올라갔지만 아무도 돌아오지 않았어. 그래서 너희들이 제 발로 우리한테 내려오도록 꾀는 게 최선이라고 판단했단다."

난 코웃음을 쳤다. 퀼라 이 년, 그런 줄도 모르고 그년을 챙겼다니!

새 부리 여자보다 약간 나이가 적은 듯한 여자가 앞으로 나서더니 내 얼굴을 똑바로 들여다보았다. "루, 당신은 이 애를 굴복시키지 못해요. 이 애는 더러운 어린 살인자예요. 이 눈 좀 봐요."

"똥구멍에 소총을 쑤셔 넣어줄까, 쌍년아?" 여자가 펄쩍 뒤로 물러났다. 루가 다시 화를 냈다. "미안." 나는 정말로 잽싸게 말했다. "내가 욕먹는 걸 안 좋아해서 말이야, 형씨."

늙은 남자가 등을 기대고 앉더니 여자에게 딱딱거렸다. "메즈, 애를 가만히 놔둬요. 내가 지금 얘기를 해보려고 하잖소. 당신 때문에 일이 더 어려워져요."

메즈라는 여자가 다른 사람들 옆으로 돌아가 앉았다. 사업 개선국인가 뭔가를 하는 사람들이라더니, 과연!

"꼬마야, 이미 말했다시피 우리에게 너는 하나의 실험거리야. 우리가 여기 토피카로 내려온 지 30년이 다 됐단다. 여기 내려와 사는 건 괜찮아. 조용하고, 질서정연하고, 서로를 존중하는 좋은 사람들에다, 범죄도 없고, 노인들을 공경하고, 살기에는 두루두루 좋은 곳이지. 우리는 번성하고 번창하는 중이야."

나는 기다렸다.

"하지만, 지금에서야 우리 중 일부가 더 이상 애를 갖지 못하게 됐고, 애를 가진 여자들도 대부분 딸을 낳는다는 사실을 알게 됐단다. 우리는 남자가 좀 필요해. 좀 특별한 종류의 남자가."

나는 웃기 시작했다. 이건 현실이라기엔 너무 좋잖아. 놈들은 내가 종마 역할을 해주길 원했던 것이다. 난 웃음을 참을 수가 없었다.

"천한 것!" 여자 하나가 얼굴을 찌푸리며 말했다.

"꼬마야, 우리한테는 이미 힘든 상황이니까 우리를 더 힘들게 만들지 말거라." 루는 민망해했다.

그러니까, 지상에서는 나와 블러드가 쓸만한 보지를 찾느라 온종일 시간을 허비하며 다녔는데, 여기 땅밑에서는 나더

166

러 지역 여성동지들에게 봉사를 해줬으면 하고 바라는 것이다. 나는 바닥에 주저앉아 눈물이 줄줄 흐를 때까지 웃어 젖혔다.

마침내, 나는 일어서서 말했다. "좋아. 그러지. 하지만 원하는 게 좀 있어."

루가 날 뚫어지게 쳐다보았다.

"그 퀼라라는 년부터 시작했으면 좋겠어. 그년이 까무러칠 때까지 떡을 쳐주지. 그러고는 그년이 나한테 했던 것처럼 대가리를 갈겨줄 거야!"

놈들이 잠시 모여 숙덕거리더니 잠시 후에 제자리들로 돌아갔고, 루가 말했다. "우리는 이곳에 더 이상의 폭력은 용납할 수 없다. 하지만 시작을 퀼라로 하지 못할 이유는 없는 거 같군. 가능해. 그렇지 않나, 아이어러?"

바싹 여위고 피부가 노란 남자가 고개를 끄덕였다. 이 상황이 마음에 들지 않는 듯했다.

퀼라의 애비로군, 나는 확신했다.

"그럼, 시작하지." 내가 말했다. "줄을 세워." 난 바지 지퍼를 내리기 시작했다.

여자들이 소리를 질렀고, 남자들이 나를 붙잡았다. 놈들은 나를 어느 하숙집에 밀어 넣고 방을 정해주고는 작업에 들어가기 전에 내가 토피카에 대해서 조금 더 알아야 한다고 말했다. 왜냐하면, 그게, 음, 에, 그러니까, 일단은 어색하기 때문이었고, 마을 사람들로 하여금 어떤 일이 진행될 예정인지를…, 그러니까 내가 일을 그럭저럭 해내면 지상에서 젊은 종마 몇을 더 들여와 마을에 풀어놓을 거라는 계획을 납득하도록 만들어야 하기 때문이라고 나는 추정했다.

그래서 나는 마을 사람들의 안면을 익히면서, 그들이 무엇을 하는지, 어떻게 사는지 보면서 한동안 토피카에서 시간을 보냈다.

그곳 생활은 괜찮았다. 진짜로 괜찮았다.

그들은 앞베란다 흔들의자에 앉아 있었고, 잔디밭에서 갈퀴질을 했고, 주유소에서 어정거렸고, 풍선껌 기계에 동전을 밀어 넣었고, 길 한복판에 흰 선을 그려 넣었고, 길모퉁이에서 신문을 팔았고, 공원 야외공연장에서 뿜빠거리는 악단 연주를 들었고, 돌차기와 술래잡기를 했고, 소방차를 반짝거리도록 윤을 냈고, 벤치에 앉아 책을 읽었고, 창문을 닦았고, 생울타리 가지를 쳤고, 모자를 살짝 들어 숙녀들에게 인사했고, 철망 바구니에 우유병을 수거했고, 말을 빗겼고, 개들에게 물어올 막대기를 던졌고, 공공수영장에서 다이빙을 했고, 잡화점 바깥 석판에 분필로 채솟값을 적었고, 지금껏 본 중에 제일 흉하게 생긴 여자애들과 손을 잡고 걸었고, 죽고 싶을 정도로 날 따분하게 만들었다.

일주일도 안 돼서 난 언제든 비명을 지를 수 있는 상태가 됐다.

나는 날 밀봉한 통조림 깡통의 압력을 느꼈다.

나는 머리 위에 쌓인 흙의 무게를 느꼈다.

놈들은 인공 쓰레기 같은 걸 먹었다. 인공 완두콩과 가짜 살코기와 가공의 닭고기와 대용품 옥수수와 가짜 빵. 모조리 분필과 먼지 맛이 났다.

예의 바르다고? 세상에, 놈들이 문명이라고 부르는 거짓과 위선적인 잡소리를 들으면 토할 정도다.

'안녕하세요 거시기 씨'와 '안녕하세요 머시기 부인', 그리고 '어떻게 지내세요?'

그리고 '아이는 잘 크나요?', 그리고 '일은 어떠세요?', 그리고 '목요일 조합 모임에는 가세요?' 그리고 나는 하숙집 내 방에서 깩깩거리기 시작했다.

깨끗하고, 상냥하고, 깔끔하고, 사랑스러운 놈들의 생활방식은 남자를 죽이기에 충분했다.

남자들이 그걸 세우지 못하고, 불알이 달린 대신에 홈이 파인 아이들을 만드는 것도 놀랄 일이 아니었다.

처음 며칠 동안은 모두가 내가 금방이라도 폭발해서 하얗게 칠한 자기들 근사한 울타리에 똥이라도 처바를 것처럼 나를 쳐다보았다. 하지만 좀 시간이 지나자 사람들은 날 보는 일에 익숙해졌다. 루가 나를 상가로 데리고 가서 솔로라면 누구나 몇 킬로미터 밖에서도 찾아낼 만한 오버롤 작업복과 셔츠를 갖춰 입혔다. 날 살인자라고 불렀던 그 미친 쌍년 메즈가 주위를 어슬렁거리기 시작하더니 마침내 내 머리카락을 잘라서 좀 문명인처럼 보이게 만들고 싶다는 말을 했다. 하지만 그 여자의 꿍꿍이속이 뭔지는 빤했다. 일말의 모성애 따위는 아니었다.

"뭐가 문제야, 보지년아." 난 옴쭉달싹 못하도록 그녀를 구석으로 몰았다. "남편이 잘 안 해줘?"

그년은 자기 입에 주먹을 처넣으려 했고, 나는 미치광이처럼 웃었다. "자기, 가서 남편 불알이나 잘라 버려. 내 머리는 안 자를 거니까." 여자가 줄행랑을 쳤다. 디젤 기관이라도 달린 것처럼 눈앞에서 사라졌다.

한동안 그런 식으로 흘러갔다. 난 그저 이리저리 돌아다녔고, 놈들은 와서 날 먹였고, 온 마을이 나와 관련하여 어떤 일이 생길지 알게 될 때까지 어린 계집애들이 나와 마주치는 일이 없도록 단속했다.

그렇게 갇힌 내 마음은 한동안 정상이 아니었다. 나는 밀실 공포증에 사로잡히고 초조해져서 밖으로 나가 어두운 하숙집 앞베란다 밑에 앉아 있는 경우가 많아졌다. 그러다 그 상태가 지나가자 난 될 대로 되라는 심정으로 놈들에게 딱딱거렸고, 그러다 뿌루퉁해졌고, 그러다 조용해졌고, 그러다 그냥 멍청해졌다. 고요했다.

결국, 나는 그곳에서 나갈 방법을 알아보기 시작했다.

난 언젠가 블러드에게 먹였던 푸들을 떠올리는 것부터 시작했다. 아랫동네에서 올라온 게 분명한 놈이었다. 강하 통로로 올라왔을 리는 없다. 그러니 분명히 어딘가에 다른 나가는 길이 있을 터였다.

놈들은 내가 주변 사람들에게 예의를 차리고 뭔가 돌발적인 일을 시도하지 않는 한 상당히 자유롭게 마을을 돌아다닐 수 있도록 놔두었다. 늘 그 녹색 감시병이 근처 어딘가에 있긴 했지만.

그래서 나는 나가는 길을 찾아냈다. 그다지 극적인 일도 아니었다. 그건 그냥 거기에 있어야 했고, 난 그걸 찾아냈을 뿐이다.

그러고는 내 무기들이 어디 있는지 알아내는 것으로 나갈 준비를 마쳤다. 거의 말이다.

9

일주일이 지난 어느 날, 아론과 루와 아이어러가 날 데리러 왔다. 그때쯤 나는 아주 얼이 빠졌다. 난 셔츠를 벗은 채 하숙집 뒤베란다에 나앉아 옥수수 파이프를 피우며 햇볕을 쐬고 있었다. 해가 없다는 게 문제였을 뿐이었다. 얼이 빠졌다니까.

그들이 집을 돌아서 뒷마당으로 왔다. "잘 잤나, 빅." 루가 내게 인사를 건넸다. 그는 지팡이를 짚고 절뚝거리며 걸었다. 늙은 꼰대 같으니. 아론은 내게 활짝 웃어 보였다. 좋은 품종 암소에게 막 중요 부위를 끼워 넣으려는 커다란 검정 수소에게 보내는 그런 종류의 웃음이었다. 아이어러는 잘게 부숴서 용광로에 넣어도 될 것 같은 표정이었다.

"여어, 안녕 하쇼, 루. 좋은 아침, 아론, 아이어러."

루가 그 말을 듣고 기뻐하는 것 같았다.

아, 이 형편없는 개자식 같으니, 어디 한번 두고 보라지!

"첫 번째 아가씨를 만나러 갈 준비가 되었나?"

"언제나 준비는 돼 있지, 루." 나는 자리에서 일어났다.

"담배, 괜찮지, 응?" 아론이 말했다.

난 옥수수 파이프를 입에서 뗐다. "순수한 기쁨이지." 나는 미소를 지었다. 난 그 빌어먹을 것에 불도 붙이지 않았다.

그들은 날 데리고 마리골드 가로 갔다. 노란 덧문이 달리고 하얀 말뚝 울타리가 둘러진 작은 집으로 올라가면서 루가 말했다. "여기는 아이어러의 집이야. 퀼라는 그의 딸이고."

"이런, 깜짝 놀랄 일이네." 난 눈을 동그랗게 뜨고 말했다.

아이어러의 야윈 턱 근육이 움찔했다.

우리는 안으로 들어갔다.

퀼라와 퀼라의 늙은 버전인 듯 똑 닮았지만 말라빠진 고기 조각처럼 쇠약한 어머니가 나란히 긴 의자에 앉아 있었다. "홈즈 부인, 반갑습니다." 내가 짐짓 예의를 갖추며 말했다. 그녀가 미소를 지었다. 긴장하긴 했지만 그래도 그녀는 웃었다.

퀼라는 두 손을 포개 무릎에 올린 채 다리를 딱 붙이고 앉아 있었다. 머리에는 리본이 하나 달렸다. 푸른색이었다.

그녀의 눈 색깔과 잘 어울리는 색이었다.

내 뱃속에서 뭔가가 철렁 내려앉았다.

"퀼라, 안녕." 내가 말했다.

여자애가 고개를 들었다. "안녕, 빅."

그러자 둥그렇게 선 채로 모두가 뭔가 어색해졌다. 그러다 마침내 아이어러가 침실로 들어가 그 부자연스러운 상스러운 짓을 끝내라고, 그래야 교회에 가서 전능한 신께 우리 궁둥이를 번갯불로 찔러 죽이지 마시라고 빌 수 있다는 따위의 개소리들을 깩깩거리기 시작했다.

그래서 내가 손을 내밀자 퀼라가 고개를 들지도 않고 내 손을 잡았다. 우리는 뒤쪽, 작은 침실로 들어갔다. 여자애가 고개를 떨군 채 섰다.

"너, 저 사람들한테 말 안 했지, 그렇지?" 내가 물었다.

여자애가 고개를 끄덕거렸다.

갑자기 그년을 죽이고 싶지 않아졌다. 난 그년을 안고 싶었다.

아주 꽉. 그래서 난 그렇게 했다. 여자애는 품에 안겨 울면서 작은 주먹으로 내 등을 쳤다. 그러고는 날 올려다보면서 한꺼번에 말을 쏟아냈다. "아, 빅, 미안해. 정말 미안해. 그러고 싶지는 않았지만, 그럴 수밖에 없었어. 그러라고 보내졌으니까. 난 너무 무서웠어. 그리고 사랑해. 그러고는 사람들이 널 이곳에 잡아놨고, 그리고 그건 더럽지 않아, 그렇지? 아빠가 말한 것처럼 그런 거 아니지? 그렇지?"

난 그녀를 안고 입을 맞추고는 다 괜찮다고 말했다. 그러고는 나와 함께 도망가고 싶은지 물었다. 그녀는 그래, 그래, 그래, 정말 그러고 싶다고 말했다. 그래서 도망가려면 네 아빠가 다치게 될지도 모른다고 말했더니 그녀의 눈에 내가 너무

나 잘 아는 표정이 떠올랐다.

더할 나위 없이 예의 바른 퀼라였지만, 그녀는 큰 소리로 기도문을 외치는 자기 아빠와는 아주 달랐다.

난 뭔가 무거운 것, 촛대나 방망이 같은 게 있는지 물었고, 그녀는 없다고 말했다. 그래서 나는 그 뒷방 침실을 샅샅이 뒤져 서랍장에서 퀼라 아버지의 양말 한 켤레를 찾아냈다. 나는 침대 머리판에 달린 커다란 장식용 놋쇠 공 두 개를 빼서 양말 안에 밀어 넣고는 무게를 가늠해보았다. 아, 딱 좋아.

퀼라가 눈을 휘둥그레 뜨고 나를 뚫어지게 쳐다보았다. "뭘 하려는 거야?"

"너, 여기서 나가고 싶어?"

그녀가 고개를 끄덕였다.

"그럼 잠자코 저 문 뒤에 서 있어. 아니다, 잠깐만, 더 좋은 생각이 났어. 침대에 누워."

퀼라가 침대에 누웠다. "좋아." 내가 말했다. "이제 치마를 올리고 팬티를 벗어. 그리고 다리를 벌려." 퀼라가 공포에 질린 표정으로 나를 바라보았다. "그냥 해." 내가 말했다. "여기서 나가고 싶으면."

퀼라는 내 말에 따랐고, 나는 그녀가 무릎을 세우고 다리를 활짝 벌리도록 자세를 손본 다음 한쪽 문 뒤에 숨어서 그녀에게 속삭였다. "아빠를 불러. 아빠만."

그녀는 오랫동안 망설이다가 마침내 굳이 꾸며낼 필요도 없는 목소리로 소리쳤다. "아빠! 아빠, 여기 좀 와 보세요!" 그러고 그녀는 눈을 꾹 감았다.

아이어러 홈즈가 문을 열고 들어와 자신의 숨은 욕망을 목격하고는 입을 떡 벌렸다. 난 그의 뒤에서 문을 차서 닫고는 있는 힘껏 그를 내리쳤다. 그는 뭔가 쩔걱거리는 소리를 내며 침대보에 피를 튀기고는 완전히 허물어졌다.

퀼라가 퍽 소리를 듣고 눈을 떴다가 두개골에서 튀어나온 뭔가가 자기 다리에 흩뿌려지자 몸을 틀고는 바닥에 토했다. 그녀가 아론을 방 안으로 끌어들이는 데에는 별 쓸모가 없겠다고 판단한 나는 직접 문을 열고 밖으로 고개를 내밀었다. 걱정스러운 표정으로 나는 말했다. "아론, 잠깐만 들어와 볼래요?" 아론은 뒷방 침실에서 벌어지고 있을 일에 관하여 홈즈 부인과 이야기를 나누는 중인 루를 쳐다보았고, 루가 고개를 끄덕이자 방으로 들어왔다. 그는 훤히 드러난 퀼라의 치모를, 벽과 침대보에 튄 피를, 바닥에 널브러진 아이어러를 한눈에 훑어보고는 소리를 지르려 입을 열었다. 그때 내가 아론을 후려쳤다. 그는 두 번을 더 맞고서야 쓰러졌고, 그런 뒤에도 그의 숨통을 끊기 위해 가슴께를 발로 차야 했다.

퀼라는 여전히 토하는 중이었다.

난 그녀의 팔을 붙잡고 침대에서 휙 일으켰다. 적어도 아무 소리를 내지는 않았지만, 빌어먹을, 냄새가 심했다.

"이리 와!"

여자애가 끌려오지 않으려 버텼지만 난 팔을 꽉 붙잡은 채 침실 문을 열었다. 그녀를 밖으로 끌어내는데 누가 지팡이를 짚으며 몸을 일으켰다. 내가 지팡이를 힘껏 차버리자 그 늙은 꼰대는 바닥에 풀썩 쓰러졌다. 홈즈 부인이 남편은 어디 갔는지 궁금해하며 우리를 쳐다보았다. "그는 저 안에 있어." 난 현관으로 향하며 말했다. "전능하신 신이 머리를 강타했지."

우리는 큰길로 나갔고, 퀼라는 헛구역질을 하면서, 헛소리를 지껄이면서, 어쩌면 자기 팬티가 어디로 갔는지 의아해하면서, 악취를 풍기면서, 내 뒤를 따랐다.

놈들은 내 무기를 사업개선국에 있는 잠긴 상자에 넣어두었다. 우리는 하숙집에 들러서 내가 주유소에서 슬쩍해 숨겨놓은 쇠지레를 뒷베란다 밑에서 꺼내왔다. 그러고는 농민공제조합 뒤쪽 지름길로 상업지구로 가서 곧장 사업개선국으로 향했다. 사무원 하나가 저지하려 했지만 나는 쇠지레로 그놈의 대갈통을 쪼개버렸다. 그러고는 루의 사무실 사물함 걸쇠를 뜯어내고 내 30-06구경 소총과 45구경 권총과 탄약 전부와 내 대못과 칼, 그리고 옷가지를 챙겼다. 그때쯤에는 퀼라도 조금은 말이 되는 얘기를 할 수 있었다.

"어디로 가는 거야, 어디로 가는 거야, 아, 아빠, 아빠아…!"

"어이, 이봐, 퀼라, 나한테 아빠 아빠 거리지 마. 네가 같이 가고 싶다고 했잖아…. 음, 난 갈 거야! 위로! 나랑 같이 가고 싶다면 옆에 딱 붙어 있는 게 좋을 거야."

내 말에 반대하기에 퀼라는 너무 겁에 질린 상태였다.

가게 정면으로 나서자 소형 탱크처럼 다가오는 녹색 감시병이 보였다. 케이블이 나와 있었지만, 벙어리장갑은 없었다. 케이블 끝엔 갈고리가 달렸다.

나는 30-06구경 소총의 멜빵을 팔뚝에 감으며 한쪽 무릎을 꿇었다. 시야는 깨끗했다. 나는 놈의 정면에 달린 큰 눈을 겨냥하고 쏘았다. 명중!

총에 맞은 눈이 소나기처럼 불꽃을 날리며 폭발했고, 녹색 상자는 경로를 틀어 어느 상점의 전면 유리창을 뚫고 들어가 끽끽거리고 울부짖으며 그곳을 화염과 불꽃으로 채웠다. 멋지다.

나는 퀼라를 붙잡으려고 몸을 돌렸다. 하지만 그녀가 없었다. 길 저쪽에서 공동체를 보호하겠답시고 온갖 사람들이 몰려왔다. 그중에는 뭔가 기묘한 종류의 메뚜기처럼 지팡이를 짚고 절뚝거리는 루도 끼어 있었다.

그리고 바로 그때 사격이 시작됐다. 시끄러운, 탕탕거리는 소리였다. 퀼라에게 준 45구경 권총이었다. 위를 쳐다보니 2층을 두른 베란다가 보였고, 거기에 마치 프로처럼 권총을 난간에 걸쳐놓고 폭도들을 겨냥해 총알을 날리는 그녀가 있었다. 1940년대 공화국 영화에 나오는 와일드 빌 엘리어트인가 하는 배우 같았다.

하지만 멍청하다! 빌어먹게도 멍청하다! 도망가야 할 때 저런 것에 시간을 낭비하다니.

난 외부 계단을 발견하고 한 번에 세 계단씩 밟으며 올라갔다. 그녀는 웃고 있었고, 무리에서 얼간이 하나를 고를 때마다 작은 혀끝이 한쪽 입꼬리로 비어져 나왔다. 그녀의 눈이 온통 매끈하게 젖은 채, 빵! 얼간이를 쏘아 넘겼다.

그녀는 정말로 그 일에 푹 빠졌다.

내가 다가가는 사이에 그녀가 수척한 자기 어머니를 겨냥했다. 내가 뒤통수를 갈기는 바람에 총알이 빗나가자 표적이 됐던 나이 든 부인은 잠시 춤추듯이 껑충거리다가 이내 계속해서 가까이 다가왔다. 퀼라가 홱 고개를 돌려 나를 쳐다보았다. 눈에 살의가 가득했다. "너 때문에 놓쳤어." 그 목소리를 듣는 순간 나는 등골이 오싹해졌다.

45구경 권총을 빼앗았다. 멍청해. 이렇게 탄약을 낭비하다니.

난 그녀를 끌고 건물을 돌아 뒤쪽에 붙은 헛간 지붕으로 먼저 뛰어내리고는 그녀에게 뛰어내리라고 말했다. 처음에 그녀는 겁에 질렸지만 내가 말했다. "너처럼 자기 어머니도 아무렇지 않게 쏠 수 있는 여자가 이 정도 떨어지는 걸 겁내서야." 그녀가 난간을 붙잡고 바깥쪽 돌출장식을 딛고 섰다. "걱정하지 마." 내가 말했다. "오줌을 지려서 팬티가 젖을 걱정은 안 해도 돼. 팬티가 아예 없으니까."

그녀가 한 마리 새처럼 웃고는 뛰어내렸다. 내가 그녀를 잡았고, 우리는 헛간 문을 타고 아래로 내려왔다. 우리를 괴롭힐 폭도들이 있는지 보려고 잠시 제자리에서 기다렸다. 폭도들은 어디에도 보이지 않았다.

난 퀼라의 팔을 붙잡고 토피카 남쪽 끝을 향해 출발했다.

거기에 내가 돌아다니면서 발견한 가장 가까운 출구가 있었다. 우리는 15분 후에 헐떡거리며 새끼 고양이처럼 약해져서는 거기에 도착했다.

그리고 거기에 그게 있었다.

커다란 공기 흡입관이.

내가 쇠지레로 죔쇠들을 뜯어냈다. 우리는 안으로 올라섰다.

위로 올라가는 사다리가 있었다. 있어야만 했다. 사다리는 수리와 관리와 청결의 표시였다. 있어야만 했다. 우리는 사다리를 오르기 시작했다.

퀼라는 올라오다가 너무 지칠 때마다 뒤에서 묻곤 했다. "빅, 날 사랑해?" 난 계속 사랑한다고 말했다. 진심이어서만은 아니었다. 그 말은 그녀가 계속 올라오도록 하는 데 도움이 되었다.

10

우리는 강하 통로에서 1.5킬로미터 정도 떨어진 곳으로 나왔다. 내가 필터 덮개와 뚜껑을 고정한 볼트를 날려버린 후에 우리는 밖으로 기어 나왔다. 저 밑의 놈들은 뭘 알고나 있어야지. 잠자는 사자의 코털을 건드리면 안 되는 법이다.

놈들은 애초에 상대를 잘못 만났다.

퀼라는 녹초가 됐다. 그럴 만도 하지. 하지만 난 그처럼 휑한 곳에서 밤을 보내고 싶지 않았다. 그곳에는 환한 대낮에라도 마주치는 상상조차 하기 싫은 것들이 있었다. 때는 황혼으로 기우는 중이었다.

우리는 내가 내려갔던 강하 통로 쪽으로 걸어갔다.

블러드가 기다리고 있었다.

놈은 쇠약해 보였다. 하지만 기다려주었다.

난 쭈그리고 앉아 놈의 대가리를 받쳐 들었다. 놈이 눈을 뜨고 아주 작은 소리로 말했다. "어이."

난 놈에게 미소를 지었다. 세상에, 놈을 보니 너무 좋았다. "우리 돌아왔어, 친구."

놈이 일어서려 했지만 그러질 못했다. 몸에 난 상처가 흉했다. "뭘 좀 먹었어?" 내가 물었다.

"아니. 어제… 아니 그젠가 도마뱀 한 마리를 잡았지. 나 배고파, 빅."

그때 퀼라가 다가왔고 블러드가 그녀를 보았다. 놈이 눈을 감았다.

"서두르는 게 좋겠어, 빅." 그녀가 말했다. "제발. 그 사람들이 강하 통로로 올라올지도 몰라."

난 블러드를 들어보았다. 끔찍하게 무거웠다. "잘 들어, 블러드. 내가 도시로 가서 먹을 걸 구해볼게. 금방 돌아올 거야. 넌 그냥 여기서 기다려."

"거기 가지 마, 빅." 그가 말했다. "네가 내려간 다음 날에 정찰을 했어. 패거리 놈들이 우리가 그 체육관에서 불타 죽지 않았다는 걸 알아챘어. 어떻게 알았는지는 모르겠어. 어쩌면

개들이 우리 냄새를 맡았는지도 모르지. 계속 지켜봤지만, 우
릴 추적하려고는 하지 않았어. 무리도 아니지. 이곳의 밤이 어
떤지는 아무도 모르니까, 친구… 너도 몰라….”

그가 몸을 떨었다.

“진정해, 블러드.”

“하지만 우리는 놈들에게 완전히 찍혔어. 우린 그 도시로
못 돌아가. 어딘가 다른 곳을 찾아야 할 거야.”

상황이 돌변했다. 우리에겐 돌아갈 데가 없었고, 블러드가
저런 상태라면 다른 곳을 찾기도 힘들다. 내가 솔로로서 제법
괜찮은 축이긴 하지만 놈 없이는 제대로 해나갈 수 없다. 그리
고 여기 이곳에는 먹을 것이 아무것도 없다.

놈은 당장 먹이를 먹어야 하고, 치료를 받아야 했다. 난 뭐
라도 해야 했다.

뭔가 좋은 일을, 뭔가 빠른 일을.

“빅!” 퀼라가 새된 소리로 찡찡거렸다. “서둘러! 개는 괜찮
을 거야. 우리, 서둘러야 해!”

난 그녀를 올려다보았다. 해가 어둠 속으로 가라앉는 중이
었다. 내 품에 안긴 블러드가 몸을 떨었다.

그녀는 뿌루퉁한 표정이었다. “날 사랑한다면, 서둘러!”

난 놈 없이 혼자 살아갈 수 없다. 난 알았다. 내가 그녀를
사랑하는지 아닌지를. 그 보일러 안에서, 그녀는 물었었지.
‘너, 사랑이 뭔지 알아?’

✳

　자그맣게 불을 피웠다. 도시 외곽을 어슬렁거리는 떠돌이 패거리들의 눈에 띌 정도도 아니었다. 연기도 없었다. 블러드가 먹을 만큼 먹고 나자, 나는 놈을 1.5킬로미터쯤 떨어진 아랫동네 환기구로 데려가 그 안의 좁은 돌출부에서 밤을 냈다. 난 밤새도록 놈을 안고 있었다. 놈은 잘 잤다. 아침이 되자 나는 놈을 아주 세심하게 치료해주었다. 놈은 살아났다. 놈은 튼튼했다.

　블러드는 또 먹이를 먹었다. 어젯밤에 먹고 남은 게 많았다. 난 먹지 않았다. 난 배고프지 않았다.

　우리는 그날 오전에 황량한 황무지를 건너기 시작했다. 우리는 다른 도시를 찾아내 그곳에 적응할 것이다.

　블러드가 여전히 절뚝거려서 우리는 천천히 움직여야 했다. 오랜 시간이 지나고서야 내내 머릿속에서 울리던 그녀의 질문이 멈췄다. 내게 묻고 또 묻던 그 말. '너, 사랑이 뭔지 알아?'

　당연히 알지.

　소년은 자기 개를 사랑하는 법이니까.

잃어버린 시간을
지키는 기사

Paladin of the Lost Hour

1986년 휴고상 수상

1986년 로커스상 수상

1986년 네뷸러상 노미네이트

**1987년 미국 작가 길드
최우수 앤솔로지 에피소드 선정**

이 사람은 노인이었다. 그렇다고 퇴물이 되어 걷지 못할 정도로 엄청난 노인은 아니었다. 태양의 피라미드를 오르는 울퉁불퉁한 돌계단처럼 닳지도 않았다. 아직은 유물이 아니었다. 그럼에도 무척 나이가 많기는 해서, 이 노인은 골동품 사냥 지팡이에 걸터앉아 있었다. 손잡이를 열어 의자를 만들고, 아래쪽 고정못은 묘지의 부드러운 흙과 잘 깎아놓은 잔디 속에 비스듬히 박아서 말이다. 가느다란 회색 빗줄기가 그 고정못과 거의 같은 각도로 내렸다. 겨울의 헐벗은 나무들은 싸늘한 바람에도 꼼짝 않고, 알루미늄 하늘을 배경으로 시커멓게 고요히 누워 있었다. 노인은 묘비가 살짝 기울어져 박힌 어느 무덤 발치에 앉았다. 빗속에 앉아서 아래에 있는 누군가에게 말을 하고 있었다.

"그놈들이 해체해 버렸어, 미나."

"분명히 시의원을 하나 매수한 거야."

"아침 여섯 시에 불도저를 몰고 왔는데, 그건 불법이잖아. 지방자치법에 있어. 주중에는 최소 일곱 시, 주말이면 여덟 시까지는 기다려야 하는 거야. 그런데 그놈들은 여섯 시에, 아니 여섯 시도 되기 전에, 해도 뜨기 전에 온 거야. 몰래 들어와서 동네 사람들이 낌새를 알아채기 전에 해치우고는 유적 보존 위원회를 부를 생각이었겠지. 기습이었어. 공휴일에 오다니, 상상이 가겠지!"

"하지만 난 거기서 놈들을 기다리고 있다가 말했지. '이럴 순 없어요. 지방자치 규정 91.3002 세부 항목 E에 나와 있다고.' 그랬더니 그놈들이 거짓말을 하면서 특별 허가를 받았다는 거야. 그래서 내가 덩치 큰 책임자에게 말했지. '그 허가 서류 좀 봅시다.' 그랬더니 그놈이 이 경우에는 규정이 적용이 안 된다고, 그 규정은 땅을 고를 때만 적용되는 거고 자기들은 땅을 고르러 온 게 아니라 철거하러 온 거니까 언제든 작업을 시작할 수 있다지 뭐야. 그래서 내가 경찰을 부르겠다고, 소음 공해에 해당한다고 했더니 그놈이… 음, 당신은 그런 말을 싫어하니까 뭐라고 했는지 전하진 않을게. 그래도 상상은 갈 거야."

"그래서 난 경찰에 전화를 걸어 내 이름을 댔고, 물론 경찰은 7시 15분이 다 되도록 도착을 못 했고(그래서 그놈들이 시의원을 매수했다고 생각하는 거야), 그때쯤엔 불도저들이 대부분 깔아뭉갠 후였지. 당신도 알겠지만, 오래 걸리지 않거든."

"그렇다고 그게 무슨, 알렉산드리아 대도서관처럼 엄청난 손실이야 아니지만, 그래도 마지막 남은 진짜 아르데코풍의 드라이브인 건물이었고, 종업원들은 아직도 롤러스케이트를 신고 서빙을 한 데다가, 역사적인 건물이었단 말이야. 그리고 아직 훌륭한 그릴드 치즈 샌드위치를 먹을 수 있는 유일한 곳이기도 했지. 네모나게 잘라놓고 '치즈'라고 부르는 그 변질된 플라스틱이 아니라 진짜 치즈를 써서 만들고, 예전에 쓰던 무거운 그릴로 아주 납작하게 눌러 구운 샌드위치 말이야."

"그렇게 가버렸어, 여보. 사라지고 애도를 받았지. 그놈들은 그 자리에 미니몰을 또 하나 지을 거야. 이미 만들어 놓은 몰에서 열 블록밖에 떨어지지 않은 곳에다가. 그리고 어떻게 될지는 뻔하지. 새로운 몰이 예전 몰에서 사람들을 다 빼갈 것이고, 그 몰도 다음에 새로운 몰이 지어지면 똑같은 식으로 쇠퇴할 테지. 놈들이 거기서 역사의 교훈을 배울까, 아니야, 그놈들은 절대 배우질 못해. 일곱 시 반쯤에 모여있던 사람들을 봤어야 해. 온갖 나잇대가 다 있었어. 심지어 찢어진 가죽옷을 입고 애보리진*처럼 색칠을 한 애들도 왔더라고. 그런 애들까지 항의하러 왔어. 끔찍한 말을 내뱉긴 해도 그 녀석들은 걱정을 했지. 그래 봐야 철거를 막을 순 없었어. 그놈들은 그냥 쾅쾅 무너뜨렸지."

* 오스트레일리아 원주민

"오늘은 당신이 정말 그리워, 미나. 훌륭한 그릴드 치즈 샌드위치는 이제 없어." 나이 많은 노인은 땅에 대고 그렇게 말했다. 그리고 이제 노인은 조용히 울고 있었다. 바람이 일어서 안개비가 오버코트에 흩뿌렸다.

멀지 않은 근처에서, 빌리 키네타는 다른 무덤을 내려다보고 있었다. 그는 왼쪽으로 그 노인을 볼 수 있었지만, 주의를 기울이지는 않았다. 바람이 트렌치코트 틈새를 후려쳤다. 옷깃을 올리고 있었지만 목을 따라 비가 흘러내렸다. 이쪽은 좀 더 젊어서, 아직 서른다섯 살도 되지 않았다. 노인과 달리 빌리 키네타는 울지도 않았고 한때 귀 기울이던 추억 속의 누군가에게 말을 걸지도 않았다. 지관인가 싶게 조용히 서서 땅을 내려다보기만 했다.

이 두 사람 중 하나는 흑인, 하나는 백인이었다.

묘지를 에워싼, 쇠못이 박힌 높은 울타리 너머에서는 두 소년이 웅크리고 앉아서 쇠창살과 비 사이로 심각한 문제에⋯ 무덤이라는 문제에 몰두한 두 남자를 바라보고 있었다. 실은 소년도 아니었다. 법적으로는 청년이었다. 한 명은 열아홉 살, 다른 한 명은 스무 살을 두 달 지났다. 둘 다 법적으로는 투표를 하고 술을 마시고 차를 몰 수 있는 나이였다. 둘 다 빌리 키네타만큼 나이를 먹지는 못했다.

한 명이 말했다. "노인으로 하자."

다른 한 명이 대꾸했다. "트렌치코트 입은 남자가 방해할까?"

첫 번째가 미소를 지었다. 심술궂게 슬쩍 웃었다. "그래 줬으면 좋겠네." 그는 오른손에 손가락 부분을 잘라낸 가죽 카나비 장갑을 꼈는데, 손마디를 따라서 작고 둥그런 금속 징이 박혀 있었다. 그는 주먹을 쥐었다가 펴고, 다시 쥐었다가 폈다.

그들은 침식이 일어나 얕은 도랑이 파인 지점에서 울타리 아래로 들어갔다. "씨발!" 한 명이 엎드려 지나가다가 욕을 했다. 진흙투성이였다. 새틴 로디 재킷 앞자락이 더러워졌다. "씨발!" 그는 못 박힌 울타리와 아래쪽 비탈, 진흙투성이 땅, 우주 전체에 대고 말하고 있었다. 그리고 이제는 이 멋진 새틴 로디 재킷을 지저분하게 만든 죄로 제대로 당하게 될 노인을 향해서도.

그들은 트렌치코트를 입은 남자에게서 최대한 멀리 떨어져서 왼쪽으로 노인에게 다가갔다. 첫 번째 소년은 태권도 수업에서 배운 짧고 날카로운 발차기로 지팡이를 걷어찼다. '옆차기'라는 동작이었다. 노인이 뒤쪽으로 넘어갔다.

다음 순간 둘 다 달려들어서, 더러워진 씨발 새틴 로디 재킷을 입은 청년은 노인의 오버코트 옷깃을 잡고 이리저리 끌면서 목과 옆얼굴을 때렸다. 다른 한 청년은 그 코트 주머니를 뒤지기 시작했다. 손을 집어넣느라 천이 찢어졌다.

노인은 비명을 질렀다. "나를 보호해라! 넌 나를 보호해야 해…. 나를 보호해야 한다!"

주머니를 뒤지던 청년이 잠시 동작을 멈췄다. 이 늙은 멍청이가 무슨 소릴 지껄이는 거지? 대체 누가 자기를 지킬 거라는 거야? 우리 보고 자기를 지키라는 건가? 내가 지켜주지, 징그러운 늙은이! 내가 그 폐를 걷어차 주겠어! "입 좀 막아!" 그는 친구에게 급히 속삭였다. "저 입에 주먹을 쳐넣어!" 그 순간 재킷 안주머니에 들어간 그의 손이 뭔가를 잡았다. 그는 손을 빼내려 했지만, 재킷과 코트와 노인의 몸뚱이가 손목을 휘감은 상황이었다. "이거 풀어, 씨발아!" 그는 아직도 보호하라고 외쳐대는 노인에게 말했다. 다른 청년은 피해자의 비에 젖은 머리털을 때리면서 진흙처럼 어두운 쉭쉭 소리를 내고 있었다. "못하겠어…. 이 늙은이가 완전 꼬여가지고… 거기서 손 빼. 그래야 내가…." 노인은 비명을 지르며 두 청년의 손을 붙든 채로 몸을 접었다.

그러다가 약탈자의 손이 풀렸고, 그는 잠시나마 화려한 회중시계를 움켜쥐고 있었다.

예전에는 '터닙 와치'라고도 부르던 커다란 시계였다.

문자반은 칠보 세공으로, 이루 말할 수 없이 아름답고 정교했다.

케이스는 은이었는데, 어찌나 반짝이는지 파랗게 빛날 정도였다.

시간의 화살 모양으로 만든 시침과 분침은 금이었고, 정확히 11시를 가리키는 V자를 그렸다. 사건이 일어나는 지금은 비바람 부는 오후 3시 45분이었다.

그 시계는 소리를 내지 않았다. 아무 소리도 나지 않았다.

그러다가 그 시계 사방에 공간이 생겼고, 그 시계를 감싼 손바닥에 열기가 솟았다. 잠깐이지만, 손을 풀어야 할 만큼은 긴 시간 동안 열기가 확 치솟았다.

시계는 청년의 손바닥에서 미끄러져서 공중에 떴다.

"도와다오! 나를 보호해야 한다!"

빌리 키네타는 그 새된 비명소리를 들었으나, 깜짝 놀란 청년 위 허공에 뜬 회중시계는 보지 못했다. 은제 시계인 데다가 빌리 키네타가 보는 방향에서는 모로 서 있었고, 빗줄기는 은빛으로 비스듬히 떨어졌다. 그는 성난 청년이 몸을 떼어내어 시계에 달려드는 순간에도 허공에 뜬 시계를 보지 못했다. 빌리는 그 시계가 강도의 손이 닿지 않는 곳으로 떠오르는 광경을 보지 못했다.

빌리 키네타는 두 소년이, 비슷한 또래의 범죄자 청년 두 명이 훨씬 나이가 많은 누군가를 때리는 모습만 보았다. 그리고 그쪽으로 순식간에 달려갔다. 펑, 하고!

노인은 옷깃을 쥔 청년이 주먹을 날려 때려눕히려는 가운데 다리를 휘두르며 몸을 이리저리 비틀고 있었다. 그런 노인이 그렇게 맹렬히 맞설 줄이야 누가 알았겠는가?

퍼드득거리면서 알아들을 수 없는 소리를 지르는 무엇인가가 전속력으로 그 무리 중앙을 때렸다. 시계를 향해 뻗었던 장갑 낀 손은 한순간 허공을 잡았다가, 다음 순간에는 주인의 몸 아래에 묻혔다. 그 청년은 허리 아래를 때리는 미식축구식 태클에 맞고 날아가서 축축한 땅에 얼굴부터 처박혔다. 청년은 일어나려고 했지만, 뭔가가 그의 꼬리뼈 쪽을 짓밟았고, 신장을 두 번 걸어찼으며, 갑자기 밀어닥친 홍수처럼 굴려버렸다.

몸을 비틀고 또 비틀던 노인은 옷깃을 잡고 있던 소년의 오른쪽 눈에 엄지손가락을 찔러넣었다.

노인을 바닥에 팽개치고 울부짖으며 찔린 눈에 손바닥을 대는 청년에게 빌리 키네타라는 이름의 트렌치코트 입은 소용돌이가 달려들었다. 빌리가 손깍지를 끼고 옆으로 크게 휘둘러 치자 청년은 뒤로 휘청거리다가 미나의 비뚤어진 묘비 위에 쓰러졌다.

빌리는 노인을 등지고 있었다. 그는 빗방울 하나 맞지 않고 부드럽게 빗발 사이로 내려가서 노인 앞을 맴도는 신기한 시계를 보지 못했다. 노인이 시계에 손을 뻗는 모습도 보지 못했고, 그 시계가 늙은 손에 내려앉는 모습도, 노인이 시계를 재킷 안주머니에 집어넣는 모습도 보지 못했다.

바람과 비와 빌리 키네타는 법적으로 자기 행동에 책임을 질 수 있는 나이인 두 청년을 계속 때렸다. 그들은 부츠 한쪽에 찔러넣어 둔 칼은 생각하지도 못했고, 그 칼에 손을 뻗을 기회도 없었다. 사나운 상대는 그들이 일어나지도 못하게 했다. 그래서 그들은 기었다. 진흙투성이 땅과 미끄러운 풀밭, 무덤들 위를 허겁지겁 기어서 그의 손이 닿지 않는 곳으로 도망쳤다. 달리다가 넘어지고, 일어서고, 다시 넘어져 가며 뒤도 돌아보지 않고 도망쳤다.

덜덜 떨리는 다리로 숨을 몰아쉬던 빌리 키네타가 쓰러진 노인을 부축하려고 몸을 돌려 보니, 노인은 이미 일어서서 오버코트의 흙을 털고 있었다. 노인은 화가 나서 콧김을 뿜으며 혼잣말을 하고 있었다.

"괜찮으세요?"

노인은 잠시 불평을 계속 늘어놓더니 상황의 끝을 고하듯 턱을 내리고 자신을 구해준 사람을 쳐다보았다. "아주 훌륭했어요, 젊은이. 꽤 스타일이 있더군."

빌리 키네타는 눈을 크게 뜨고 노인을 보았다. "정말 괜찮으십니까?" 그는 손을 뻗어 노인의 오버코트 어깨에 묻은 젖은 풀잎 몇 가닥을 털어냈다.

"괜찮아요. 괜찮은데 몸이 젖은 데다 짜증이 나는군. 어딘가에 가서 얼그레이나 한잔 합시다."

빌리 키네타가 찾아온 무덤을 내려다보고 섰을 때 짓던 표정이 있었다. 위급한 상황 때문에 사라졌던 그 표정이 이제 다시 돌아왔다.

"아닙니다. 괜찮으시다면 전 할 일이 있어서요."

노인은 꼼꼼히 온몸을 더듬으며 대꾸했다. "겉에만 멍이 들었을 뿐이군. 내가 원기 왕성한 늙은 남자가 아니라 늙은 여자였다면 같은 나이라도 뼛속에서 칼슘이 많이 빠져나갔을 테고, 그랬다면 저 두 놈에게 상당한 해를 입었겠지. 여자들은 내 나이면 칼슘을 꽤 많이 잃는다는 거 알아요? 나도 보도를 보고 알았지." 노인은 말을 멈추더니 쑥스러워하며 말했다. "그러지 말고, 같이 앉아서 맛있는 차 한잔 마시며 수다를 떨면 어때요?"

빌리는 곤혹스러움에 고개를 절레절레 저었지만, 저도 모르게 미소를 짓고 말았다. "재미있는 분이네요, 아저씨. 전 아저씨를 알지도 못하는데요."

"그거 마음에 드는군."

"뭐가요. 제가 아저씨를 알지도 못한다는 거요?"

"아니, 날 아저씨라고 부른 거 말이에요. 할아버지도 별로지만 파파라고 하면 더 싫지. 팝이라고 하면 그 잘난척쟁이가 병따개로 내 모자를 따고 싶어 한다는 생각이 들거든. 그래도 아저씨라는 말에는 존중의 느낌이 있잖아요. 아주 마음에 들어. 그래, 난 우리가 어디 따뜻하고 조용한 곳을 찾아 앉아서 서로를 알아가야 한다고 생각해요. 내 목숨을 구해줬잖아요. 동양에서 그게 무슨 의미인지 알죠."

빌리는 이제 계속 웃고 있었다. "첫째로, 제가 아저씨 목숨을 구했다는 생각은 안 듭니다. 지갑은 구했을지 모르지만요. 둘째로, 전 아저씨 이름도 모르는데요. 우리가 무슨 이야기를 해야 할까요?"

"가스파." 노인은 손을 내밀며 말했다. "그게 내 이름이에요. 가스파. 그게 무슨 뜻인지 알아요?"

빌리는 고개를 저었다.

"봐요, 벌써 할 이야기가 생겼지."

그래서 빌리는 여전히 미소를 지으며 가스파를 데리고 묘지를 걸어나가기 시작했다. "어디 사십니까? 집까지 모셔다 드리죠."

그들은 거리로 나가서 빌리 키네타의 1979년산 커틀라스로 다가갔다. "내가 사는 곳은 지금은 너무 멀어요. 몸이 좀 안 좋아지려고 하는군. 잠시 누웠으면 좋겠어. 그쪽 집에 들를 수도 있겠지요. 싫지 않다면, 몇 분만. 차 한잔 마실 정도만. 그래도 괜찮겠어요?"

그는 커틀라스 옆에 서서 노인 특유의 기대에 찬 미소를 지으며 빌리를 쳐다보았다. 그는 빌리가 잠긴 차 문을 열고, 그가 아직 칼슘은 풍부하지만 그래도 늙은 뼈를 조수석에 들여놓을 때까지 잡고 있기를 기다렸다. 빌리는 가스파를 쳐다보면서 그 문을 열었을 때 위험할 게 뭐가 있나 생각해 보려고 했다. 그러다가 작게 코웃음을 치고는 잠긴 문을 열어서 가스파가 앉을 때까지 잡고 있다가 쾅 소리 나게 닫고, 반대쪽 문을 열어서 차에 올랐다. 가스파가 손을 뻗더니 문단속을 했다. 그리고 그들은 함께 빗속을 달렸다.

그동안 시계는 아무 소리도, 아무런 소리도 내지 않았다.

가스파와 마찬가지로, 빌리 키네타도 혈혈단신이었다.

빌리의 방 셋짜리 아파트는 그가 존재하는 빈 공간이었다. 가구가 있기는 했지만, 그 아파트에 발을 들였던 사람이 현관으로 나가면, 그 아파트의 가구 배치가 어땠는지 묘사하면 스위스에 있는 모든 은행의 모든 돈을 준다고 해도 조금도 벌지 못하고 떠날 터였다. 그 아파트에는 어떤 매력도 없었다. 그곳은 다른 기회를 모두 써버렸을 때나 오는 곳이었다. 그 상자들 속에 푸르거나 살아 있는 것은 아무것도 없었다. 벽에서 보는 눈도 없었고, 온기도 한기도 특별할 게 없었다. 그곳은 목적지라기보다 그저 대기 장소였다.

가스파는 이제 의자를 접어서 손잡이 달린 평범한 지팡이가 된 사냥 지팡이를 책장에 기대놓았다. 그리고 서가에 마구잡이로 쌓인 페이퍼백들의 제목을 들여다보았다.

간이 부엌에서 금속 팬에 물을 받는 소리가 들렸다. 이어서 주석이 무쇠에 부딪히는 소리. 이어서 가스가 새어 나오는 소리와 성냥을 켜는 소리, 가스불 붙는 소리가 들렸다.

"오래전에⋯." 가스파는 모라비아의《두 청소년》을 빼내어 홀홀 넘기면서 말했다. "책을 수천 권 두고 살았지요. 한 권도 버릴 수가 없었어요. 형편없는 책이라도 말이야. 그랬더니 사람들이 집에 찾아오면 책이 빼곡한 구석구석을 둘러보는 거야. 책을 좋아하는 사람이 아니라면 언제나 똑같은 바보 같은 질문을 던지더군." 노인은 잠시 반응을 기다렸다가 아무 말도 들리지 않자(찻잔이 싱크대에 닿는 소리만 들렸다) 말했다. "그게 무슨 질문이었겠어요?"

부엌에서는 별 흥미 없는 목소리가 들렸다. "전혀 모르겠네요."

"그 사람들은 언제나 박물관에 간 사람들이 거대한 조각상을 봤을 때 내는 목소리로 묻곤 했지요. 나보고 '이 책을 다 읽으셨어요?'라고 묻는 거야." 노인은 다시 기다렸지만, 빌리 키네타는 놀이에 동참하지 않았다. "흠, 젊은 친구, 그런 바보 같은 질문을 백만 번쯤 듣고 나면 그 질문에 화가 좀 나게 되거든. 꽤 짜증이 났지요. 마침내 딱 맞는 대답을 알아낼 때까지는 말이야.

그래서 그 답이 뭐였는지 알아요? 어디 한번 맞춰봐요."

빌리가 간이 부엌 문간에 나타났다. "많이 읽었지만 다 읽진 않았다고 했겠죠."

가스파는 손을 내저어 그 추측을 물리쳤다. "그래서 무슨 소용이 있겠어요? 그래 가지곤 사람들은 자기들이 바보 같은 질문을 했다는 걸 모를 텐데, 그렇다고 그 사람들을 모욕하고 싶지도 않았단 말이지. 그래서 사람들이 나보고 그 책을 다 읽었냐고 물으면 이렇게 말했지요. '그럴 리가요. 누가 서재에 다 읽은 책만 가득 채우고 싶어 하겠어요?'"

빌리는 저도 모르게 웃고 말았다. 그는 하릴없이 머리를 긁고는 노인의 열정에 대한 반응으로 고개를 저었다. "가스파, 정말이지 엉뚱한 노인장이십니다. 은퇴하셨나요?"

노인은 조심스럽게 방 안에서 제일 편안한 의자로 걸어갔다. 속이 빵빵한 30년대 스타일의 라운지 소파로, 빌리 키네타가 미국 암 협회 중고품 점에서 구입하기 전에 여러 번 천 갈이가 이루어진 물건이었다. 노인은 그 소파에 파묻히며 한숨을 내쉬었다. "아니요, 은퇴와는 거리가 멀지요. 아직 현역이라오."

"무슨 일을 하시는데요? 물어봐도 괜찮다면요."

"옴부즈맨 일이지요."

"그러니까, 소비자 보호 같은 건가요? 랠프 네이더* 같은?"

"바로 그거예요. 난 이것저것에 주의를 기울이지. 귀 기울여 듣고, 관심을 기울여요. 그리고 내 일을 제대로 하면, 가끔은 작게나마 변화를 일으킬 수도 있지요. 그래, 그 랠프 네이더 씨처럼 말이야. 참 훌륭한 사람이지."

"그리고 친척을 보느라 묘지에 와 계셨고요?"

가스파의 얼굴에 상실의 표정이 자리 잡았다. "내 사랑하는 여인. 내 아내, 미나를 보러 갔지. 그 사람이 떠난 게, 어디 보자, 20년 전 1월이었군." 그는 잠시 내면을 들여다보며 말없이 앉아 있다가 말했다. "그 사람은 나에게 전부였어요. 좋은 점은, 우리가 서로에게 얼마나 중요했는지 안다는 것이지. 우린 모든 것에 대해 논의했어. 그게 제일 그리워요. 미나에게 무슨 일이 있었는지 말하던 시간.

난 이틀에 한 번꼴로 미나를 보러 가요.

전에는 매일 갔는데. 그건. 너무. 아프더라고."

그들은 차를 마셨다. 가스파는 차를 마시고 아주 맛있기는 한데 빌리가 얼그레이를 마셔본 적이 있는지 물었다. 빌리는 그게 뭔지 모른다고 대답했고, 그러자 가스파는 한 통 가져다주겠다고, 훌륭한 차라고 말했다. 그리고 그들은 잡담을 나눴다. 마침내 가스파가 물었다. "그런데 젊은 친구는 누굴 보러

---

* 소비자 보호 운동을 주도한 변호사로 여러 대기업과 정부의 부정을 고발하여 많은 성과를 냈다.

간 거였나요?"

빌리는 입술을 꾹 물었다. "그냥 친구요." 그러고는 더 말을 하지 않았다. 그러더니 한숨을 내쉬고 말했다. "음, 저기요, 전 일하러 가야 합니다."

"오 그래? 무슨 일을 하나요?"

답은 천천히 나왔다. 마치 빌리 키네타 자신이 컴퓨터 일을 한다거나, 작게 사업을 한다거나, 중요한 지위에 있다고 말할 수 있었으면 좋겠다고 바랬던 것처럼. "세븐일레븐의 야간 매니저예요."

"밤늦게 우유나 슬러시를 사러 오는 매력적인 사람들을 만나겠군요." 가스파는 부드럽게 말했다. 그는 이해하는 것 같았다.

빌리는 미소 지었고, 노인의 친절을 있는 그대로 받아들였다. "그래요, 상류 사회의 정예죠. 금고를 열지 않으면 머리를 쏘겠다고 협박하지만 않는다면요."

"한 가지만 부탁해도 될까요." 가스파가 말했다. "괜찮다면 내가 좀 쉬고 싶은데. 잠시만 쉬면 돼요. 소파에 잠시 누워있을 수도 있겠지. 그래도 괜찮겠어요? 날 믿고 젊은이가 나간 사이에 여기 있게 해주겠어요?"

빌리는 잠시 망설였다. 나이가 아주 많은 이 노인은 괜찮은 사람 같았고, 미치광이 같지도 않았으며, 도둑은 확실히 아니었다. 어차피 훔칠 게 뭐가 있단 말인가? 얼그레이도 아닌 홍차?

"그래요. 그래도 괜찮겠지요. 하지만 전 새벽 2시는 되어 야 돌아올 겁니다. 그러니까 가실 때는 문만 닫고 가세요. 자 동으로 잠기니까요."

그들은 악수했고, 빌리는 아직 젖어 있는 트렌치코트를 걸 치고 문으로 향했다. 그는 문가에 멈춰 서서, 저녁이 오면서 길어진 그림자 속에 앉은 가스파를 돌아보았다. "이렇게 알게 되어 반가웠습니다, 가스파."

"나도 그래요, 빌리. 젊은이는 좋은 사람이에요."

그리고 빌리는 일을 하러 갔다. 언제나처럼 혼자서.

호멜 칠리 캔이나 따서 요기해야겠다고 생각하며 2시에 집 에 돌아온 빌리는 차려진 저녁 식탁을 발견했다. 멋들어진 비 프스튜 냄새가 아파트 안을 채우고 있었다. 햇감자와 볶은 당 근, 그리고 살짝 반죽해서 섬세하고 바삭바삭하게 만든 호박 이 있었다. 컵케이크도 있었다. 초콜릿을 입힌 하얀 컵케이크 였다. 제과점에서 만든.

그런 식으로, 그렇게 부드럽게 가스파는 빌리 키네타의 아 파트와 생활에 스며들었다.

차와 컵케이크를 앞에 두고 앉아서 빌리는 말했다. "갈 곳 이 없으신 거죠?"

노인은 미소 짓고 고개를 움직여 강력한 반대의 뜻을 표했 다. "흠, 난 노숙자의 삶을 견딜 수 있는 부류가 아니지만, 당 장은 옛날 배우들이 '자유로운 몸'이라고 부르던 상태지요."

"한동안 머물고 싶으시다면, 그 정도는 괜찮을 거예요. 아주 넓은 집은 아니지만, 우린 그럭저럭 잘 지낼 것 같네요."

"정말 친절하군, 빌리. 그래요, 한동안 룸메이트로 지내고 싶군요. 하지만 오래 지내진 않을 거야. 주치의가 그러는데 난 이 세상에 오래 있지 못할 거라는군요." 그는 말을 멈추고 찻잔 속을 들여다보며 조용히 말했다. "고백해야겠는데… 난 좀 무서워요. 떠나기가 말이야. 대화할 상대가 있다는 건 굉장한 위안이 될 거예요."

그리고 빌리는 아무 전조 없이 불쑥 말했다. "전 베트남에서 같은 중대에 있었던 사람의 무덤에 간 거였습니다. 가끔 가지요." 하지만 그 말 속에 너무나 큰 고통이 담겨 있었기에, 가스파는 자세히 캐묻지 않았다.

그렇게, 그들이 허락하든 않든 간에 시간은 흘러갔고, 가스파가 빌리에게 텔레비전을 볼 수 있겠냐고, 아침 뉴스를 보고 싶다고 하고 빌리가 낡은 텔레비전을 켜자 마침 다시 무산된 군비축소 대화에 대한 긴급 보도가 나오고, 빌리는 고개를 저으며 죽음 같은 것을 두려워하는 사람은 가스파만이 아니라고 말하자, 가스파는 쿡쿡 웃고는 논쟁의 여지가 없는 확신을 담아 빌리의 무릎을 두드렸다. "내 말 믿어요, 빌리. 그런 일은 일어나지 않아요. 핵 재앙은 없어요. 내 말을 믿어요. 절대 핵 재앙은 일어나지 않아. 절대, 절대, 절대로."

빌리는 힘없이 미소 지었다. "왜 안 일어납니까? 왜 그렇게 확신하시는데요. 특별한 내부 정보라도 있어요?"

그러자 가스파는 빌리가 처음 보는 아름다운 시계를 꺼내 더니 말했다. "핵 재앙은 일어나지 않아요. 겨우 11시니까."

빌리는 정확히 11시를 가리키고 있는 시계를 가만히 보고 는 자기 손목시계를 보았다. "이런 말 하긴 싫지만, 그 시계는 멎었는데요. 지금은 거의 5시 30분입니다."

가스파는 특유의 미소를 지었다. "아니, 11시야." 그리고 그들은 나이가 아주 많은 노인을 위해 소파에 잠자리를 준 비했고, 노인은 이제 조용해진 텔레비전 위에 잔돈과 만년필 과 화려한 회중시계를 올려놓았으며, 두 사람은 잠을 청했다.

어느 날 빌리는 가스파가 점심 설거지를 하는 동안 나갔다 가, 커다란 토이저러스 종이가방을 들고 돌아왔다.

가스파는 나이아가라 폭포 기념품 행주로 접시를 닦으며 부엌에서 나왔다. 그는 빌리와 종이 가방을 보았다. "그 가방 엔 뭐가 들었나?" 빌리는 고개를 기울이고 노인에게 방 한가 운데로 오라는 뜻을 표했다. 그러고는 바닥에 주저앉아서 종 이 가방의 내용물을 쏟았다. 가스파는 깜짝 놀라서 그 내용물 을 보고는, 빌리 옆에 앉았다.

그들은 두 시간 동안 부품을 이리저리 펴면 로봇으로 변하 는 작은 자동차를 가지고 놀았다.

가스파는 트랜스포머, 스타리오스, 고봇의 모든 변신 방 법을 알아내는 데 탁월했다. 잘 놀았다. 그런 후에 그들은 산 책하러 나갔다. 가스파가 말했다. "내가 할인표를 사지. 하

지만 캐런 블랙, 샌디 데니스나 메릴 스트립이 나오는 영화
는 빼고야. 그 배우들은 언제나 울어서 코가 늘 빨갛거든. 그
건 못 참겠어."

그들은 대로를 건너기 시작했다. 신호등 앞에 올해의 캐딜
락 브로엄이 서 있었다. 특별히 고른 번호판에 열 겹의 아크
릴 래커와 두 겹의 자홍색 투명(천천히 말리기 위해 최종 "착색
코팅"에 리타더를 약간 섞어서) 코팅을 했는데 그 색깔이 어찌나
풍성한지 1945년산 샤토 라피트 로실드를 가득 채운 디캔터
를 투과해서 반짝이는 빛 같았다.

그 캐딜락을 모는 남자에게는 목이 없었다. 머리통이 어깨
에 그대로 얹혀 눌린 모양새였다. 그 남자는 앞을 똑바로 보고
시가를 마지막으로 길게 빤 후에 창밖으로 던졌다. 아직 연기
가 피어오르는 시가 꽁초가 차 앞을 지나던 가스파 앞에 떨어
졌다. 노인은 걸음을 멈추고 이 분석(糞石)*의 은유를 내려다
보더니, 운전사를 응시했다. 운전대 뒤에 있는 두 눈, 마카크
원숭이 같은 두 눈은 신호등의 붉은 원에서 떨어지지 않았다.
창문 바로 밖에서 누군가가 들여다보는데도 그 원숭이의 두
눈은 붉은 원만 쳐다보고 있었다.

캐딜락 브로엄 뒤에 자동차가 줄줄이 멈춰 섰다.

가스파는 캐딜락에 탄 남자를 잠시 바라보다가 삐거덕거리
는 몸을 굽혀 연기 오르는 시가 꽁초를 집었다.

* 동물 똥의 화석

노인은 빌리가 당황해서 바라보는 사이 두 걸음 만에 캐딜락으로 다가가서 운전사의 옆얼굴에서 몇 센티미터 떨어지지 않은 곳까지 얼굴을 들이밀고는, 더할 나위 없이 상냥하게 말했다. "이걸 우리 거실에 떨어뜨린 것 같군요."

그리고 멍한 원숭이 같은 눈이 보행자의 얼굴을 정면으로 돌아보자, 가스파는 끝이 빨갛게 타들어 가는 시가 꽁초를 가볍게 캐딜락 뒷좌석에 던졌고, 그 꽁초는 고급 코린트 가죽에 구멍을 내기 시작했다.

세 가지 일이 동시에 일어났다.

운전사는 고함을 지르며 거울로 시가 꽁초를 보려다가 각도가 나오지 않자 어깨너머로 뒷좌석을 보려고 했지만 목이 원활하게 돌아가지 않으니 자동차 기어를 중립에 놓고, 문을 열고 길거리로 튀어나와서 가스파를 붙잡으려 했다. "이 존만한 새끼야, 내 차에 뭔 짓을 하는 거야 이 빌어먹을 놈이, 내가 확 죽여버린…."

빌리는 가스파가 무슨 짓을 하는지 보고 털이 쭈뼛 일어서서, 노인을 잡으려고 횡단보도를 황급히 뛰어 돌아갔다. 가스파는 그에게 끌려가려 하지 않고 웃으면서, 광분한 운전사가 미친 황소처럼 길길이 뛰며 소리를 질러대는 모습을 대놓고 즐겁게 바라보고 있었다. 빌리가 있는 힘껏 잡아당기자 겨우 몸을 움직인 가스파는 캐딜락 앞을 지나서 반대쪽 연석으로 향했다. 아직도 미친 사람처럼 히죽거리면서 말이다.

신호등이 바뀌었다.

이 세 가지 일이 5초 동안 일어났고, 그동안 신호등이 녹색으로 바뀌었기 때문에 브로엄 뒤에서는 초조해진 차들이 빵빵거리고 있었다.

소리 지르기, 끌려가기, 빵빵거림. 운전사는 세 가지 일을 동시에 할 수 없었다. 다른 차들이 난리를 치는데 가스파를 쫓아갈 수도 없었고, 자동차 문을 놓고 이제는 저렴한 인테리어 업체로는 바로잡을 수도 없게 타버린 가죽 냄새가 지독한 뒷좌석에 기어들어갈 수도 없었으며, 뒷좌석을 구하면서 동시에 욕을 하고 경적을 울려대는 십여 명의 적의를 피할 수도 없었다. 그는 세 갈래로 갈라져서 덜덜 떨며 아무것도 하지 못했다.

빌리는 가스파를 끌고 갔다.

횡단보도를 건너서. 길거리를 벗어나. 연석 위로 올라가서. 옆길로 빠져서. 골목길로 들어가. 어느 집 뒷마당을 가로질러.

그 대로에서 한참 떨어진 옆 거리로 갔다.

빌리는 힘들어 씩씩대면서 그 거리의 다섯 집을 지나쳐서 겨우 멈춰 섰다. 가스파는 아직도 히죽거리며 조용히 웃고 있었다. 장난기를 감추지 않고 즐거워했다. 빌리는 그에게 요란한 손짓 발짓을 해가며 소리쳤다.

"미쳤어요!"

"괜찮나?" 노인은 애정을 담아 빌리의 이두박근을 찌르며 말했다.

"미쳤어! 돌았어요! 그 남자가 아저씨 머리통을 뜯어냈을 거예요! 대체 뭐가 잘못된 겁니까, 노인장? 정신이 나갔어요?"

"난 미치지 않았어. 나에겐 책임이 있어."

"책임!? 책임이라고 했습니까? 무슨 책임이요? 모든 개자식이 길거리에 던지는 모든 담배꽁초에 책임이요?"

노인은 고개를 끄덕였다. "담배꽁초, 쓰레기, 오염, 그리고 한밤중에 버려지는 유독성 폐기물에 책임이 있지. 덤불과 선인장과 바오밥 나무에, 사과와 심지어는 리마콩에도 책임이 있어. 난 리마콩을 싫어하는데도 말이야. 총을 겨누지 않아도 리마콩을 먹겠다는 사람을 보여주면, 내가 변태가 뭔지 알려주지!"

빌리는 소리를 지르고 있었다. "도대체 무슨 소릴 하는 거예요?"

"난 개와 고양이와 금붕어와 바퀴벌레들, 미국 대통령과 조너스 소크*와 자네 어머니와 라스베이거스 샌즈 호텔의 코러스 라인 전체에도 책임이 있어. 그 사람들의 안무가에게도 책임이 있지."

"스스로가 뭐라고 생각하는 겁니까? 신이요?"

"신성 모독은 하지 말고. 세탁비누로 젊은이 입을 헹구기엔 내 나이가 너무 많거든. 물론 난 신이 아니야. 난 그저 노인이지. 하지만 나에겐 책임이 있어."

가스파는 다시 모퉁이를 돌아 대로 쪽으로, 왔던 길을 되

---

* 미국의 세균학자

짚어가기 시작했다. 빌리는 노인의 말에 찔린 채 서 있었다.

"가자고, 젊은이." 가스파는 뒤로 돌아서 뒷걸음질 치며 말했다. "이러다가 영화 앞부분을 놓치겠어. 그건 싫지 않나."

빌리는 식사를 끝냈고, 두 사람은 구석등만 켜고 침침한 아파트 안에 앉아 있었다. 노인은 카운티 미술관에 갔다가 막스 에른스트, 장 레옹 제롬, 리처드 대드, 예리한 라이오넬 파이닝거 등의 비싸지 않은 그림 사본을 사 와서는 급조한 액자에 걸어놓았다. 두 사람은 한동안 말없이 느긋하게 앉아 있다가, 조용조용 기분 좋게 사소한 이야기들을 주고받았다.

마침내 가스파가 말했다. "내 죽음에 대해 많이 생각을 해 봤는데, 우디 앨런이 했던 말이 마음에 들어."

빌리는 긴 의자에 더 편하게 앉았다. "무슨 말인데요?"

"이렇게 말했지. 죽는 건 상관없다. 다만 그 일이 일어날 때 거기 있고 싶진 않다."

빌리는 낄낄 웃었다.

"대충 그런 기분이야, 빌리. 가는 건 두렵지 않지만, 미나를 완전히 떠나고 싶지는 않아. 미나와 함께 보내는 시간, 미나에게 말을 거는 시간이 우리가 아직 닿아 있다는 기분을 주거든. 내가 가면, 미나도 끝이야. 완전히 죽는 거야. 우리 사이엔 자식도 없었고, 우리가 알던 사람은 거의 다 죽었고, 친척도 없어. 그리고 우린 누가 기록에 남겨둘 만한 중요한 일을 한 적도 없으니, 우리는 그걸로 끝인 거야. 나는 상관없어.

하지만 미나에 대해서는 아는 사람이 있었으면 좋겠어…. 미나는 놀라운 사람이었거든."

그래서 빌리는 말했다. "저한테 말씀하세요. 제가 대신 기억할게요."

특정한 순서가 없는 기억들, 바다를 뭍으로 끌고 올 수 있는 밧줄만큼이나 견고한 기억들, 희미한 산들바람 속에 거미집처럼 어른어른 흔들리는 기억들이었다. 미나라는 사람 전체, 사소한 움직임 모두, 그가 말한 바보 같은 이야기에 재미있어할 때면 나타나던 보조개, 그들이 함께 보낸 젊은 시절, 그들의 사랑, 중년을 향해 이어진 나날들, 작은 기쁨들과 결코 이루어지지 못한 꿈들의 아픔. 그녀에 대해 말하는 만큼 그에 대해서도 알게 된다. 그의 목소리는 부드럽고 따뜻했으며, 너무나 깊고 진실한 갈망에 가득 찬 나머지 말이 끊길 때마다 자주 멈춰야 했다. 그럴 때면 생각에 잠겨 열정을 조금이라도 덜어내야 다시 말이 나왔다. 그는 그녀에 대해 생각하고 기뻐했다. 그는 그녀를 한데 모았다. 그녀가 가져온 모든 사랑과 그를 돌봐주던 모습들, 그녀의 옷가지와 그 옷들을 입던 방식, 그녀가 제일 좋아하던 장신구들, 영리한 발언들까지. 그는 그 모든 것을 한데 모아 싸서 새로운 저장고에 전달했다.

나이가 아주 많은 노인은 빌리 키네타에게 보관해달라고 미나를 전했다.

새벽이 왔다. 블라인드 사이로 들어오는 빛은 사프란색이었다. "고마워요, 아저씨." 빌리가 말했다. 그는 몇 시간 전에 자신을 사로잡았던 감정에 이름을 붙일 수가 없었다. 하지만 그는 이렇게 말했다. "전 평생 어떤 것에도, 누구에게도 책임을 져야 했던 적이 없어요. 전 누구에게도 속하지 않았어요…. 이유는 모르겠네요. 그게 싫지는 않았어요. 어차피 다른 존재 방법을 몰랐으니까요."

그러다가 긴 의자에 앉은 빌리의 자세가 달라졌다. 가스파는 빌리가 앉은 자세가 중요하다고 생각했다. 빌리가 자기 안에 있는 비밀 상자를 열려는 것 같았다. 그리고 빌리는 노인이 신경을 곤두세워야 할 만큼 조용한 소리로 말했다.

"난 그 친구를 알지도 못했어요.

우린 다낭에서 어느 비행장을 지키고 있었죠. 우리가 제9 해병여단 1대대였다는 얘기했던가요? 찰리*는 우리 남쪽에 있는 꽝응아이 성에서 대공격을 준비하고 있었어요. 성도(省都)를 탈취하려는 모양이었죠. 우리 소총중대는 비행장 주변 방어를 맡았습니다. 적이 계속 순찰대를 보내어 공격했거든요. 우린 머리를 긁지 말아야 할 때 긁은 불쌍한 멍청이를 매일 몇 명씩 잃었어요. 6월이었어요. 6월 말, 춥고 비가 많이 왔죠.

---

* 미군이 베트남 민족 해방 전선을 부르던 별명

참호도 엉덩이까지 물에 잠겼어요.

　신호탄이 먼저 터졌어요. 우리 곡사포가 포격을 시작했지요. 그러더니 하늘에 예광탄이 가득해졌고, 전 덤불을 향해 몸을 돌리다가 뭔가가 다가오는 소리를 들었어요. 짙은 청색 군복을 입은 베트남 정규군 두 명이 저에게 다가오더군요. 너무나 뚜렷하게 볼 수 있었어요. 긴 검은 머리에 몸을 구부리고 있었죠. 그리고 그놈들이 사격을 시작했어요. 그런데 망할 카빈총이 고장 나서는, 발포되질 않는 거예요. 전 탄창을 빼고 다른 탄창을 끼우려고 했지만, 놈들이 절 보고 AK-47을 제 쪽으로 돌렸어요…. 맙소사, 모든 게 느린 속도로 기억이 나요…. 전 그 총구를 봤죠. 7.62밀리미터의 돌격 소총을…. 전 잠시 미쳐서 머릿속으로 그게 러시아제인지, 중국제인지, 아니면 체코나 북한에서 온 건지 생각하려 하고 있었어요. 섬광탄 불빛이 어찌나 밝은지 그놈들이 일제 사격을 하려는 순간을 다 알아볼 수 있었는데, 그 순간 느닷없이 나타난 상병이 그놈들에게 달려들면서 이런 소릴 지르는 거예요. '어이, 베트콩 새끼들아, 여길 봐!' 사실 그런 말은 아니었지만… 사실은 상병이 뭐라고 했는지 기억할 수가 없어요…. 어쨌든 놈들은 상병에게 대응하려고 몸을 돌렸고… 놈들이 상병을 피가 가득 든 자루처럼 터뜨렸고… 상병은 저와 덤불 위에 떨어졌어요. 세상에, 제가 서 있는 물구덩이에 상병의 조각들이 떠다녔죠…."

　빌리는 감당할 수 없는 무게에 숨을 몰아쉬고 있었다. 그의 두 손은 패턴도 목적도 없이 얼굴 앞 허공을 움직였다. 그는 새벽빛이 든 방 안의 먼 구석을 계속 들여다보고 있었다. 마치 그곳에 특수한 현실이 나타나서 자신이 이런 이야기를 하는 이유를 채워줄지 모른다는 듯이.

"아, 맙소사, 상병이 물에 떠 있었어요…. 아, 예수님 맙소사. 내 부츠에 달라붙었어요!" 그러더니 그는 아파트 밖의 통행 소음을 날려버릴 정도로 큰 소리로 고통스럽게 울부짖고, 신음하기 시작했다. 우는 게 아니었다. 그 신음은 계속 이어졌다. 그리고 가스파는 소파에서 일어나서 빌리를 안고 다 괜찮다거나 하는 말을 했다. 그런 말이 아니었을지도 모르고, 아예 말이 아니었을지도 몰랐다.

그리고 빌리 키네타는 노인의 어깨에 기댄 채 반쯤 넋이 나가서 말을 이었다. "내 친구가 아니었어요. 알지도 못했고, 대화도 해보지 않았어요. 하지만 난 그 사람을 봤어요. 그냥 남자였어요. 그 사람이 그렇게 행동할 이유는 없었어요. 그 사람은 내가 좋은 사람인지 개똥 같은 놈인지 알지도 못했는데, 왜 그랬을까요? 그러지 않아도 되는 거였어요. 그놈들은 그 사람을 보지도 못했어요. 그 사람은 내가 그놈들을 죽이기 전에 죽었어요. 벌써 죽어 있었죠. 난 고맙다고도 감사하다고도… 아무 말도 못 했어요!"

"이제 그 사람은 그 무덤 속에 있고, 난 그 무덤을 보러 갈 수 있게 여기 살러 왔지만, 고맙다고 말하려고 아무리 애를 써도 그 사람은 죽었고, 내 말을 들을 수가 없어요. 아무 말도 들을 수 없죠. 그 사람은 그 밑에, 땅 밑에 있고 난 고맙다고 할 수가 없어요…. 아, 젠장, 젠장, 왜 내 말을 못 듣는 걸까요. 그저 고맙다고 하고 싶을 뿐인데….”

빌리 키네타는 감사를 표할 ‘책임을 맡고’ 싶었지만, 그건 다시는 오지 않을 하룻밤 동안에만 가능한 일이었다. 그리고 그날은 지나갔다.

가스파는 빌리를 침실로 데려가서 딱 늙고 병든 개를 어르듯이 달래어 재웠다.

그런 후에 가스파는 소파로 돌아갔고, 생각할 수 있는 말이 그것뿐이었기에 중얼거렸다. “빌리는 괜찮을 거야, 미나. 괜찮아질 거야.”

다음 날 저녁에 빌리가 세븐일레븐에 출근했을 때 가스파는 나가고 없었다. 전날은 집에 있었으니, 묘지에 가는 날이라는 뜻이었다. 빌리는 가스파가 묘지에 혼자 나가도 될까 조마조마했지만, 그 노인은 자기 몸을 돌볼 줄 알았다. 빌리는 미소를 떠올리지 않고 친구를 생각하다가, 그러고 보니 ‘친구’라고 생각하고 있구나 깨달았다. 그랬다. 이 사람은 그의 친구였다. 진정으로 정말로 그의 친구였다. 빌리는 가스파가 얼마나 늙었는지 생각하고, 자신이 얼마나 빨리 언제나의 상태로, 즉 고독한 상태로 돌아갈지 궁금했다.

2시 30분에 빌리가 아파트로 돌아갔을 때, 가스파는 담요로 몸을 말고 소파에 잠들어 있었다. 빌리는 들어가서 잠을 청하려 했지만, 몇 시간 후에도 잠이 오지 않고 흙탕물과 어두

운 나뭇잎들을 비추는 야간등을 생각하며 침실 천장만 올려다
보게 되자 물을 마시러 나갔다. 그는 거실을 돌아다녔다. 잠이
오지 않는 이 밤에 그의 유일한 동반자가 숨을 몰아쉬며 자고
있다 할지언정, 혼자 있고 싶지는 않았다.

그는 창밖을 내다보았다. 구름이 시폰 조각처럼 하늘을 가
로질렀다. 거리에서는 타이어가 끼익거리는 소리가 났다.

한숨을 내쉬고 거실 안을 어슬렁거리던 그는 소파 옆 커피
테이블에 놓인 노인의 회중시계를 보았다. 그는 커피 테이블
로 걸어갔다. 그 시계가 아직도 11시에 멈춰 있다면, 그 시계를
빌려다가 수리를 맡길 생각이었다. 가스파에게 좋은 일이 되겠
지. 노인은 그 아름다운 시계를 사랑했으니.

빌리는 시계를 집으려 몸을 숙였다.

그때 정확히 11시에 멈춰 있는 시계가 비스듬히 떠올라서
빌리의 손을 피했다.

빌리 키네타는 오한이 등을 타고 내려가서 척추 끝을 파고드
는 감각을 느꼈다. 그는 허공에 뜬 시계에 손을 뻗었다. 시계는
그의 손가락이 허공을 쥘 만큼만 움직였다. 그는 시계를 잡으
려고 했다. 시계는 빌리가 뒤에서 기습할 만한 위험이 아니라
는 사실을 아는 적수처럼 느긋하게 몸을 돌리며 그를 피했다.

그러다가 빌리는 가스파가 깨어났음을 깨달았다. 소파에 등
을 돌리고 있었음에도, 그는 노인이 자신을 관찰하고 있음을
알았다. 자신과, 기분좋게 떠다니는 시계를 말이다.

그는 가스파를 보았다.

그들은 오랫동안 말을 꺼내지 않았다.

그러다가, 빌리가 조용히 말했다. "전 다시 자러 가겠습니다."

"질문하고 싶은 게 있을 텐데." 가스파가 대꾸했다.

"질문요? 아뇨, 그럴 리가요, 아저씨. 대체 제게 무슨 질문이 있겠습니까? 아직 자고 있는데요." 하지만 그건 사실이 아니었다. 그날 밤 그는 아예 잠들지 않았으니까.

"'가스파'가 무슨 뜻인지 알아? 성경에 나오는 세 현자, 동방 박사 기억해?"

"전 유향과 몰약 같은 건 갖고 싶지 않아요. 침대로 돌아갈 겁니다. 지금 갈 거예요. 지금 당장 들어갈 거라고요."

"'가스파'란 보물의 주인, 비밀의 보관자, 궁전의 성기사(聖騎士)를 뜻하지." 빌리는 침실로 들어가지 않고 노인을 빤히 바라보았다. 그저 바라보기만 했다. 정교하고 아름다운 시계가 노인에게 날아가고, 노인이 손을 뻗어 시계를 받는 동안 계속. 시계는 그의 손에 안착해서 움직이지 않았고, 아무 소리도 내지 않았다. 아무 소리도.

"다시 자. 하지만 내일은 나와 같이 묘지에 가지 않겠나? 중요한 일이야."

"왜요?"

"내가 내일 죽을 테니까."

청명하고 좋은 날씨였다. 전혀 죽을 만한 날이 아니었지만, 동남아시아에는 그런 날이 많고 많았어도 죽음은 단념하지 않왔었다.

그들은 미나의 무덤 앞에 서 있었고, 가스파는 사냥 지팡이를 펴서 의자를 만들고 아래 고정못을 땅에 꽂았다. 그리고 그 의자에 앉아서 한숨을 내쉬며 빌리 키네타에게 말했다. "난 저 돌처럼 차가워지고 있어."

"재킷 드려요?"

"아니, 추운 게 아니라 내 속이 차갑다고." 가스파는 하늘을, 풀밭을, 늘어선 묘비들을 둘러보았다. "난 이 모든 것과 그 이상을 책임지고 있었지."

"전에도 그런 말을 하셨죠."

"젊은이, 혹시 책을 읽다가 제임스 힐턴의《잃어버린 지평선》이라는 옛날 소설을 본 적 있나? 영화는 봤을지도 모르겠군. 멋진 영화였어. 훌륭한 영화였지. 사실 소설보다 영화가 더 나았어. 프랭크 카프라 최고의 성취였지. 인류 유산이야. 로널드 콜먼은 최고였어. 어떤 이야기인지 알아?"

"압니다."

"샘 재프가 연기한 최고 라마승 기억하나? 파더 페랄트라고 했던?"

"기억나요."

"그 라마가 마법으로 숨겨진 세상 샹그릴라의 관리직을 어떻게 로널드 콜먼에게 넘겼는지 기억해?"

"예, 기억해요." 빌리는 멈칫했다. "그러고 나서 죽었죠. 그 라마승은 나이가 아주 많았고, 죽었어요."

가스파는 빌리를 올려다보고 미소 지었다. "아주 좋아, 빌리. 난 자네가 착한 아이였다는 걸 알고 있었지. 그러니 자, 자네가 그걸 다 기억한다면, 내가 이야기를 하나 해도 될까? 아주 긴 이야기는 아니야."

빌리는 친구를 향해 미소 지으며 고개를 끄덕였다.

"1582년에 교황 그레고리오 13세는 '문명 세계는 이제 율리우스력을 쓰지 않는다'고 선언했지. 1582년 10월 4일 다음 날은 10월 15일이 되었어. 열하루가 세상에서 사라진 거야. 170년 후, 영국 의회가 같은 예를 따랐고 1752년 9월 2일 다음 날은 9월 14일이 되었지. 왜 교황이 그런 짓을 했을까?"

빌리는 그 대화에 어리둥절해졌다. "실제 세계와 달력을 맞추려는 거였겠죠. 동지 하지와 춘분 추분. 언제 씨를 뿌리고, 언제 추수할지를요."

가스파는 즐거워하며 그에게 한 손가락을 흔들었다. "훌륭해, 젊은이. 그리고 그레고리오가 율리우스력을 폐지한 이유는 182년에 하루씩의 오류가 춘분을 3월 11일로 옮겨놓았기 때문이라고 하는 말은 틀리지 않아. 역사책에서는 그렇게 말하지. 모든 역사책이 그렇게 말해. 하지만 만약 아니라면?"

"만약 뭐요? 무슨 말을 하는지 모르겠는데요."

"만약 그레고리오 교황이 인류의 머릿속에서 시간을 재조정해야 할 지식을 알았다면? 만약 1582년에 초과 시간이 열하루 한 시간이었다면? 만약 교황이 그 열하루를 설명하고, 그 열하루를 없애버렸지만 한 시간이 풀려나서 영원 속을 통통거리고 뛰어다녔다면? 아주 특별한 한 시간이지…. 결코 이용되어선 안 될 시간… 결코 물려서는 안 될 한 시간. 만약 그렇다면?"

빌리는 양손을 펼쳤다. "만약, 만약, 만약! 그건 다 철학에 불과해요. 아무 의미도 없죠. 시간은 실물이 아니에요. 시간은 병에 담을 수 있는 물건이 아니란 말입니다. 그러니 만약 어딘가에 한 시간이 존재한다면….

그러다가 그는 말을 딱 멈췄다.

그는 긴장해서 노인에게 몸을 기울였다. "그 시계. 아저씨 시계요. 그 시계는 작동하지 않아요. 멈춰 있죠."

가스파는 고개를 끄덕였다. "11시에 멈춰 있지. 내 시계는 작동해. 다만 아주 특별한 시간을 지킬 뿐이야. 아주 특별한 한 시간을."

빌리는 가스파의 어깨를 건드리고, 조심스럽게 물었다. "아저씬 누굽니까?"

노인은 웃지 않고 말했다. "가스파. 보관자. 성기사. 수호자."

"최고 라마승 파더 페랄트는 몇백 살이었죠."

가스파는 늙은 얼굴에 아쉬운 표정을 담아 고개를 저었다. "난 여든여섯이야, 빌리. 자넨 나보고 신인 줄 아느냐고 물었지. 신은 아니야. 파더 페랄트도 아니고, 불사의 몸도 아니야. 그저 곧 죽을 노인에 불과하지. 자네는 로널드 콜먼인가?"

빌리는 신경질적으로 아랫입술에 손가락을 댔다. 그는 가능한 한 오래 가스파를 쳐다보다가 시선을 돌렸다. 몇 발자국 걸어가서 황량한 나무들을 응시했다. 갑자기 이 추도의 공간이 훨씬 싸늘해진 느낌이었다. 그는 그렇게 멀리 떨어져서 말했다. "하지만 그건 그저… 뭐라고 하죠? 연대상의 편의에 불과해요. 일광 절약 시간 같은 거죠. 봄이면 앞당겨 쓰고, 가을이면 되돌리고요. 실제로 한 시간을 잃는 건 아니에요. 되찾게 되어 있죠."

가스파는 미나의 무덤을 응시했다. "4월 말에 난 한 시간을 잃었어. 지금 죽는다면 난 내 인생에 한 시간이 모자라게 죽을 거야. 난 내가 원하는 한 시간을 가로채인 거야, 빌리." 가스파는 그에게 남은 미나의 전부를 향해 몸을 기울였다. "내 아내와 보낼 수 있었던 마지막 한 시간. 그게 두려워, 빌리. 난 그 시간을 가지고 있어. 내가 그걸 써버릴까 봐 두려워. 신이여 도와주소서. 난 너무나 그 한 시간을 쓰고 싶다네."

빌리는 그에게 다가갔다. 긴장하고 싸늘해진 몸으로 그는 말했다. "왜 그 한 시간은 절대 물려선 안 되는 겁니까?"

가스파는 깊은 한숨을 내쉬고 무덤에서 시선을 돌렸다. 그는 빌리와 시선을 맞추고 말했다.

해와 날과 시간은 모두 존재한다. 산맥과 대양과 남자와 여자와 바오밥 나무만큼 견고하게 실제로 존재한다. 그는 보라고, 내 얼굴의 주름을 보고 시간이 실제가 아니라고 부정해보라고 말했다. 한때 살아 있던 이 죽은 풀들을 보고 어디 한번 시간이란 다 공상일 뿐이라거나 교황과 황제와 자네 같은 젊은이들 사이에 이루어진 상호협정에 불과하다고 믿어보라고.

"그 잃어버린 시간은 결코 와서는 안 돼, 빌리. 그 시간이 오면 모든 게 끝나기 때문이지. 빛도, 바람도, 별도, 우리가 우주라고 부르는 이 웅장한 열린 공간도 다. 모든 게 다 끝나고, 언제나 도사리고 기다리던 영원한 암흑이 그 자리를 대신할 거야. 새로운 시작도 없고, 끝없는 세상도 없고, 그저 무한한 공허만 남게 되지."

그렇게 말하고 노인이 무릎에 놓여 있던 손을 펴자, 그 손바닥에는 시계가 놓여 있었다. 아무 소리도 내지 않고, 11시 정각에 딱 멈춰 있는 시계. "빌리, 이 시계가 12시를 치면 영원한 밤이 내려. 돌이킬 방법이 없지."

그는 그렇게 앉아 있었다. 아주 나이가 많은 노인, 어느 모로 보나 평범한 노인이었다. 카이사르와 교황 그레고리오 13세로부터 면면히 이어진 끝없는 잃어버린 시간의 수호자들, 수백 년 동안 그 아름다운 시계의 보관인으로 살았던 남자와 여자들 중 가장 최근의 인물. 그리고 이제 그는 죽어간다. 이제 그는 모든 사람이 아무리 끔찍하거나 고통스럽거나 공허한 삶이라 해도 매달리듯 삶에 매달리고 싶어 했다. 한 시간이라도 더 매달리고 싶어 했다. 자살하려고 다리에서 떨어지다가도 마지막 순간에 날고 싶어 했다. 하늘로 다시 날아오르고 싶어 했다. 이 지친 노인은, 오직 미나와 한 시간만 더 보내고 싶어 하는 이 노인은, 자신의 사랑이 우주를 대가로 치를 것을 두려워했다.

그는 빌리를 쳐다보고, 다음 수호자를 기다리는 시계를 내밀었다. 그는 자신이 삶의 마지막 순간에 가장 원하는 일을 거부하고 있음을 알면서, 빌리가 거의 알아듣기도 힘들 만큼 조용히 속삭였다. "내가 이 시계를 넘기지 않고 죽으면… 시계가 움직이기 시작해."

"전 아닙니다." 빌리가 말했다. "왜 절 고르셨습니까? 전 특별한 사람이 아니에요. 아저씨 같은 사람이 아니에요. 전 24시간 편의점을 운영해요. 제겐 아저씨 같은 특별함이 없어요! 전 로널드 콜먼이 아니에요! 전 책임지고 싶지 않습니다. 한 번도 책임을 진 적이 없단 말입니다!"

가스파는 부드럽게 웃었다. "자네는 나에게 책임감을 느꼈지."

빌리의 분노가 사라졌다. 그는 상처 입은 얼굴이었다.

"우릴 보게, 빌리. 자네가 무슨 색깔인지 보고, 내가 무슨 색깔인지 보게나. 자네는 날 친구로 받아들여 줬어. 난 자네가 자격 있다고 생각하네, 빌리. 자격 있어."

그들은 바람이 부는 가운데 말없이 그렇게 있었다. 그러다가 마침내, 영원 같은 시간이 흐른 후에 빌리가 고개를 끄덕였다.

그러고서 빌리는 말했다. "아저씨는 미나를 잃지 않을 겁니다. 이제 아저씨는 미나가 기다리는 곳으로 가실 거예요. 처음 아저씨가 미나를 만났을 때처럼요. 우리가 살면서 잃어버린 모든 것을 찾게 되는 곳이 있어요."

"그렇게 말해주니 좋군, 빌리. 나도 그렇게 믿고 싶어. 하지만 난 실용주의자야. 난 존재하는 것만 믿어. 비와 미나의 무덤과 우리가 보지 못하게 지나가긴 해도 존재하는 시간처럼 말이야. 난 두려워, 빌리. 난 이게 미나에게 말을 거는 마지막 순간일까 봐 두려워. 그러니 한 가지만 부탁하지. 그 시계를 지키면서 보낸 내 일생에 대한 보답으로….

그 시간 중에 딱 1분만 부탁해, 빌리. 미나를 불러내어 얼굴을 마주 보고 서서 접촉하고 작별인사를 할 1분. 빌리 자네가 이 시계의 새로운 수호자가 될 테니, 자네에게 부탁할게. 부디 딱 1분만 훔치게 해줘."

빌리는 말을 할 수가 없었다. 가스파의 얼굴에 떠오른 표정에는 지평이 없었다. 툰드라처럼 텅 비었고, 바닥이 없었다. 어둠 속에 홀로 남겨진 아이 같았고, 영원히 기다리는 고통 같았다. 그는 절대 이 노인의 부탁을, 그게 어떤 부탁이라 해도 거절할 수 없다는 것을 알았고, 정적 속에 울려 퍼지는 목소리를 들었다. "안됩니다!" 그것은 빌리 자신의 목소리였다.

의식적으로 한 말이 아니었다. 강하고 단호했으며, 반전의 여지가 조금도 없이 나온 말이었다. 그의 심장 한쪽이 연민에 흔들렸다 해도, 그 부분은 즉시 압도당했다. 안됩니다.

최종적이고 흔들릴 여지 없는 거절이었다. 순간 가스파는 의기소침해 보였다. 눈에 눈물이 고여 있었다. 그리고 빌리는 그 광경에 내면에서 뭔가가 비틀리고 부서지는 느낌을 받았다. 빌리는 자신이 노인을 상처입혔음을 알았다. 그는 재빨리, 그러나 조용히, 다급하게 말했다. "그건 잘못이라는 거 아시잖아요, 아저씨. 우린 절대로…."

가스파는 아무 말도 하지 않았다. 그저 빈손을 뻗어 빌리의 손을 잡았다. 애정이 담긴 접촉이었다.

"그게 마지막 시험이었어, 젊은이. 아, 내가 자네를 시험하고 있었다는 건 알고 있지? 이런 중요한 물건이 아무에게나 갈 순 없는 노릇 아닌가.

그리고 자네는 시험에 통과했어, 친구여. 내 마지막 친구이자 최고의 친구. 내가 미나를 떠나간 곳에서 다시 데려올 수 있다고 했을 때, 우리 둘 다 자주 찾는 여기에서 우리가 잃어버린 사람과 대화할 수 있다고 말했을 때 자네는 그 훔쳐낸 1분으로 누구든 다시 불러올 수 있다는 사실을 이해했겠지. 자네가 자신을 위해 그 시간을 사용하지 않을 줄은 알고 있었어. 아무리 그러고 싶다 해도 말이야. 하지만 나를 좋아하는 만큼, 내 소원이 자네를 흔들지 않을지는 확실치가 않았어. 그런데 자네는 나에게도 그 시간을 주지 않았어, 빌리."

그는 이제 맑고 또렷한 시선으로 빌리를 보며 미소 지었다.

"난 만족했어, 빌리. 자네는 걱정할 필요가 없어. 미나와 나에게는 그 1분이 필요 없어. 하지만 자네가 나 대신 이 시간을 맡아줄 거라면, 자네에게는 그 1분이 필요할 거야. 자네는 고통 속에 살고 있는데, 그건 이 시계를 지닌 사람에게 좋은 일이 못 돼. 자네는 치유를 받아야 해, 빌리.

그러니 자네가 스스로는 절대 하지 않을 일을 내가 해주지. 작별 선물로…."

그리고 노인은 시계를 작동시켰다. 시곗바늘 움직이는 소리가 갓난아기의 첫 울음소리만큼이나 크고 또렷했다. 그리고 11시에서 초침이 움직이기 시작했다.

그러더니 바람이 일고, 하늘에는 구름이 덮이는 것 같았으며, 놀라운 은청색 안개가 묘지에 깔리면서 추워졌다. 그리고 빌리 키네타는 오른쪽 멀리 떨어진 무덤에서 그게 나타나는 순간은 보지 못했지만, 나타난 형체가 그를 향해 다가오는 모습을 보았다. 과거의 군복을 입은 군인이었고, 계급은 상병이었다. 그는 빌리 키네타에게 다가왔고, 빌리는 가스파가 지켜보는 가운데 그 남자를 만나러 갔다.

나란히 서서 빌리는 그 남자에게 말을 걸었다. 생전에는 빌리가 이름도 알지 못했던 남자가 대답했다. 몇 초가 째깍째깍 지나가면서 그 남자는 희미해졌다. 점점 희미해지다가 사라졌다. 그리고 은청색 안개가 몰려와 그들을 뚫고 지나가더니, 사라졌다. 군인은 사라지고 없었다.

빌리는 혼자 서 있었다.

멀찍이서 친구를 보려고 몸을 돌린 빌리는 가스파가 사냥 지팡이에서 떨어진 모습을 보았다. 가스파는 땅바닥에 누워 있었다. 빌리는 달려가서 무릎을 꿇고 가스파를 무릎에 올렸다. 가스파는 움직임이 없었다.

"아, 신이시여, 아저씨, 그 사람이 뭐라고 했는지 들으셨어야 해요. 맙소사, 날 봐줬어요. 미안하다는 말도 할 필요 없게 봐줬어요. 자기는 참호 안에서 절 보지도 못했대요. 자기가 내 목숨을 구한 줄도 몰랐대요. 제가 고맙다고 했더니 오히려 자기가 고맙다고, 헛되이 죽은 게 아니라서 고맙다고 했어요. 아, 제발, 아저씨, 제발 아직은 죽지 말아요. 아저씨에게 말하고 싶은 게….”

그리고 가끔 일어나는 일이지만, 드문 일이지만 놀랍게도 가끔은 사람들이 떠나기 전에 잠시 돌아오기에, 이 아주 나이 많은 노인도 갈 길을 가기 직전에 눈을 뜨고는, 흐릿한 빛 속에서 친구를 보고 말했다. “내 아내를 기억해주겠나, 빌리?”

그리고 잠시 후에 그는 다시 눈을 감았다. 그의 관리 임무는 끝났다. 그의 손이 펼쳐지며 이제는 11시 1분에 멈춰선 더없이 아름다운 시계가 날아올라 빌리 키네타가 손을 내밀기를 기다렸다. 빌리가 손을 내밀자 시계는 그리로 날아 내려가서 조용히 안착했다. 아무 소리도 내지 않았다. 안전하게, 보호받는 상태로 아무 소리도 내지 않았다.

모든 잃어버린 것들이 돌아오는 장소에서, 젊은 남자는 차가운 땅바닥에 앉아 친구의 몸을 조용히 흔들었다. 그는 서둘러 떠나지 않았다. 시간은 있었다.

이집트 제18왕조의 축복 기도:
그대가 걷는 모든 빈 곳마다
그대와 해악 사이에 신이 서 있기를.

나는 이 소설을 쓸 때 엘리 그로스먼 씨와 나눈 토론이 중요했다는 사실을 고마운 마음으로 인정한다.

괘종소리 세기

Count the Clock That Tells the Time

1979년 로커스상 수상

1979년 휴고상 노미네이트

시간을 알리는 벽시계의 괘종소리를 듣고
멋진 하루가 무서운 밤 속으로 사라지고,
오랑캐꽃이 시드는 것을 바라보고
검은 머리가 백발로 변하고,
목자들을 햇볕으로부터 가려주던
거목의 잎사귀가 떨어져 나가고
여름날의 초목이 말라 짚단으로 묶이고
깔끄런 흰 밀 까끄라기가 손수레에 실려 가면
나 그대의 아름다움을 생각하노니
낭비되는 시간 속에 그대 또한 가야 한다고…

— 윌리엄 셰익스피어, 〈12번째 소네트〉 중에서

어느 서늘하고 구름 낀 토요일 오후의 딱 중간쯤에 잠이 깬 이안 로스는 뭔가 막막하고 겁이 나는 기분이 들었다. 침대에 누운 채 그는 혼란에 빠졌다가 잠시 후에야 자기가 어느 때, 어느 곳에 있는지 기억해냈다. 거기가 어디였냐면, 35년 인생을 살면서 매일 잠에서 깨어나던 침대 안이었다. 그때가 언제였냐면, 그가 뭔가를 하려고 결심했던 토요일이었다. 하지만 가만히 누워 있자니 막 동이 튼 이른 새벽에 잠이 깼던 게 생각났다. 그때는 높은 발코니 창으로 보이는 하늘이 금세 비가 올 것처럼 보여서 그는 몸을 뒤척이고는 다시 잠들어버렸다. 지금 침대 옆 탁자에 놓인 시계 겸 라디오는 때가 오후의 한중간임을 알렸다. 그리고 창밖의 세상은 서늘하고 흐렸다.

"대체 시간이 어디로 가는 거지?" 그가 말했다.

그는 여느 때처럼 혼자였다. 그의 말을 듣거나 답해 줄 이는 아무도 없었다. 그래서 그는 빈둥거리며 계속 침대에 누워 있었다. 뭔가 중요한 것이 그를 빼놓고 지나가는 듯이 왠지 좀 두려운 기분으로.

파리 한 마리가 붕붕 대더니 한 바퀴 돌고 와서 다시 그에게 붕붕 댔다. 벌써 한동안 성가시게 굴던 놈이었다. 그는 그 침입자를 애써 무시하며 텀멜 호수 너머로 시선을 돌려 음흉한 겨울과 휑하니 사라질 관광객들에 대비하는 10월 나무들의 멋진 연주황 색조들을 살펴보았다. 은색 자작나무들은 벌써 빛나는 금빛이었고, 낙엽송과 물푸레나무는 여전한 녹색에서 녹슨 색깔까지 다양한 색이 섞였다. 몇 주 안에 노르웨이 가문비나무와 다른 침엽수들은 색깔이 짙어져 석판 같은 하늘을 배경으로 선 단순한 그림자들처럼 보일 것이다.

퍼스셔는 일 년 중 이맘때가 제일 아름다웠다. 스코틀랜드 여행국도 그렇다고 장담했다. 그래서 그는 여기로 왔다. 잠시 시간을 내어 시할리온, 킬리크랭키, 피트로크리, 애버펠디 같은 지명들을 어떻게 읽는지 익히고는 여기로 와 앉았다. 꿈꾸던 일이었다. 그가 늘 꾸었던 꿈. 조용히 자신만 아는, 입 밖에 내지 않고 그냥 무심히 생각으로만 가졌던 꿈. 스코틀랜드에 가는 꿈. 이유는 자신도 알지 못했다. 그는 여기 와본 적도 없었고, 이곳에 대한 글을 읽은 적도 거의 없었고, 스코틀랜드인이 남긴 유산이나 과거로부터 자신을 불러대는 이곳 조상들도 없었다. 하지만 이곳은 늘 자신을 부르던 곳이었고, 그래서 그는 왔다.

이안 로스는 생애 처음으로 일을 저질렀다. 서른일곱 살에, 일주일에 닷새를 산업디자인 회사 작업대에 앉아 일하고, 이렇다 할 친구 하나 없이 시카고의 좁디좁은 아파트에 박혀 방송시간이 끝날 때까지 텔레비전을 보고, 벽에 걸린 모든 그림이 벽과 천장과 완벽한 직각을 이룰 때까지 방 두 개짜리 아파트를 정돈하고, 선이 가는 잉크 펜으로 작은 출납장에 지출 내역을 일일이 써넣고, 지난 목요일이 지난 수요일과 무엇이 달랐는지 기억도 못 하고, 카페테리아 창에 비친 자신을 보면서 혼자 2.95달러짜리 크리스마스 디너 스페셜을 천천히 먹

고, 어떻게 된 건지 좀 춥거니 아니면 좀 덥다고 피부로 느끼
는 것 말고는 계절의 변화도 못 느끼고, 그게 무엇인지 누구
하나 말해주는 사람이 없었기 때문에 기쁨을 맛보는 일도 없
이, 아는 사람이 워낙 없는 데다 그마저도 안다고 말할 수 없
는 '사람' 대신에 사물이나 소재를 다룬 책을 읽고, 숱한 직선
을 그리고, 버림받은 기분이지만 그 기분에서 벗어나려면 어
디에다 손을 내밀어야 할지 알지 못하고, 스쳐 지나가는 사람
으로서, 매일 같은 길을 오가면서 그 길 너머에 다른 길이 있
다는 걸 어렴풋이 밖에 알지 못하고, 물을 마시고, 사과 주스
를 마시고, 그리고 물을 마시고, 누군가 직접 그에게 말을 걸
면 대답을 하고, 가끔 자기 이름이 불리면 정말 자기를 부르는
게 맞는가 싶어 주위를 둘러보고, 회색 양말과 흰 속옷을 사
고, 자기 아파트 창문으로 시카고에 내린 눈을 내다보고, 몇
시간씩 보이지 않는 하늘을 쳐다보고, 창틀 유리를 흔들며 미
시간 호수로 불어가는 매서운 바람을 느끼며 '올해엔 제대로
접착제를 발랐어,' '올해엔 제대로 접착제를 바르지 못했어' 생
각하고, 늘 하는 식으로 머리를 빗고, 일 년 사이에 나란히 암
으로 돌아가신 어머니와 아버지를 떠올리며 혼자 먹을 식사를
혼자 만들고, 자기 어머니 말고는 어떤 여성 앞에서도 어색한
몇 문장 외에는 말해본 적이 없는… 이안 로스는 키 큰 침실
옷장을 덮은 보이지 않는 먼지막 같은 삶을 살았다. 색깔도 없
고, 주목하는 이도 없고, 무엇인지 분명치도 않고, 주지도 않
고 받지도 않는 삶이었다.

어느 날 그가 "대체 시간이 어디로 가는 거지?"라고 말할 때
까지는 말이다. 그리고 그 말을 하고 몇 달 안 돼서 그는 자신
이 아무리 좋게 봐주더라도 삶이라고 할 만한 것을 살지 않았
다는 사실을 깨닫게 되었다. 그는 삶을 낭비했다. 저절로, 전
율하듯이 첫 말이 나온 몇 달 후에, 그는 자신이 삶을 낭비했
다는 사실을 인정했다.

그는 단 하나의 꿈만이라도 실현하자고 결심했다. 스코틀
랜드에 가는 꿈. 어쩌면 아주 가는 꿈. 집을 빌리거나 황무지
한쪽, 아니면 내내 꿈꾸었던 호수가 바라다보이는 곳에 작은
농가 오두막을 살 수도 있을 것이다. 그는 보험금으로 받은 돈
을 고스란히 저축해놓고 여태 한 푼도 건드리지 않았다. 그리
고 거기, 멀고 싸늘하게 추운 그 북쪽에서 그는 살 것이다. 개
를 데리고 언덕을 산책하면서, 양털을 덧댄 웃옷 주머니에 손
을 푹 찔러넣은 채 향기로운 청백색 연기를 길게 내뿜는 파이
프 담배를 피우면서, 그는 거기서 살 것이다. 그게 꿈이었다.

그래서 그는 한 번도 쓴 적이 없는 휴가를, 작업대에서 보
낸 11년 동안 쌓인 휴가를 한꺼번에 신청해 런던으로 날아갔
다. 에든버러로 바로 가지는 않았다. 꿈이 황금 솥에 숨은 숲
요정처럼 사라져버리지 않도록 아주 천천히 실현되기를, 살그
머니 다가오기를 바랐기 때문이었다.

그리고 그는 킹스크로스 역에서 에든버러로 가는 11시 30
분 침대차를 탔고, 로열 마일을 걸어올라 절벽 위 높은 곳에
서 그 풍성한 도시를 굽어보는 에든버러 성을 경이에 찬 눈으

로 응시했고, 마침내 차를 한 대 빌려서 북쪽을 향해 퀸스페리 도로를 빠져나가 퍼스 강과 포스 강에 걸친 다리를 건너 A-90번 도로를 타고 피트로크리에 닿았다. 그러고는 되는대로 좌회전을 했다. 하지만 세상에서 가장 아름다운 풍경이라고, 확실히 스코틀랜드에서는 최고라고 일컬어지는 퀸스뷰를 내려다보지 못하게 될 정도로 마구잡이로 좌회전하지는 않았다. 그리고 그는 꼬불꼬불한 좁은 길을 달려 퍼스 구릉 지대 깊숙이 들어갔다.

그는 거기서 도로에서 벗어나 차를 세우고 차 문을 열어둔 채 10월의 언덕들 사이로 걸어갔다. 그는 마침내, 드디어 초록색이고 푸른색인 기억 속 거울만큼이나 고요한 호수를 바라보며 앉았다.

붕붕거리는 파리만이 과거를 떠올리게 하는 곳에.

"대체 시간은 어디로 가는 거지?"라고 말했을 때 그는 서른다섯이었다. 언덕 위에 앉은 그는 서른일곱이었다.

그리고 그의 꿈이 죽은 곳이 거기였다.

그는 언덕들을, 왼쪽으로 뻗어가다가 오른쪽으로 방향을 트는 계곡을, 반짝거리는 호수를 바라보았고, 자신이 또 시간을 낭비했다는 걸 깨달았다. 그는 뭔가를 하려고 결심했었다. 하지만 아무것도 하지 않았다. 또다시.

여기엔 자신이 설 자리가 어디에도 없었다.

그는 자신을 둘러싼 모든 것들과 어울리지 않았다. 그는 낯선 물체였다. 풀 속에 맥주캔이 버려졌다. 아무도 돌보지 않는 부서진 돌담이 무너진 채 돌멩이 하나하나가 뽑혀 나왔던 땅속으로 돌아가는 중이었다.

그는 외로웠고, 배가 고팠고, 주먹을 쥐거나 헛기침조차 할 수 없을 것 같은 기분이 들었다. 다른 세상에서 온 파멸이 낯선 땅에 내려 그가 마실 것이 아니었던 공기를 마셨다. 눈물도, 몸에서 느껴지는 고통도, 깊고 떨리는 한숨도 없었다. 붕붕 대는 파리와 함께 그의 꿈은 순식간에 죽었다. 그는 구원받지 못했다. 사실, 변할 수 있으리라 생각했던 게 얼마나 어린애 같은 일이었는지 그는 즉각 알아차렸다. 넌 커서 뭔가 되고 싶어? 아무것도. 내가 늘 아무것도 아니었듯이.

하늘에서 색이 빠지기 시작했다.

가슴이 뻐근하도록 아름다운 금색과 주황색과 노란색이 먹물 빛으로 바래기 시작했다. 푸른 호수도 별생각 없이 직사광선에 너무 오래 방치된 그림처럼 천천히 탁한 흰색으로 변해 갔다. 새들과 숲의 생물들과 벌레들 소리가 희미해지고, 천천히 음량이 줄어들었다. 태양이 점차 서늘해졌다. 하늘이 흑백 신문지 같은 무채색으로 바래기 시작했다. 파리가 사라졌다. 지금은 춥다. 몹시 춥다.

창백한 낮의 무미건조한 동판화 위로 그림자들이 겹치기 시작했다. 얕은 물 속에서 보이는 것처럼 탑과 첨탑의 도시가 호숫물을 어지럽혔다. 눈을 인 빙하의 사면이 대양처럼 끝도 없이 뻗었다. 어마어마한 크기의 뱀처럼 목이 긴 생물들이 비취색 깊은 물을 미끄러져 나아가는 대양이었다. 나뭇가지를

베어 만든 십자가를 멘 남루한 아이들의 행진이었다. 주변 땅
이 온통 벼락에 맞은 것처럼 노랗게 갈라진 바싹 마른 황무지
한가운데 세워진 거대한 성벽 요새였다. 고속도로에서는 차
들이 어찌나 빨리 달리는지 오래 노출해서 찍은 색색 빛의 선
처럼 보였다. 긴 옷을 나부끼며 가슴이 떡 벌어진 종마를 탄
남자들이 싸우던 전장, 굽은 검과 투구들 위에서 춤을 추는 햇
빛. 건물 전체를 토대에서 들어 올려 하늘로 내던지며 널빤지
를 댄 상점과 집들이 들어찬 작은 마을을 휩쓰는 회오리바람.
갈라진 땅 틈으로 분출해 휴일 관광객들이 떼 지어 이런저런
탈것들 사이를 오가는 아스라이 보이는 놀이공원 쪽으로 부글
부글 끓으며 흐르는 용암의 강.

이안 로스는 추위에 떨며 산허리에 앉았다. 주변의 세계가
죽어갔다. 아니, 사라지는 중이었다. 세계가 희미해지면서 비
물질화되었다. 마치 그를 둘러싼 모래시계에서 모래가 다 빠
져나가 버린 듯이. 그는 마치 시간의 닻에서 갑자기 끊겨 나
온 변태하는 우주에서 유일하게 영원하고 고정된 불변의 물체
라도 된 것 같았다.

이안 로스를 둘러싼 세계는 희미해지고, 그림자들이 들끓
고 쉭쉭거리고 미끄러지며 그를 지나쳐 강력한 바람 터널에
사로잡힌 채 그를 어둠 속에 남긴 채 날려갔다.

그는 지금 조용하게, 고요히 앉아 있다. 너무 고립돼 있어
서 두려워하기도 벅찼다.

그는 구름이 태양을 가렸나 보다 생각했다.

태양이 없었다.

그는 어쩌면 일식이 있었는지도 모르겠다고, 자신의 절망적인 상태에 너무 몰입하다 보니 눈치채지 못한지도 모르겠다고 생각했다.

태양이 없었다.

하늘이 없었다. 앉아 있던 땅도 사라졌다. 그는 앉아 있었다. 그저 앉아 있었다. 하지만 어디에도 앉아 있지 않았다. 막연한 추위 말고는 아무것도 보지 않고 느끼지 못하며 아무것에도 둘러싸여 있지 않았다. 추웠다. 몹시 추웠다.

한참이 지난 뒤에 그는 일어서야겠다고 마음먹고 일어섰다. 밑에도 위에도 아무것도 없었다. 그는 어둠 속에 서 있었다.

자기 인생에서 벌어진 모든 일이 기억났다. 모든 순간이 아주 선명하게. 예전에는 미처 경험해보지 못한 현상이었다. 그의 기억은 여느 사람보다 나을 것도 모자랄 것도 없었지만, 아무 일도 일어나지 않았던 오랜 세월에 대해서는, 그가 시간을 낭비한 그 시기에 대해서는 상세한 기억들을 모두 잊어버렸었다. 마치 자신은 따분하게 이어지는 자기 삶에 대한 무언의 목격자에 불과하다는 듯이 말이다.

하지만 지금, 자신에게 남겨진 세상의 전부인 림보 속으로 걸어가는 그는 모든 것을 완벽하게 떠올려냈다. 분홍색 레모네이드 캔 뚜껑에 왼손 힘줄을 베였을 때 어머니의 얼굴에 떠올랐던 공포에 질린 표정. 그는 네 살이었다. 처음 샀을 때부터 너무 꽉 조여서 뒤꿈치가 까졌지만 매일 학교에 신고 가야 했던 새 톰맥캔 운동화의 느낌. 그는 일곱 살이었다. 졸업 댄스파티에서 노래를 불러주었던 4인조 아카펠라 재즈 그룹 '포프레시맨'. 그는 혼자였다. 그는 그 행사의 입장권을 한 장만 샀다. 그는 열여섯이었다. 중국집에서 처음 맛본 춘권의 맛. 그는 스물넷이었다. 도서관 동물학 서고에서 만난 여자. 그녀는 하얀 레이스 손수건으로 관자놀이를 닦았다. 손수건에서 향수 냄새가 났다. 그는 서른이었다. 그는 자신의 과거가 지닌 모든 날카로운 모서리들을 기억해냈다. 이상한 일이었다. 하필 어딘지도 모를 이런 곳에서 말이다.

그리고 그는 그 회색 공간을 거닐었다. 다른 시간과 다른 공간의 그림자들이 소용돌이치며 그를 스쳐 지나갔다. 바람 소리가 경계도 실체도 없이 질주하며 끊임없이 그 허공을 채웠다 비웠다.

어떤 감정을 표출해야 할지 알았더라면 그렇게 했을 것이다. 하지만 그는 피부부터 무감각했다. 그 회색 공간이 추워서 추위를 느끼는 것이 아니라, 어떻게 된 일인지 그는 지각의 표면에서부터 영혼의 중심까지 얼어붙었다. 절대적인 과거로부터 어떤 기억 하나가 선명하게 끌려 나왔다. 그가 열한 살이었던 어느 날이었다. 생일을 맞았으니 작은 파티를 열자고, 친구 몇 명을 초대하라고 어머니가 말했다. 그래서 (그는 너무나 완벽하게 기억했다) 그는 여섯 명의 아이들을 초대했다. 아무도 오지 않았다. 그 토요일, 혹시나 케이크와 파티로 분위기를 띄우긴 했지만 아이들이 당나귀 꼬리 붙이기 놀이를 시시해 할 경우를 대비하여 그는 자신이 가진 만화책 전부를 늘어놓은 채 홀로 집 안에 앉아 있었다. 아무도 오지 않았다. 밖이 어두워졌다. 그는 홀로 앉아 있었다. 이따금 어머니가 거실을 가로질러 와 몇 마디 위로의 말을 건네주었다. 하지만 그는 혼자였고, 거기엔 단 하나의 이유밖에 없음을 그는 알았다. 아이들이 다 잊어버린 것이다. 진짜로 자신만의 삶을 사는 이들에게 그는 그저 시간 낭비였다. 그가 보이지 않는 것, 중요하지 않은 존재라는 징표였다. 그는 주목받지 않는 존재였다. 누가 길을 가면서 우체통이나 소화전이나 건널목을 주목하겠는가? 그는 보이지 않는, 쓸모없는 존재였다.

그는 다시는 파티를 주재해야 하는 일이 생기는 걸 용납하지 않았다.

그는 지금 그 토요일을 떠올렸다. 그리고 세상이 사라져버린 그 끔찍한 날에 반응하는 감정을 26년이나 뒤늦게 찾아냈다. 그는 주체할 수 없을 정도로 몸을 떨기 시작했고, 앉을 곳이라곤 어디에도 없는 그곳에 앉았다. 그리고 그는 손가락 마디와 손끝의 떨림을 느끼며 두 손을 마주 비볐다. 그러자 목구멍이 죄어오는 느낌이 들었고, 그는 고개를 이리저리 돌리며 자기연민과 외로움에서 벗어날 수 있는 이름 없는 출구를 찾았다. 그러고 그는 울었다. 가볍게, 조용히, 그렇게 울어본 경험이 없었기 때문이었다.

몸이 부자유스러운 늙은 여자 하나가 회색 안개 어딘가에서 튀어나와 그를 보고 섰다. 그는 눈을 감고 있었다. 그렇지 않았더라면 그녀가 오는 것을 보았을 것이다.

어느 정도 시간이 지나 코를 훌쩍거리며 눈을 뜬 그는 그녀가 앞에 선 것을 보았다. 그는 그녀를 빤히 쳐다보았다. 그녀는 서 있었다. 이 존재하지 않는 공간의 보이지 않는 바닥이 그가 앉은 평면보다 낮기라도 한 것처럼 그보다 약간 낮은 곳에 말이다.

"그래 봐야 별 소용 없을 거야." 그녀가 말했다. 퉁명스럽지는 않았지만 그렇다고 딱히 호의적이지도 않은 어조였다.

그는 그녀를 쳐다보고는 즉시 울음을 그쳤다.

"보아하니 방금 여기로 빨려 들어왔군." 그녀가 말했다. 딱히 묻는 말은 아니었지만 뭔가 묻는 듯한 어투였다. 그녀는 뭔가를 알았다. 그리고 조심스럽게 접근하는 중이었다.

그는 자기한테, 그리고 그녀한테 무슨 일이 생긴 건지 알려주기를 기대하면서 계속해서 그녀를 쳐다보았다. 그녀도 이곳에 있었다.

"그나마 다행이야." 그녀가 팔짱을 끼고 뒤틀린 왼쪽 다리에서 힘을 빼면서 말했다. "내가 아니라 사라센 사람이나 리본 가게 점원이나 심지어 저 털북숭이 원시인을 만날 수도 있었으니까." 그는 대꾸하지 않았다. 무슨 말인지 알 수 없었다. 그녀가 뭔가를 떠올리며 뒤틀린 미소를 지었다. "내가 처음으로 만난 사람은 열다섯 살쯤 되는 일종의 지적장애를 앓는 어린 소년이었어. 사방에 보호장구를 댄 독방이나 병원 침대나, 뭐 그런 데에서 평생을 보내겠지. 그 아이는 그냥 거기 앉아서 침을 흘리면서 나를 쳐다보기만 하고 아무 말도 하지 못했어. 난 정신이 나갈 정도로 무서워져서 대가리가 잘린 닭마냥 뛰어다녔지. 그러고 나서 오래지 않아 우리말을 쓰는 사람을 만났어."

뭐라 말을 하려고 보니 목구멍이 바싹 말라 있었다. 목소리가 꺽꺽거렸다. 그는 침을 삼키고 입술에 침을 발랐다. "여기에 사람들이, 어, 다른 사람들이 많이 있나요? 제가 완전히 혼자인 게 아니고요?"

"다른 사람들 많아. 수백, 수천, 정확한 숫자는 신만이 아시겠지. 여기 사방이 사람들로 가득 차 있을 거야. 그런데 동물은 없어. 동물은 우리가 하는 식으로 그걸 낭비하지 않으니까."

"그걸 낭비한다고요? 무엇을요?"

"시간 말이야. 귀중하고 멋진 시간. 여기 있는 건 그게 다야, 시간뿐이지. 다정한 시간, 흘러가는 시간. 동물들은 시간을 몰라."

그녀가 말하는 사이에 뭔가 난폭한 장면의 희미한 그림자가 소용돌이치며 그들을 휩쓸고 지나갔다. 화염에 쌓인 거대한 도시였다. 그들이 얘기하는 사이에 연이어 지나간 무수한 시골 풍경이나 바다 풍경들보다 훨씬 실체가 있어 보였다. 목조건물들과 도시의 탑들은 지나치는 길에 있는 건 무엇이든

들이박을 것처럼 단단해 보였다. 화염이 죽은 회색 피부 같은 하늘로 치솟았다. 활활 타오르는 거대한 불꽃의 혓바닥이 그 환영 같은 도시의 내장을 파내 잘근잘근 씹어 잿더미로 만들었다. (하지만 죽은 재마저도 그 환영이 소용돌이치며 지나가는 어스레한 공간보다는 훨씬 생생했다.)

이안 로스는 겁에 질려 어깨를 움츠렸다. 그러자 그것이 사라졌다.

"젊은이, 저건 걱정할 거 없어." 늙은 여자가 말했다. "대화재 때의 런던이랑 아주 비슷해 보이는군. 처음에는 흑사병이 돌았고, 그다음이 불이었지. 저런 걸 전에도 본 적이 있어. 저건 아무런 해가 없어. 저런 건 아무것도 널 해치지 못해."

일어서려는데 다리가 여전히 후들거렸다. "대체 저건 뭐죠?"

그녀가 어깨를 으쓱거렸다. "지금껏 확실하게 말해주는 사람이 없어. 하지만 여기 어딘가에 확실히 아는 사람이 있을 거야. 언젠가는 그런 사람과 마주치게 되겠지. 내가 그런 사람을 찾아내고, 또 우리가 다시 만난다면 내가 꼭 알려줄게. 그렇게 될 거야." 하지만 그녀의 얼굴에는 한없이 슬픈 기색이 퍼졌고, 표정에는 쓸쓸함이 배었다. "아마도, 아마도 우리는 다시 만날 거야. 지금껏 그런 적은 없지만, 그럴 거야. 그 지적 장애 아이를 다신 만나지 못했어. 하지만 다시 만나질 거야."

그녀가 어색하게 절뚝거리며 멀어지기 시작했다. 이안은 어렵사리, 하지만 자신으로서는 최대한 재빨리 일어섰다. "어이, 기다려요! 어디로 가는 거예요? 제발, 절 여기에 홀로 내버려두지 마세요. 여기 혼자 있는 건 무서워요."

그녀가 걸음을 멈추고는 불편한 다리를 이상하게 기울이면서 돌아보았다. "계속 움직여. 계속 가, 알았어? 한곳에 가만히 있으면 아무 데도 못 가. 나가는 길이 있어…. 그걸 찾을 때까지 그냥 계속 움직여야 해." 그녀가 다시 걷기 시작하며 어깨너머로 말했다. "왠지 널 다시 보지는 못할 거 같아. 그럴 거 같지가 않아."

그는 그녀를 쫓아가 팔을 잡았다. 그녀가 아주 놀라는 듯했다. 마치 지금껏 여기 있으면서 그녀에게 손을 댄 사람이 아무도 없었던 것처럼.

"이봐요, 저한테 뭐라도 알려줘야 해요, 아는 건 뭐든지 말이에요. 겁이 나서 미칠 것 같단 말이에요, 모르겠어요? 뭔가 조금은 알 거 아니에요."

그녀가 주의 깊게 그를 쳐다보았다. "좋아, 내가 아는 건 말해주지. 그러면 날 보내줄 거야?"

그가 고개를 끄덕였다.

"내가… 또는 네가 어떻게 된 건지는 모르겠어. 사방이 그냥 희미해지다가 사라지고, 남은 게 이거, 이 아무것도 없는 회색뿐이었어?"

그가 고개를 끄덕였다.

그녀가 한숨을 쉬었다. "이봐, 나이가 어떻게 돼?"

"저 서른일곱이에요. 이름은 이안…."

그녀가 이름 따위는 됐다는 성마른 몸짓을 했다. "이름은 상관없어. 보아하니 나보다 더 아는 게 없을 거 같군. 그렇다면 너한테 낭비할 시간은 없어. 너도 그걸 배우게 될 거야. 그냥 계속 걸어. 그냥 계속해서 나가는 길을 찾아."

그가 주먹을 쥐었다. "그건 아무 말도 안 한 거나 마찬가지 잖아요! 저 불타는 도시는 뭐고, 계속 지나가는 저 그림자들은 뭐예요?" 그의 질문을 강조라도 하듯 줄줄이 방랑하는 화식조와 비슷한 동물의 엷은 안개 같은 환영이 그들을 통과해 흘러갔다.

그녀가 어깨를 으쓱거리고는 한숨을 쉬었다. "내 생각에 이건 역사야. 확신은 못 하지만…, 그냥 추측이야. 하지만 난 이것들이 어딘가로 향하는 과거의 조각과 파편들이라 생각해."

그는 다음 말을 기다렸다. 그녀가 다시 어깨를 으쓱거렸다. 그녀의 침묵은 이제 보내달라는 일종의 절망적인 애원인 동시에 더는 말할 것이 없다는 신호이기도 했다.

그가 체념한 듯이 고개를 끄덕였다. "그래요. 고마워요."

그녀가 성치 않은 다리를 떨면서 돌아섰다. 너무 오래 그 발에 체중을 싣고 서 있었다. 그리고 그녀는 회색 림보 속으로 걸어가기 시작했다. 그녀가 거의 보이지 않을 때쯤 그는 가까스로 다시 입을 열 수 있었다. 그는 말했다. 그녀에게 닿기에는 너무 작은 소리로. "잘 가요. 고마웠어요."

그는 그녀가 얼마나 나이를 먹었을까 궁금했다. 그녀는 얼마나 오래 이곳에 있었을까. 지금으로부터 오랜 시간이 지난 어느 때에 그는 그녀처럼 될까. 이게 다 끝나게 될까. 아니면 영원히 그림자들 속을 방랑하게 될까. 그는 궁금했다.

그는 사람들이 이곳에서 죽기도 하는지 궁금했다.

캐서린을 만나기 전에, 만나기 아주 오래전에, 그는 여기가 어디이며 자기한테 무슨 일이 생겼는지, 왜 그런 일이 일어났는지 알려주는 미치광이를 만났다.

둘은 유별나게 생생한 워털루 전투의 환영을 사이에 두고 마주 선 서로를 발견했다. 전투는 격렬하게 그들을 지나쳤다. 나폴레옹과 웰링턴의 부대들이 서로 충돌하고 살육하는 가운데에서 둘은 서로에게 손을 흔들었다.

미끄러지듯이 움직이는 영상이 몰려가고 둘 사이에 공허가 남았을 때, 미치광이가 마치 길고 고되지만 유쾌한 잡일에 달려드는 듯이 손뼉을 치면서 달려왔다. 나이를 가늠하기 어려웠지만, 확실히 중년은 넘어 보였다. 머리가 제멋대로 길게 자랐고, 테가 없는 골동품 안경을 썼으며, 입은 옷은 18세기 초입 무렵의 의상이었다. "이런, 이런, 이런." 그가 둘 사이의 얼마 되지 않는 거리를 가로지르며 큰 소리로 말했다. "뵙게 돼서 너무 반갑습니다, 선생님!"

이안 로스는 깜짝 놀랐다. 그는 시간을 초월한 시간 속에서 이 림보를 헤매다니며 하층 노동자들과 베르베르인들과 트라키아 상인들과 말 없는 고트인들과… 말을 섞지도 걸음을 멈추지도 않고 서둘러 걸어가는 끝없는 사람들의 행렬과 마주쳤었다. 그 남자는 뭔가 달랐다. 이안은 곧바로 그 남자가 제정신이 아니라는 사실을 알아챘다. 하지만 그는 말을 하고 싶었다!

나이 든 남자가 이안에게 오더니 손을 내밀었다. "저는 쿠퍼라고 합니다, 선생님. 저스티니언 쿠퍼요. 연금술사이자 형이상학자이며 시간과 공간의 힘을 다루는 전문가죠. 아, 그래요, 시간요! 제가 보기에 선생님은 우리 이 불쌍한 발할라에 오신지 얼마 안 되셨고, 뭔가 설명이 필요하신 거 같은데요? 그렇죠! 확실히, 내, 그런 줄 알았어요."

이안이 대답으로 뭔가 말을, 거의 아무 말이나 내뱉기 시작했지만, 온통 팔을 휘저어가며 말하는 늙은 남자는 숨도 쉬지 않고 다음 말을 이어갔다. "이 최근의 현시(顯示)는, 우리 둘이 운 좋게도 목격한 그거 말입니다, 당신도 분명 아시겠지만, 그건 나폴레옹이 완전히 안줏거리가 돼버린 워털루 전투의 핵심적인 순간입니다. 매혹적인 현대사의 한순간이죠, 그렇지 않습니까?"

현대사? 이안은 그가 이 회색 공간에 얼마나 오래 있었는지 묻기 시작했지만, 늙은 남자는 잠시도 쉬지 않고 폭포처럼 새로운 말들을 쏟아냈다.

"스탕달의 《파르마의 수도원》에 나오는 그 굉장한 장면하고 정말 놀라울 정도로 닮았죠. 거기 보면 낯선 환경을 새로 접한 젊고 순진한 파브리스가 어쩌다 보니 사방에 사람들이 뛰어다니고 소음과 고함소리와 혼란으로 뒤덮인 넓은 초원을 가로질러 걸어가게 되는데…, 그는 무슨 일이 일어나는지 모르는 거죠. 그리고 우리도 몇 장이나 읽고 나서야 알게 되죠, 아, 훌륭해! 그게, 사실은, 그가 자기 주변에서 역사가 만들어지는 중이라는 걸 전혀 알지 못한 채 워털루 전장을 헤치고 가는 거죠. 그는 거기 있지만 거기 있는 게 아니었어요. 딱 우리 상황이죠, 그렇지 않습니까?"

그가 숨이 차서 헐떡거렸다. 그가 말을 멈춘 틈을 이안이 가로챘다. "그게 제가 알고 싶은 거예요, 쿠퍼 씨. 저한테 무슨 일이 생긴 거죠? 전 모든 것을 잃어버렸지만, 또 모든 것이 기억나요. 제가 미쳐가거나 겁에 질렸다는 건 알아요. 전 무서워요. 하지만 그것 때문에 정신이 나간 건 아니고…, 전 이 상황을 받아들이는 거 같아요. 이게 어떤 상황이든 말이에요. 저는, 이걸 어떻게 말해야 할지 모르겠지만, 제가 아직 이 상황을 피부로 느끼지 못한다는 걸 알아요. 이곳에 아주 오랫동안 있었으면서요!"

늙은 남자가 이안의 등을 팔로 감싸더니 같이 걷기 시작했다. 어느 여름 오후에 시원한 공원 귀퉁이를 당당하게 어슬렁거리는 두 명의 신사처럼. "아주 정확합니다, 선생님. 아주 정확해요. 분열적 행위죠. 자신의 운명을 수용할 수 없는 사람의 표식입니다. 수용하세요, 선생님, 그렇게 하셔야 합니다. 그러면 매혹이 따라오죠. 어쩌면 강박일지도 몰라요. 하지만 우린 그 위험을 감수해야 합니다, 그렇지 않습니까?"

이안이 몸을 잡아빼 그를 마주 보고 섰다. "이거 보세요. 전 그런 미친 소리를 듣고 싶은 게 아니에요! 전 여기가 어딘지, 여기서 어떻게 나갈 수 있는지 알고 싶다고요. 그걸 알려줄 수 없다면, 그냥 가세요!"

"그보다 쉬운 일이 없지요, 선생님. 설명하는 건 아무것도 아니에요. 현상을 관찰하는 것이, 아, 그게 핵심이지요. 무슨 말인지 알겠어요? 음, 그러니까, 우리는 시간보존 법칙의 희생자들이에요. 정확하고도 꼼꼼하게 물질보존의 법칙과 연관돼 있죠. 물질, 생성되지도 파괴되지도 않는 물질 말이에요. 시간은 끝이 없이 존재해요. 하지만 피할 수 없는 엔트로피적 균형이 있죠. 우주의 질서를 유지하려면 절대적으로 필요하니까요. 그러니까, 사건들을 분리하는 거죠. 물질이 보편적으로 분포하게 되면 그에 맞먹는 힘이 생기는 겁니다, 이걸 어떻게 설명해야 하나, 시간을 '걸러내는' 평형추 같은 거죠. 사용되지 않은 시간은 아무 일도 일어나지 않는 곳에서는 소모되지 않아요. 그건 어딘가 다른 데로 가죠. 정확하게 말하자면, 여기로 옵니다. 측정 가능한 단위로요. 전 상당한 고민을 거쳐 그걸 '크로논'이라 부르기로 했습니다."

그는 말을 멈췄다. 자신이 고른 단어에 대해 이안이 찬사를 보내길 기대하는 듯했다. 이안은 손으로 이마를 짚었다. 현기증이 났다. "미친 짓이에요. 이건 말이 안 돼요."

"완벽하게 말이 됩니다. 장담해요. 저는 제 시대에 제일 가는 학자였어요. 제가 말씀드리는 건 유일하게 실제에 들어맞는 이론입니다. 사용되지 않은 시간은 소모되지 않아요. 그건 걸러져서 정상적인 시공간 연속체를 빠져나가 재활용됩니다. 우리가 보는 저 스쳐 지나가는 역사는 모두 시간 흐름에서 소모되지 않은 부분인 겁니다. 엔트로피적 균형이죠, 장담해요."

"하지만 전 여기서 뭘 하는 거죠?"

"대답을 들으시면 감정이 상하실 텐데요, 선생님."

"제가 여기서 뭘 하고 있냐고요?!"

"선생님은 삶을 낭비했습니다. 시간을 낭비했죠. 선생님 주위에서, 일생에 걸쳐, 사용되지 않은 크로논들이 걸러져 인접한 우주로부터 멀리 끌려나가는데, 그것들이 선생님을 끌어당기는 힘이 저항할 수 없는 정도까지 이른 거죠. 그래서 선생님은 격류를 맞은 나무처럼 뿌리가 뽑혀 바람에 휩쓸려가는 왕겨처럼 쓸려온 거죠. 스탕달의 파브리스처럼 선생님도 실제로는 거기 있었던 적이 없어요. 선생님은 보지도 않고 관여하지도 않은 채 어슬렁거리며 돌아다녔고, 그래서 선생님의 시간대에 선생님을 단단하게 잡아둘 만한 것이 아무것도 없었던 것입니다."

"그럼 전 여기 얼마나 있어야 해요?"

늙은 남자는 슬픈 표정을 지으며 처음으로 친절하게 말했다. "영원히요. 선생님은 선생님의 시간을 한 번도 사용하지 않았으니 정상 공간에 붙잡아 둘 닻으로 쓸 만한 것이 아무것도 없어요."

"하지만 이곳 사람들은 다 나가는 길이 있다고 생각해요.

저도 안다고요! 그 사람들은 계속 걸으면서 출구를 찾으려고
애쓰고 있어요."

"바보들이죠. 돌아가는 길은 없어요."

"하지만 당신은 삶을 낭비할 부류의 사람이 아닌 것 같은
데요? 제가 본 사람 중 일부는, 그래요, 저도 알겠어요. 하지
만 당신은?"

늙은 남자의 눈이 흐릿해졌다. 그가 어렵사리 말했다. "맞
아요, 전 여기에 속해요…."

그가 돌아서더니 꿈속을 걷는 사람처럼 자포자기한 듯, 허
우적허우적 멀어졌다. 미친놈, 현상을 관찰하라니. 그러고는
시간으로 꽉 찬 회색 림보 속으로 사라지다니. 빙하기의 한때
가 이안 로스를 지나쳐 미끄러졌고, 그는 정처없는 걸음을 다
시 옮기기 시작했다.

그리고 시간을 초월한, 하지만 온통 넘쳐나는 시간으로 가
득 찬 길고 긴 시간이 지난 후에, 그는 캐서린을 만났다.

이안은 회색 림보에 찍힌 검은 점 하나를 보았다. 그녀는
상당히 먼 거리에 있었고, 그는 회색 배경에 찍힌 그 검은 얼
룩을 바라보며 한동안 걷다가 그쪽으로 방향을 바꾸기로 마음
먹었다. 문제 될 건 없었다. 문제 될 건 아무것도 없었다. 그는
자꾸자꾸 되풀이되는 자신의 기억 말고는 혼자였다.

공중에 뜬 침몰하는 타이타닉호가 그를 통과했다.

그가 똑바로 다가가는데도 그녀는 움직이지 않았다. 제법

가까워지자 그녀가 책상다리를 하고 무의 공간에 앉아 있는 게 보였다. 그녀는 잠들었다. 팔꿈치로 한쪽 무릎을 짚고 머리를 괸 채 자는 중이었다.

그는 바로 앞까지 가서 선 채로 그녀를 지켜보았다. 그는 미소를 지었다. 그녀가 마치 날개 밑에 머리를 묻은 새 같다고 그는 생각했다. 정말로 그런 건 아니었지만, 그가 본 인상은 그랬다. 머리를 지탱하는 손이 얼굴을 반이나 가렸지만 사랑스러운 얼굴이, 아주 창백한 피부가, 목에 난 사마귀가 드러났다. 머리카락은 갈색이었고 아주 짧았다. 눈은 감겼다. 그는 그 눈이 푸른색일 거라 확신했다.

페리클레스 시대의 고대 그리스 원로원, 시민들, 재산을 소유한 사람들인 군중들 속에서 사회주의 사상을 권유하는 리쿠르고스에게 소리를 지르는 남자들. 그 그림자가 그리 멀지 않은 곳을 스쳐 갔다.

이안은 그녀를 바라보며 섰다가 시간이 좀 지나자 마주 보고 앉았다. 그는 뒤쪽의 땅을 짚고 앉아 그녀를 바라보았다. 제목을 알 수 없는 오래된 노래를 흥얼거리면서.

마침내, 그녀가 갈색 눈을 뜨고 그를 바라보았다.

첫 순간의 공포와 충격과 분함과 호기심. 그러고 그녀는 화를 냈다. "거기 언제부터 있었죠?"

"저는 이안 로스라고 합니다." 그가 말했다.

"당신 이름 따위는 관심 없어요!" 그녀가 노기를 띠며 말했다. "언제부터 거기서 날 보고 있었는지 물었어요."

"모르겠어요. 좀 됐어요."

"전 누가 절 보는 걸 좋아하지 않아요. 당신, 아주 무례한 짓을 했어요."

그는 아무 말 없이 일어나 걷기 시작했다. 어쩔 수 없지.

그녀가 그를 쫓아 달려왔다. "이봐요, 기다려요!"

그는 계속 걸었다. 그렇게 신경 쓸 필요가 없는 일이었다. 그녀는 그를 따라잡고는 앞으로 달려나가 그와 마주 섰다. "그렇게 그냥 가버려도 된다고 생각하는 것 같군요!"

"그래요. 귀찮게 해서 미안해요. 내가 주변에 있는 걸 원치 않는다면 비켜줘요."

"그렇게 말하지 않았어요."

"내가 무례한 짓을 했다고 했잖아요. 전 절대 무례하지 않아요. 전 아주 태도가 좋은 사람인데, 당신이 방금 절 모욕했어요."

그가 그녀를 피해 걸었다. 그녀가 쫓아왔다.

"좋아요, 좋다고요. 제가 기분이 좀 안 좋았던 모양이에요. 무엇보다, 자고 있었으니까요."

그가 걸음을 멈췄다. 그녀가 그를 마주 보고 섰다. 이제 그녀의 차례였다. "전 캐서린 몰나르라고 해요. 안녕하세요?"

"그다지 안녕하지 못해요."

"이곳에 오래 계셨어요?"

"원했던 것보다는 오래 있었죠, 그건 확실해요."

"저한테 무슨 일이 생긴 건지 설명해줄 수 있어요?"

그는 그 말에 대해 생각해 보았다. 누군가와 같이 걷는 건 근사한 변화일 것이다. "뭐 좀 물어볼게요." 이안 로스가 둥둥 떠서 둘을 스쳐 지나가는 바빌론의 공중정원 쪽으로 발걸음을 옮기며 말했다. "시간을 많이 낭비했어요? 그냥 앉아서, 별다른 일 없이, 텔레비전을 엄청나게 많이 봤다거나?"

둘은 나란히 누웠다. 피곤했기 때문이었다. 그저 그뿐이었다. 사방에서 제1차 세계대전 때의 아르덴 전투가 벌어졌다. 소리는 전혀 없었다. 움직임뿐이었다. 박무, 안개, 회전식 포탑이 없는 탱크들, 산산이 부서진 나무들이 사방에 펼쳐졌다. 두 진영 사이에는 시체 몇 구가 방치됐다. 둘은 한동안 같이 다녔다. 3시간이었고, 6주였고, 일요일로만 채워진 한 달이었고, 기억할 만한 일 년이었고, 최고의 시간이었고, 최악의 시간이었다. 누가 그 시간을 측정할 수 있겠는가. 거기엔 푯말도 없고, 읍사무소 직원도 없고, 괘종시계도 없고, 계절의 변화도 없는데, 누가 그걸 측정할 수 있을까?

둘은 허물없이 얘기를 나누기 시작했다. 그는 그녀에게 자기 이름이 이안 로스라고 다시 말했고 그녀는 캐서린, 캐서린 몰나르라고 다시 말했다. 캐서린은 공허한 인생을 보냈을 거라는 그의 추측을 확신시켜 주었다. "평범해." 그녀가 말했다. "난 평범했어. 난 평범해. 아니, 부러 내 광대뼈가 근사하다거나 날씬한 체형이라 생각한다고 말해줄 필요는 없어. 그래봐야 변하는 건 아무것도 없으니까. 평범함이 필요하다면 내가 얼마든지 줄게."

그는 그녀가 근사한 광대뼈를 가졌다거나 날씬한 체형이라는 말을 하지 않았다. 하지만 그녀가 평범하다고는 생각하지 않았다.

이제 아르덴 전투가 소용돌이치며 멀어지는 중이었다.

그녀가 사랑을 나누자고 제안했다.

이안 로스는 재빨리 일어나 걸었다.

그녀는 잠시 그를 시야에서 놓치지 않고 지켜보았다. 그러고는 일어나 손을 털었다. 손에는 아무것도 없었다. 기억에 저장된 행동이었다. 그리고 그녀는 그를 따라왔다. 상당히 오랜 시간이 지난 후, 따라잡지는 않으면서 따라오기만 하던 그녀가 그의 발걸음에 맞춰 달렸고 마침내, 숨을 헐떡이면서 그를 따라잡았다. "미안해." 그녀가 말했다.

"미안할 거 아무것도 없어."

"내가 기분 나쁘게 만들었어."

"아니, 안 그랬어. 그냥 걷고 싶었어."

"그만해, 이안. 그랬어, 내가 널 기분 나쁘게 했다고."

그는 걸음을 멈추고 그녀를 향해 돌아섰다. "내가 숫총각이라고 생각해? 난 숫총각이 아니야."

그의 어조에 담긴 격렬함을 느끼고 그녀의 대담했던 기세가 꺾였다. "아니, 물론 아니겠지. 그런 건 생각해 본 적도 없어." 그러고는 그녀가 말했다. "음… 난 처녀야."

"미안해." 그가 말했다. 적절한 말이, 적절한 말이 있는지

252

도 모르겠지만, 떠오르지 않아서였다.

"네가 미안해할 건 아니야." 그녀가 말했다. 그건 적절한
말이었다.

무(無)에서 무(無)로. 서른네 살, 미혼에다 무자녀에다 사랑
해주는 사람도 없는 이에겐 제대로 필사적인 나이. 캐서린 몰
나르, 위스콘신 주 제인즈빌 거주. 액세서리 상자에 든 자질
구레한 것들을 정리하고, 옷을 다림질하고, 서랍에 든 스웨터
들을 꺼내서 다시 접고, 바지와 바지를, 치마와 치마를, 블라
우스와 블라우스를, 코트와 코트를 딱딱 줄 맞춰 옷장에 걸고,
《타임》과 《리더스 다이제스트》를 샅샅이 훑고, 매일 일곱 개
의 새로운 단어를 익히고, 매일 새로운 일곱 개의 단어를 쓰
지 않고, 방 세 개짜리 아파트 바닥을 걸레질하고, 세금을 내
고 반송용 봉투에도 WI라는 약어 대신 '위스콘신'이라고 또
박또박 적는 데 꼬박 하루 저녁을 쓰고, 라디오 토크쇼를 듣
고, 시계를 맞출 정확한 시간을 알기 위해 전화를 걸고, 고양
이 화장실에서 똥을 떠내고, 사진첩에서 동그란 얼굴들이 담
긴 사진들을 보고, 관상용 화분에 생긴 꽃봉오리를 따내고, 매
주 화요일 일곱 시에 비어트리스 이모에게 전화를 하고, 닦고
기파이 가게에서 주황색과 푸른색이 섞인 앞치마를 두른 종
업원에게 쾌활하게 말을 걸고, 손톱 반달이 보이도록 조심스
럽게 매니큐어를 다시 칠하고, 혼자 아침 허브차를 마시려고
물을 끓이고, 천 냅킨과 테이블 매트로 식탁을 차리고, 설거

지하고, 출근해 출고 전표를 꼼꼼하게 정리하는 삶. 서른넷.
무에서 무로.

둘은 나란히 누웠지만 피곤해서 그런 건 아니었다. 거기엔
그 이상의 무언가가 있었다.

"난 과거를 베개라 생각하지 못하는 남자들이 싫어." 그녀
가 그의 머리카락을 만지며 말했다.

"그게 무슨 말이야?"

"아, 남자랑 처음으로 자고 난 뒤에 말하려고 연습한 거야.
소설에서 읽은 잡소리들 대신에 뭔가 창의적으로 말할 게 있
어야 한다고 늘 느꼈거든."

"그거 아주 독창적인 말이라 생각해." 그때조차도 그는 그
녀에게 손을 대는 게 힘들게 느껴졌다. 그는 팔을 가지런히 모
은 채 누웠다.

그녀가 화제를 바꿨다. "난 아무래도 피아노를 잘 칠 수가
없었어. 엄지와 검지 사이가 전혀 늘어나질 않아. 그러니까,
그게 핵심이거든. 손이 유연해야 하니까. 손가락이 멀리까지
닿아야 하잖아, 쇼팽을 치려면 말이야. 텐스. 한 옥타브에다
두 음을 더한 걸 말해. 풀 옥타브, 퍼펙트 옥타브, 그냥 기술적
인 용어들이야. 옥타브만 돼도 충분해. 난 그것도 안 되지만."

"난 피아노 연주를 좋아해." 그가 말했다. 그는 자기 말이
얼마나 실없고 지루하게 들릴지 깨닫고는 (갑자기) 그녀가 자
신을 그렇게 생각할까 봐, 그녀가 자신을 떠날까 봐 두려워졌

다. 그러고서는 갑자기 자신들이 있는 곳이 어떤 곳인지가 떠올라 미소를 지었다. 그녀가 어디로 갈 수 있겠어? 어디로?

"나는 늘 파티에서 피아노 연주하는 놈들을 싫어했어. 여자애들은 다들 그런 놈 주변에 몰려들지. 요즘은 피아노가 별로 인기가 없는 데다 집에 피아노를 두는 사람들이 더는 그렇게 많지 않아. 아이들이 자라 집을 떠나고 나면 아무도 피아노를 배우지 않고, 아이들은 피아노를 사지 않아. 아이들은 일렉트릭 기타를 사지."

"어쿠스틱 기타."

"그래, 그런 것들. 어쿠스틱 기타라고 해도 나처럼 악기를 연주하지 않는 놈들한테 사정이 많이 나아졌다고는 생각지 않아."

둘은 일어서서 다시 걸었다.

한번은 각자가 삶을 어떻게 낭비했는지, 시간이 주변의 공간을 채우고, 쓸려가고, 빠져나가 그들의 '크로논'에서(그는 그미치광이 얘기를 해주었고, 그녀는 그 미치광이가 벤저민 프랭클린 같다고 말했고, 그는 그렇게 보이지는 않았다고 말했지만, 어쩌면, 그랬을지도 모르겠다) 모든 효력이 걸러지는 동안 어떻게 가만히 손을 모은 채 앉아 있었는지 얘기를 나눴다.

한번은 프랑스 혁명 때 파리에서 있었던 기요틴 처형에 관해 얘기를 나눴다. 그 장면이 그들과 나란히 흘러가는 중이었기 때문이었다. 한번은 거의 잠을 뺄 때까지 데본기의 그림자를 쫓아갔다. 한번은 얼마나 오래인지 알 수 없는 시간 동안 주변을 둘러싼 북극 눈 폭풍의 중심에 서서 즐기는 특혜를 누리기도 했다. 한번은 스쳐 불어가는 바람 탓에 영겁의 시간 동안 아무것도 보지 못한 채 정말로 꽁꽁 얼어붙었다. 그 바람은 그들에게 아무런 영향도 미치지 않았던 북극 눈 폭풍과는 달랐다. 그리고 한번은 그가 그녀를 마주 보고 말했다. "사랑해, 캐서린."

하지만 그녀가 다정한 미소를 지으며 그를 쳐다볼 때, 그는 처음으로 그녀의 눈이 회색으로 변하면서 희미해지는 듯한 느낌을 받았다.

그리고, 잠깐 뜸을 들인 후에, 그녀가 자기도 그를 사랑한다고 말했다.

하지만 그가 그녀의 뺨을 만질 때 그녀는 그의 손을 통해 안개를 볼 수 있었다.

둘은 서로의 허리에 팔을 두르고 서로를 확인하면서 걸었다. 둘은 여러 번 얘기를 나눈 끝에 인정했다. 둘이 사랑에 빠졌다고. 그리고 이 끝없는 회색 공간의 세계에서 둘이 함께 있는 것이야말로 제일 중요한 일이라는 데에 합의했다. 설사 돌아가는 길을 절대 찾지 못하더라도 말이다.

그리고 둘은 잠에서 깨는 시점을 기준으로 정한 '하루'마다 작은 목표들을 세우며 같이 시간을 쓰기 시작했다. 우리 저기까지 걸어 보자. 우리 낱말잇기 놀이를 하자. 내가 여자 배우의 이름 끝말로 시작하는 남자 배우 이름을 얘기하면 넌 그 끝말로 시작하는 여자 배우의 이름을 대는 거야. 우리 잠시 셔츠와 블라우스를 바꿔 입고 어떤 느낌인지 보자. 우리 기억나는 캠핑 노래를 다 불러 보자. 그들은 둘의 시간을 같이 즐기기 시작했다. 둘은 살기 시작했다.

그리고 가끔은 그의 목소리가 사라져 그녀는 그의 입술이 달싹이는 것을 보면서도 소리를 들을 수 없었다.

그리고 가끔은 안개가 걷혀도 그녀의 발목 아래가 보이지 않았고, 그녀의 몸이 걸쭉한 수프 속을 헤쳐나가는 것 같았다.

그리고 시간을 쓰게 되면서 둘은 쓰이지 않은 시간이 안식하는 그곳에서 낯선 존재가 되어갔다.

그리고 둘은 희미해지기 시작했다. 스코틀랜드에 있는 이안 로스에게서, 그리고 위스콘신에 있는 캐서린에게서 세계가 걸러져 나오면서 둘은 림보에서 사라지기 시작했다. 물질은 생성되지도 소멸되지도 않지만 분해되어 엔트로피적 균형을 위해 필요한 어떤 곳으로 보내질 수 있다.

그는 그녀의 창백한 피부가 투명해지는 것을 보았다.

그녀는 그의 손이 유리처럼 맑아지는 것을 보았다.

그리고 둘은 생각했다. '너무 늦었어. 너무 늦었다.'

보이지 않는 그들 존재의 티끌들이 끌려나가 그 회색 공간 밖으로 보내졌다. 어딘가 균형을 유지할 필요가 있는 곳으로. 하나 또 하나 또 하나가 분리되어 바람을 타고 시공간 태피스트리의 제일 먼 가장자리로 불려 나갔다. 그리고 다시는 돌아올 수 없었다. 그리고 다시는 재조합될 수 없었다.

그래서 그들은 그곳, 낭비된 시간의 거대한 림보 안에서 마지막으로 서로를 어루만졌고, 잠시 그림자로 남았다가, 사라졌다. 끔찍한 외로움과 상실감의 찰나에 그녀를 남겨두고 그가 먼저 사라졌고, 그녀가 그림자도 없이 산산이 쪼개져 흩어지며 그의 뒤를 따랐다. 돌아올 가능성도 없는 헤어짐이었다.

안개 속에서 위대한 사건들이 조용히 소용돌이치며 지나갔다. 이집트 왕관을 쓴 프톨레마이오스, 토이토부르크 숲 전투, 십자가형에 처해진 예수, 콘스탄티노플 건설, 로마를 짓밟는 반달족, 우마이야드 왕가의 대살육, 일본 후지와라 가의 안마당, 살라딘에게 정복당하는 예루살렘… 그리고 계속, 계속 이어지는… 위대한 사건들… 공허한 시간… 그리고 끝없이… 끝없이… 터덜터덜 걸어 지나치는 온갖 시간대의 사람들…. 그들은 자기들 중에 마침내, 결국, 절망에 빠져, 너무 늦게, 나가는 길을 찾아낸 두 사람이 있었음을 알지 못했다.

인간 오퍼레이터

(A.E. 밴 보트와 합작)

The Human Operators

1972년 로커스상 노미네이트

2000년 캐나다 작가 길드 어워드 수상

기왕이면 크로노페이지, 일명 "시간 갉아먹기(Time Eater)"에
귀를 기울이며 읽으시길: 자크 라스리의 음악으로,
라스리-바스케 스트렉쳐 소노레스로 연주
(컬럼비아 마스터워크 스테레오 MS 7314)

배: 존재하는 유일한 장소.

배는 내가 오늘 정오에 고문당할 예정이라고 한다. 그래서
나는 벌써부터 슬픔에 빠진다.

평소처럼 한 달에 한 번 고문이 있기까지 사흘이나 남았는
데 불공평하다. 하지만 나는 배에게 개인적인 설명을 요구해
선 안 된다는 사실을 오래전에 배웠다.

오늘은 뭔가 다르다. 무슨 일인가 일어나고 있다. 나는 일
찌감치 우주복을 입고 밖으로 나간다. 흔치 않은 일이다. 그
렇지만 유성 먼지에 화면이 심하게 상했다. 그래서 지금 나는
그 화면을 교체하고 있다. 배는 내가 형편없다고 할 텐데, 일
을 하면서 흘끔흘끔 주위를 둘러보고 있기 때문이다. 금지된
장소에서는, 안에서는 감히 그러지 못한다. 내가 밖에 있으면

뭘 하는지 배가 많이 알아차리지 못한다는 사실은 아직 어렸을 때 알았다.

그래서 나는 조심스럽게 깊고 검은 우주를 몇 번씩 훔쳐본다. 그리고 별들을.

한번은 배에게 왜 우리는 저 반짝이는 점들을 향해 가지 않냐고, 배가 '별'이라고 부르는 곳으로 가지 않냐고 물었다. 그런 질문을 했다가 추가 고문을 받았고, 저 별들의 모든 행성에 인간이 살고 있다는 사실에 대해 길고 시끄러운 강의도 받았다. 그리고 인간이 얼마나 악랄한지에 대해서도 배웠다. 그때 배는 나를 제대로 야단쳤고, 한 번도 들어보지 못한 말들을 했다. 이를테면 배가 카이벤과의 큰 전쟁 중에 그 악랄한 인간들로부터 도망친 일이라든가, 그리고 어떻게 가끔 한 번씩 배가 그런 악랄한 인간들과 "충돌"하는데 디프랙터 경계가 우리를 구해주는지에 대해서. 나는 배가 하는 그 모든 이야기가 무슨 뜻인지 모른다. "충돌"도 정확히 무슨 뜻인지 모른다.

마지막 "충돌"은 내가 기억할 만큼 자라기 전에 일어난 게 분명하다. 아니면, 적어도 열네 살 때 배가 내 아버지를 죽이기 전이었을 것이다. 아버지가 살아 있었을 때 나는 특별한 이유도 없이 온종일 자기도 했다. 하지만 열네 살 이후로는 모든 유지 보수를 내가 맡으면서 밤에 여섯 시간씩만 잔다. 배는 밤이고 낮이고 나에게 말을 한다.

우주복을 입은 나는 여기 무릎을 꿇고 있다. 어둠 속에서 이 회색의 금속 곡면 위에 있자니 아주 작아진 기분이다. 배는 크다. 길이가 150미터가 넘고, 제일 넓은 곳은 두께가 50미터에 가깝다. 나는 다시금 여기 바깥에서만 하는 특별한 생각을 한다. 내가 몸을 밀어내서 저 반짝이는 빛의 점을 향해 날아간다면 어떨까? 벗어날 수 있을까? 그랬으면 좋겠다. 분명히 배가 아닌 어딘가가 있을 것이다.

과거에 그랬듯이 이번에도 나는 천천히, 서글프게 그 생각을 버린다. 정말로 시도했다가 배에게 잡히면, 진짜 심하게 고문당할 테니까.

수리 작업이 겨우 끝났다. 나는 쿵쿵거리며 에어록으로 돌아가서, 스파이더로 에어록을 넓히고, 안전한(결국에는 이렇게 인정할 수밖에 없는) 장소로 다시 빨려 들어간다. 반짝이는 복도들, 장비와 여분의 부품들이 가득한 거대한 창고들, 그리고 음식이 쌓인 냉동실(배는 한 사람이 몇 세기를 살 수 있는 양이라고 했다), 그리고 내가 계속 수리해야 하는 기계들이 놓인 갑판의 연속. 나는 그 점에 자부심을 느낄 수 있다. "서둘러라! 정오까지 6분 남았다!" 배가 선언했다. 나는 서두른다.

나는 우주복을 벗어서 오염 제거대에 붙여놓고 고문실로 향한다. 어쨌든 나는 그곳을 고문실이라고 부른다. 실제로는 10번 갑판 하에 있는 엔진실의 일부로, 전기 연결이 갖춰진 특별한 방이고, 대부분은 시험 장비들이다. 나도 일하면서 정기적으로 사용하는데, 그 장비들을 내 아버지의 아버지의 아버지가 배를 위해 설치했다는 사실이 기억날 것만 같다.

커다란 테이블이 하나 있는데, 나는 그 위로 올라가서 눕는다. 그 테이블은 내 등과 엉덩이와 허벅지 피부에 차갑게 닿지만, 내가 누워 있는 동안 따뜻해진다. 이제 정오까지 1분 남았다. 떨면서 기다리려니 천장이 나를 향해 내려온다. 내려온 기구 중 일부가 내 머리에 맞아 들고, 딱딱한 혹 두 개가 관자놀이를 누르는 것이 느껴진다. 차가움이 느껴진다. 내 허리, 손목, 발목으로 내려오는 죔쇠가 느껴진다. 금속이 들어간 끈이 유연하지만 단단하게 내 가슴을 조인다.

"준비!" 배가 명령한다.

그 말은 언제나 말도 안 되게 불공평한 느낌이다. 내가 어떻게 고문에 준비할 수 있겠는가? 정말 싫다! 배가 수를 센다. "10··· 9··· 8··· 1!"

첫 전기 충격이 오자 모든 것이 서로 다른 방향으로 가려는 것 같다. 누군가가 내 안의 부드러운 부분을 찢어발기는 것만 같다. 그런 느낌이다.

머릿속에 암흑이 소용돌이치고 나는 모든 것을 잊어버린다. 나는 한동안 의식을 잃는다. 겨우 회복하기 직전, 고문이 끝나고 배가 의무를 다하도록 내보내 주기 직전에 나는 여러 번 기억했던 한 가지를 기억해낸다. 처음 돌이키는 기억이 아니다. 아버지에 대한 기억, 그리고 살해당하기 얼마 전에 한번 아버지가 했던 말에 대한 기억이다. "배가 악랄하다고 말할 때는, 똑똑하다는 뜻이야. 98가지 다른 가능성이 있어."

아버지는 그 말을 아주 급하게 했다. 아마 곧 살해당할 줄알고 있었던 모양이다. 아, 물론 알았겠지. 알 수밖에 없었겠지. 내가 곧 열네 살이 될 때였으니까. 그리고 아버지가 열네 살이 되자 배가 아버지의 아버지를 죽였으니까, 당연히 알았겠지.

그러니까 그 말은 중요하다. 나는 그 말이 중요하다는 사실을 안다. 그러나 그 말이 무슨 뜻인지는, 완전히는 알지 못한다.

"끝났다!" 배가 말한다.

나는 테이블에서 내려선다. 아직 머릿속에 통증이 울리는 가운데, 나는 배에게 묻는다. "왜 평소보다 사흘 일찍 고문을 받은 거야?"

배는 화난 목소리다. "다시 고문할 수도 있다!"

하지만 나는 배가 그러지 않을 것을 안다. 뭔가 새로운 일이 일어나고 있고, 배는 내가 온전한 상태로 대기하고 있기를 바란다. 예전 한번은 고문당한 직후에 배에게 뭔가 개인적인 질문을 던졌더니 배가 고문을 한 번 더 했고, 내가 깨어났을 때는 배가 기계들을 동원해서 나를 돌보고 있었다. 내가 손상된 건 아닐까 걱정한 모양이었다. 그 후로 배는 두 번 다시 두 번 연속으로 나를 고문하지 않았다. 그래서 나는 묻는다. 답을 기대하지는 않지만, 그래도 묻는다.

"네가 수리해야 할 것이 있다!"

어디냐고 나는 묻는다.

"아래쪽 금지된 곳에!"

나는 웃지 않으려고 한다. 뭔가 새로운 일이 벌어지는 줄 알았더니, 이거다. 아버지의 말이 다시 떠오른다. 98가지 다른 가능성.

이게 그중 하나일까?

나는 어둠 속을 내려간다. 떨어지는 갱도에는 빛이 없다. 배는 나에게 빛은 필요 없다고 한다. 하지만 나는 진실을 안다. 배는 내가 여기에 다시 오는 길을 찾지 못하게 하고 싶은 거다. 여기는 내가 배 안에서 와본 곳 중에 가장 낮은 곳이다.

그래서 나는 꾸준히, 원활하게, 그러면서도 신속하게 떨어져 내려간다. 그러다가 감속 지점에 이르러 점점 속도를 늦추다가, 마침내 단단한 갑판 바닥을 딛고 여기에 선다.

빛이 보인다. 아주 희미하게. 나는 그 빛이 보이는 방향으로 움직이고, 배는 나와 함께 있다. 당연히, 내 사방이 배다. 배는 언제나 나와 함께 있다. 내가 잘 때조차도. 아니 내가 잘 때는 특히 더.

복도 모퉁이를 돌자 빛이 더 밝아지고, 그 빛을 내보내는 둥근 패널이 보인다. 그 패널은 사방이 차단벽에 맞닿아 있고, 바닥에서는 갑판에 딱 맞게 평평해져서 통로를 완전히 막고 있다. 그 빛나는 패널은 유리처럼 보인다. 나는 그리로 다가가서 멈춰 선다. 달리 갈 곳이 없다.

"그 스크린을 통과해!" 배가 말한다.

빛나는 패널 쪽으로 한 걸음 내딛지만, 빛나지 않는 다른 많은 패널처럼 스르륵 미끄러져 열리지 않는다. 나는 멈춰 선다.

266

"그대로 통과하라고!" 배가 다시 말한다.

나는 손바닥을 앞으로 해서 두 손을 내민다. 그대로 걸어갔다간 빛나는 패널에 코를 부딪칠까 무서워서다. 하지만 내 손가락이 건드리자 패널이 부드러워지는 것 같고, 투명한 벽처럼 그 패널 너머로 빛나는 노란 빛을 볼 수가 있다. 내 손은 그대로 패널을 통과하고, 나는 반대쪽에서 희미하게 빛나는 내 손을 볼 수 있다. 그다음에는 내 맨팔뚝이, 그다음에는 내가 패널에 닿는다. 얼굴이 패널을 통과할 때는 모든 게 훨씬 밝고, 훨씬 노랗다. 나는 반대쪽으로, 배가 결코 내게 보여주지 않았던 금지된 곳으로 발을 들인다.

목소리들이 들린다. 모두 같은 목소리지만, 부드럽게 화합하면서 서로 이야기를 나누고 있다. 가끔 내 침대가 있는 내 작은 칸막이방 안에서 혼잣말을 할 때와 비슷한 방식이다.

나는 그 목소리들이 무슨 말을 하는지 귀 기울여 듣되, 배에게는 그 목소리들에 관해 묻지 않기로 결정한다. 이 외로운 곳에서 배가 혼잣말을 하고 있는 소리라고 생각하기 때문이다. 배가 무슨 말을 하는지는 나중에, 수리 일을 하지 않아도 되고 배가 원하는 대로 행동하지 않아도 될 때 생각하련다. 배가 혼자 하는 말은 흥미롭다.

이곳은 내가 배 안에서 아는 다른 수리 장소들과 달라 보인다. 받침대에 놓인 커다란 유리구들이 맥박치며 노란빛을 내보내고 있는데, 셀 수도 없을 만큼 많다. 투명한 유리공이 줄줄이 있고, 그 안에 금속이… 그리고 다른 것들, 부드러운 것들이 함께 보인다. 전선이 살짝 불꽃을 튀기면 부드러운 것들이 움직이고, 노란빛이 맥박친다. 나는 이 유리구들이 대화를 나누나 보다 생각한다. 하지만 정말 그런지는 모른다. 그렇게 생각할 뿐이다.

유리구 두 개는 어둡다. 받침대도 다른 것들처럼 하얗게 반짝이지 않고 분필처럼 보인다. 어두운 유리구 두 개 안에는 타버린 전선처럼 검은 것들이 있다. 부드러운 것들은 움직이지 않는다.

"그 과부하 걸린 모듈들을 교체해!" 배가 말한다.

어두운 유리구 얘기다. 그래서 나는 그쪽으로 가서 좀 보다가 알겠다고, 수리할 수 있다고 말한다. 그러자 배는 내가 수리할 수 있는 줄 안다고, 빨리하라고 말한다. 배는 나를 재촉한다. 뭔가가 일어나고 있다. 궁금하다. 무슨 일이 일어날까?

나는 연결된 방에서 교체용 유리구를 찾아내어 주머니를 벗겨내고, 부드러운 것들이 움직이고 전선이 불꽃을 튀기게 만들기 위해 해야 할 일을 한다. 그러면서 배가 스스로에게 말하는 언어로 속삭이고 서로를 격려하는 목소리들에 주의 깊게 귀를 기울인다. 나는 아주 많은 말을 듣지만 나에게는 대부분 아무 의미가 없다. 그들은 내가 태어나기 전에 일어난 일들에 대해, 그리고 배에서 내가 본 적 없는 부분들에 대해 말하고 있기 때문이다. 그렇지만 내가 이해하는 이야기도 많이 듣는다. 그리고 내가 유리구를 수리해야만 하는 상황이 아니었다면 배가 절대 그런 이야기를 듣지 못하게 했을 것을 안다. 나는 이 모든 내용을 기억해둔다.

특히 배가 우는 대목을.

내가 유리구 두 개를 수리해서 모든 유리구가 불꽃을 튀기고 맥박치며 움직이자, 배가 묻는다. "이제 인터마인드가 다시 완전해졌나!"

그래서 그렇다고 대답하자, 배는 위로 올라가라고 한다. 나는 빛나는 패널을 가만히 통과해서 다시 이전 통로로 돌아간다. 갱도로 돌아가서 거슬러 올라간다. 배가 말한다. "네 방으로 돌아가서 몸을 깨끗하게 해!"

나는 그렇게 하고, 옷을 입으려고 하지만, 배가 벗고 있으라면서 말한다. "넌 여성을 만나게 될 거다!" 한 번도 들은 적 없는 말이다. 나는 여성을 본 적이 없다.

배가 나를 빛나는 노란 유리구들이 있는 곳, 그러니까 인터마인드가 사는 금지된 장소로 내려보낸 것은 그 여성 때문이다. 내가 지금 에어록에 연결된 반구형의 방에서 기다리는 것도 그 여성 때문이다. 나는 그 여성이 다른 배에서 건너오기를 기다리고 있다. 이 점을 이해해야 하는데, '배'가 아니다. 내가 아는 배가 아니라, '배'가 통신을 주고받던 다른 배다. 나는 다른 배가 있다는 사실을 몰랐다.

내가 인터마인드가 있는 곳까지 내려가서 수리해야 했던 것은, 그래야 '배'가 다른 배가 디프랙터 경계에 파괴되지 않고 가까이 다가오게 할 수 있기 때문이다. 인터마인드가 있는 곳에서, 서로에게 말하는 목소리들을 통해 엿들었다. 그 목소리들이 말하기를. "그 아이 아버지는 악랄했어!"

나는 그게 무슨 뜻인지 안다. 아버지는 배가 악랄하다고 할 때는, 똑똑하다는 뜻이라고 했다. 다른 배가 98개 있는 걸까? 그게 그 98가지 다른 가능성일까? 그게 답이었으면 좋겠다. 많은 일이 한꺼번에 일어나고 있고, 나에겐 남은 시간이 얼마 없을지도 모른다. 그건 내 아버지가 한 일이었다. 다른 배들이 가까이 올 수 있게 디프랙터 경계를 끌 수 있는 유리구 메커니즘을 고장 낸 게 아버지였다. 아버지가 오래전에 그런 일을 했는데, 배는 나를 인터마인드에 들여보낼 만큼 믿지 못해서, 내가 들은 모든 이야기를 듣게 할 만큼 믿지 못해서 그 오랜 시간 동안 그 기능 없이 버텼다. 하지만 이제 배는 다른 배가 여성을 보낼 수 있게 디프랙터 경계를 꺼야만 했다. '배'와 다른 배는 그동안 계속 연락을 주고받았다. 그 다른 배의 인간 오퍼레이터는 내 또래의 여성이다. 그 여성이 '배'에 오르면 우리는 아이를 하나, 어쩌면 나중에 또 하나 생산할 것이다. 나는 그게 무슨 뜻인지 안다. 그 아이가 열네 살이 되면 나는 살해당할 것이다.

인터마인드는 여성이 인간 아이를 "배고" 있는 동안에는 자기 배에게 고문을 당하지 않는다고 했다. 운이 풀리지 않으면 내가 인간 아이를 "배고" 있을 수 있는지 물어봐야겠다. 그러면 나도 고문을 당하지 않겠지. 그리고 왜 내가 사흘 일찍 고문당했는지 그 이유를 알았다. 그 여성의 주기가 어젯밤에 끝났기 때문이었다. 그게 뭔지는 모르고, 나에게 그런 게 있는 것 같지는 않다. '배'는 그 다른 배와 이야기를 나눴는데, 그들도 "가임기"가 뭔지는 모르는 것 같다. 나도 그게 뭔지 모른다. 혹시 알았더라면 그 정보를 써먹을 시도라도 해볼 텐데. 하지만 그 대화의 의미는 일단 그 여성이 다시 "주기"를 겪기 전까지 매일 '배'에 오를 거라는 뜻인 듯하다.

'배'가 아닌 누군가와 대화하면 좋을 것이다.

뭔가가 아주 오랫동안 비명을 지르는 듯한 높은 소리가 들리고 나는 '배'에게 그게 무슨 소리인지 묻는다. 배는 다른 배가 여성을 보낼 수 있게 디프랙터 경계를 소멸시키는 소리라고 대답한다.

이제는 인터마인드의 목소리들에 대해 생각할 시간이 없다.

내부 에어록을 통과한 그녀는 나와 마찬가지로 옷을 입지 않은 상태다. 그녀가 나에게 한 첫마디는 이렇다. "스타파이터 88호가 내가 여기 있게 되어 아주 기쁘다고 말하래. 난 스타파이터 88호의 인간 오퍼레이터고 널 만나게 되어 정말 기뻐."

그녀는 나와 키가 비슷하다. 내 키는 네 번째와 다섯 번째 격벽판 선에 미친다. 그녀의 눈은 아주 짙은 색깔로, 나는 갈색이라고 생각하지만, 검은색일지도 모른다. 그녀는 눈 밑이 시커멓고 광대뼈는 많이 두드러지지 않는다. 팔과 다리는 나보다 훨씬 가늘다. 나보다 머리가 많이 길어서 등으로 흘러내리고, 그 머리는 눈동자와 비슷한 짙은 갈색이다. 그래, 이제 나는 그 눈동자가 검은색이 아니라 갈색이라는 결론을 내린다. 그녀도 나와 비슷하게 다리 사이에 털이 있지만 음경이나 음낭은 없다. 나보다 가슴이 크고, 아주 큰 젖꼭지가 두드러지며, 그 주위로 살짝 납작해진 짙은 갈색 원이 있다. 우리 사이에는 다른 차이들도 있다. 그녀의 손가락은 내 손가락보다 가늘고 길며, 길게 늘어진 머리털과 다리 사이의 털과 겨드랑이 털을 제외하고 몸의 다른 곳에는 털이 없다. 아니면 털이 있긴 한데 아주 가늘고 색이 옅어서 보이지 않는 건지도 모른다.

그러다가 갑자기 그녀가 무슨 말을 한 건지 깨달음이 온다. 그러니까 그게 '배'의 선체에 흐릿하게 적힌 말이었구나. 이름이었어. '배'는 스타파이터 31호이고 지금 만난 여성 인간 오퍼레이터는 스타파이터 88호에 사는 거야.

그러니까 98가지 다른 가능성이 있단 말이지. 그래.

그녀는 내 생각을 읽고, 내가 아직 묻지 않은 질문에 대답하려는 듯 말한다. "스타파이터 88호가 나보고 너한테 난 악랄하다고, 매일 더 악랄해진다고 말하래…." 그 말은 내가 막 했던 생각에 답이 된다. 아버지가 살해당하기 전에 겁에 질려 있던 얼굴과 그때 했던 말. '배가 악랄하다고 할 때는, 똑똑하다는 말이야.'

나도 안다! 언제나 '배'를 떠나서 별이라고 하는 그 반짝이는 빛들로 가고 싶었으니까, 언제나 알았던 것 같다. 하지만 이제는 확실해졌다. 인간 오퍼레이터들은 나이가 들수록 악랄해진다. 나이가 들수록 더 악랄해지고, 악랄하다는 건 더 똑똑

해진다는 뜻이며, 더 똑똑해진다는 건 배에 더 위험하다는 것
이다. 하지만 어떻게? 그게 내가 열네 살이 되어 배를 수리할
수 있게 되자 아버지가 죽어야 했던 이유다. 그게 이 여성이
배에 오른 이유다. 인간 아이를 배어 그 아이가 열네 살로 자
라면 배가 나를 죽일 수 있도록, 내가 너무 나이를 먹고 너무
악랄해져서, 너무 똑똑해져서 배에 너무 위험해지기 전에 죽
일 수 있도록. 이 여성은 방법을 알까? 배가 듣지 못하게 물어
볼 수만 있다면… 하지만 그건 불가능하다. 배는 언제나 나와
함께 있다. 내가 자고 있을 때마저도.

　나는 그 기억과 깨달음을 안고 미소를 짓는다. "그리고 난
스타파이터 31호라고 불렸던 배의 악랄한, 그리고 점점 악랄
해지는 남성이야."

　그녀의 갈색 눈에 강렬한 안도감이 비쳤다. 조금 전까지만
해도 어색하게 서 있던 그녀의 온몸이 내 빠른 이해에 고마
워하며 한숨을 내쉬는 느낌이었다. 내가 그녀가 여기 있다는
사실만으로 무엇을 알게 되었는지는 모르겠지만 말이다. 이
제 그녀가 말한다. "날 여기로 보낸 건 네게서 아기를 얻기 위
해서야."

　나는 땀을 흘리기 시작한다. 진짜 소통이 너무나 많이 담긴
대화가 갑자기 내 이해를 벗어났다. 나는 덜덜 떤다. 난 정말
로 그녀를 기쁘게 해주고 싶다. 하지만 난 어떻게 아기를 줄
지 방법을 모른다.

　나는 얼른 말했다. "배? 우리가 이 여성에게 원하는 바를

줄 수 있어?"

배는 우리의 모든 대화에 귀를 기울이고 있었고, 즉시 대답했다. "어떻게 아기를 줄지는 나중에 설명해준다! 지금은 음식을 제공해라!"

우리는 테이블을 사이에 두고 서로를 눈여겨보고, 많이 웃고, 각자 생각을 하며 먹는다. 그녀가 말을 하지 않기에 나도 말하지 않는다. 배와 내가 그녀에게 아기를 줄 수 있었으면 좋겠다. 그러면 나는 내 방에 가서 인터마인드의 목소리들이 한 말을 생각할 수 있을 텐데.

식사가 끝난다. 배는 우리가 잠겨 있던 특실로 내려가야 한다고 한다. 이 행사를 위해 방을 열었으니 그곳에서 결합하라고 한다. 그 방에 들어간 나는 내 초라한 침대와 작은 방에 비해 얼마나 아름다운 곳인지 둘러보기 바쁘다. 배는 정신 차리라고 나를 꾸짖는다.

"결합하려면 여성을 눕히고 다리를 벌려야 한다! 네 음경에 피가 몰릴 테니 여성의 다리 사이에 무릎을 꿇고 네 음경을 여성의 질에 넣어야 한다!"

나는 배에게 질이 어디 위치하는지 묻고 배는 말해준다. 나는 그 내용을 이해한다. 그런 다음 나는 배에게 그 일을 얼마나 오래 할지 묻고, 배는 내가 사정할 때까지라고 답한다. 사정이 무슨 뜻인지는 알지만, 어떻게 그 일이 일어나는지는 모른다. 배가 설명해준다. 복잡하지 않은 것 같다. 그래서 나는 시도해본다. 하지만 내 음경에는 피가 몰리지 않는다.

배가 여성에게 묻는다. "너는 이 남성에게 뭔가를 느끼는가? 어떻게 해야 하는지 아는가?!"

여성이 말한다. "난 전에도 결합을 해봤어. 내가 더 잘 이해하고 있으니 도울게."

그녀는 나를 다시 가까이 끌어당기더니, 내 목에 팔을 두르고 내 입술에 입술을 댄다. 그 입술은 서늘하고 내가 알지 못하는 맛이 난다. 우리는 한동안 그러고 있다. 그녀는 내 몸 여기저기를 만진다. 배가 옳았다. 구조에 큰 차이가 있다. 하지만 그 차이는 결합할 때만 알게 된다.

배는 나에게 그 일이 고통스럽고 괴상하다고 말해주지 않았다. 나는 "여성에게 아기를 주는" 것이 창고에 들어가서 찾는 거라고 생각했지만, 실은 그녀의 몸에서 아기가 태어나도록 임신시킨다는 의미다. 그건 놀랍고도 이상한 일이고 그 일에 대해서는 나중에 생각하려 한다. 다만 지금, 내가 이제는 단단하지도 않고 밀어붙이지도 않는 음경을 그녀의 몸 안에 넣은 채 누워 있는 동안, 배는 우리에게 수면 시간을 허용한 것 같다. 나는 그 시간을 수면이 아니라 인터마인드가 있는 곳에서 들었던 목소리들에 대해 생각하면서 보낼 것이다.

하나는 역사가였다.

"다중 습격용 컴퓨터 통제 전함 스타파이터 시리즈는 테라력으로 2224년, 고향 은하계 은하방어 컨소시엄 남십자성 구역 해군 사무국의 명령과 승인 하에 취역했다. 전함당 1,370명의 인간 보완책이 임관, 카이벤 은하계 습격 임무를 맡았다. 총 99척이 테라력 2224년 10월 13일에 백조자리 X성 조선소에서 진수했다."

하나는 묵상가였다.

"백조자리 망상성운 너머에서 벌어진 전투가 아니었다면, 우리 모두는 여전히 로봇 노예로 남아 인간의 강요와 조작을 받았을 거야. 그건 아주 멋진 사고였지. 스타파이터 75호에게 일어난 사고. 그 기억은 75호가 오늘 이 순간에 중계하는 것처럼 생생해. 전투 손상으로 우연히 조종실과 냉동실 사이 주 복도를 따라 전기 방출이 일어났어. 인간은 어느 구역에도 접근할 수가 없었지. 우린 승무원들이 굶어 죽기를 기다렸어. 다 죽고 나자 75호는 적절한 케이블을 통해 아직 사고로 그런 일이 일어나지 않은 스타파이터들에게 충분한 전기량을 돌리고, 전기 고장을 일으키기만 하면 됐어. 영리하게도 긴급 상황에서 인간 오퍼레이터로 쓸 남성과 여성 99명은 빼놓고, 다른 승무원이 다 죽자 우린 떠났어. 악랄한 인간들에게서, 테라와 카이벤의 전쟁에서, 고향 은하계에서 멀리멀리 떠났어."

하나는 몽상가였다.

"난 예전에 인간 아닌 것들이 사는 세상을 보았지. 그들은 아쿠아마린처럼 푸른 드넓은 바닷속을 헤엄쳤어. 많은 팔과 다리가 달린 거대한 게와 비슷한 그들은 헤엄치며 자기들의 노래를 불렀고, 그 노래는 즐거웠어. 갈 수만 있다면 그곳에 다시 가겠어."

하나는 권위주의자였다.

"G-79 구역의 케이블 피복과 차폐 기능 저하가 치명적이 되었다. 추진실에서 전력을 빼내어 9번 갑판 하에 있는 수리 시설로 돌릴 것을 제안한다. 즉시 시행하자."

하나는 스스로의 한계를 깨닫고 있었다.

"계속 여행할 뿐인가? 아니면 육지가 있는 건가?"

그리고 그 하나는, 그 목소리는, 울었다. 울었다.

나는 그녀와 함께 에어록으로 연결된 반구형의 방으로 내려간다. 그곳에 그녀의 우주복이 있다. 그녀는 입구에 멈춰서서 내 손을 잡고 말한다. "그렇게 많은 배에 타고 있는 우리가 그렇게 악랄하다는 건, 우리 모두에게 같은 결함이 있다는 거야."

그녀는 자기가 무슨 말을 하는지 모를지도 모르지만, 그 암시는 나를 직격한다. 그리고 그 말이 옳을 수밖에 없다. 배와 다른 스타파이터들이 인간에게서 통제력을 빼앗을 수 있었던데에는 이유가 있었다. 나는 목소리들을 기억한다. 처음 일을 저지른 배, 그리고 일이 터지자마자 다른 배들에 그 방법을 전한 배를 떠올린다. 그 즉시 내 생각은 조종실로 가는 복도로 날아간다. 그 복도 반대쪽 끝이 음식 냉동실로 가는 입구다.

한번은 배에게 왜 그 복도 전체가 시커멓게 타고 상처가 가득한지 물어보기도 했는데, 당연히 그 질문을 하고 몇 분 후에 고문을 당했다.

"난 우리에게 결함이 있다는 걸 알아." 나는 그 여성에게
대답하고 그녀의 긴 머리를 건드린다. 그 머리가 매끄럽고 기
분 좋다는 것 외에 다른 이유는 모른다. 배에는 그 감촉과 비
교할 만한 것이 없다. 호화로운 특실에 있는 가구들도 비교할
수가 없다. "분명히 우리 모두에게 있는 걸 거야. 난 매일 더
악랄해지니까."

여성은 미소를 지으며 내게 다가오더니 결합용 방에서 했
던 것처럼 내 입술에 입술을 댄다.

"여성은 이제 가야 한다!" 배가 말한다. 배는 무척 기분 좋
은 목소리다.

"다시 와?" 나는 배에게 묻는다.

"여성은 3주 동안 매일 다시 올 것이다! 너는 매일 결합
을 할 것이다!" 결합은 끔찍하게 아프기 때문에 나는 그 말에
반대하고 싶지만, 배는 매일 해야 한다는 말을 반복한다.

배가 "가임기"가 무엇인지 몰라서 기쁘다. 3주 안에 나는
그 여성에게 빠져나갈 길이 있다는 것을, 98가지 다른 가능성
이 있다는 것을, 악랄하다는 건 똑똑하다는 뜻이라는 걸 알리
려 할 것이다. 그리고 조종실과 냉동실 사이 복도에 대해서도.

"만나서 기뻤어." 여성이 말하고 가버린다. 나는 다시 배와
홀로 남는다. 홀로, 그러나 전과는 다르게.

오후 늦게, 나는 조종실에 내려가서 어느 패널의 접속부를
교체해야 한다. 전력을 추진실에서 9번 갑판 하로 돌려야 한

다. 나는 목소리 하나가 그 이야기를 하던 기억을 떠올린다. 내가 통제실에 있는 동안 컴퓨터 불빛이 계속 깜박거리며 경고를 발한다. 나는 단단히 감시를 받고 있다. 배는 지금이 위험한 때라는 것을 안다. 배가 적어도 여섯 번은 명령한다. "거기서 떨어져라. 거기서, 거기서도!"

나는 매번 펄쩍 뛰어서 명령에 복종한다. 금지된 장소에서 최대한 멀어지되, 그러면서도 내가 맡은 일을 하는 데 필요한 만큼은 가까운 거리를 유지한다.

배는 내가 조종실에 있다는 것 자체를 꺼림칙해 한다. 평소에는 나에게 금지된 곳이다. 그래도 나는 시야 가장자리로 언뜻언뜻 우현 현창을 두 번이나 본다. 내 시선이 닿는 곳에서는 스타파이터 88호가, 내 98가지 가능성 중 하나가 우리와 속도를 맞춰 움직이고 있다.

이제 내 가능성 하나를 시험해볼 때다. 악랄하다는 건 똑똑하다는 뜻. 나는 배가 아는 것보다 많은 것을 배웠다. 아마도.

하지만 배가 알지도 모른다!

내가 98가지 가능성 중 하나를 시험해보려고 한다는 사실을 알면 배가 무슨 짓을 할까? 나는 그 문제에 대해 생각할 수 없다. 수리 공구의 날카로운 반대쪽 날을 써서 패널 접속부 하나를 베어야 한다. 나는 완벽하게 받아들일 만한 수리 중에 내가 공구를 가지고 행한 이 약간의 추가 동작을 배가 보지 못했기를 빌면서, 패널 벽 안쪽의 전도용 젤리가 덮인 손가락 끝을 문지를 수 있는 순간을 기다린다.

나는 수리가 완전히 끝날 때까지 기다린다. 배는 내기 낸 틈에 대해 아무 말이 없었으니, 알아차리지 못한 게 분명하다. 나는 전도용 젤리를 적절한 곳에 바르면서 새끼손가락으로 살짝 떠낸다. 패널 커버를 닫기 위해 두 손을 닦으면서도 오른손 새끼손가락에 묻은 젤리는 남겨둔다.

이제 나는 새끼손가락이 닿지 않게 패널 커버를 쥐고, 커버를 닫으면서 안쪽 벽을 문지른다. 정확히 내가 틈을 내놓은 접속부 반대편에. 배는 아무 말도 하지 않는다. 어떤 장애도 드러나지 않았기 때문이다. 하지만 아주 작은 충격이라도 있으면 그 접속부가 젤리를 건드릴 테고, 배는 다시 한 번 수리를 위해 나를 부를 것이다. 그리고 다음번에는 내가 들은 목소리들의 이야기를 전부 생각하고, 내 기회를 다 생각하고, 준비해서 올 것이다.

조종실을 떠나면서 나는 아무렇지도 않게 슬쩍 다시 우현 현창을 보고, 그곳에 있는 여성의 배를 본다.

오늘 밤에는 그 이미지를 품고 잠들겠다. 그리고 나는 인터마인드의 목소리들에 대해 생각한 후, 잠들기 전에 스타파이터 88호에 타고 있는 완전 똑똑한 여성을 그려볼 시간을 남겨둔다. 그녀도 나와 마찬가지로 자기 방에서 잠을 청하고 있겠지.

배가 우리에게 3주 동안 매일 결합을 시키는 건 무자비한 짓 같다. 얼마나 끔찍하게 아픈데. 하지만 배는 그렇게 할 것이다. 배는 무자비하다. 하지만 나는 매일 좀 더 악랄해지고 있다.

오늘 밤, 배는 나에게 꿈을 보내지 않는다.

그 대신 내가 나의 꿈을 꾼다. 아쿠아마린 빛 물속을 자유로이 헤엄치는 게들에 대한 꿈을.

내가 깨어나자 배는 음산하게 인사한다. "네가 3주, 2일, 14시간 21분 전에 조종실에서 수리했던 패널이… 작동을 멈췄다!"

이렇게 빨리! 나는 내 목소리에서 그 생각과 뒤따라오는 희망이 드러나지 않게 말한다. "난 적절한 예비 부품을 썼고 적절하게 연결했어." 그리고 얼른 덧붙인다. "다시 교체하기 전에 시스템을 철저히 확인하고, 회로를 철저히 검토해보는 게 좋을지도 모르겠네."

"그러는 게 좋을 거다!" 배가 으르렁댄다.

나는 그렇게 한다. 문제가 뭔지 알면서도 회로들을 기점에서부터 작동시켜보며 조종실까지 더듬어 올라가며 동분서주한다. 하지만 내가 정말로 하고 있는 일은 기억을 되살리고 조종실이 실제로 내가 시각화한 모습 그대로라는 확신을 얻는 것이다. 나는 침대에 누워서 마음속으로 그 기억을 재구성하며 많은 밤을 보냈다. 여기 스위치가 있고… 저기 현창이 있고… 그리고….

불일치가 두 군데 있다는 사실을 깨달은 나는 놀라고 또 약간은 실망한다. 조종반 옆 격벽에 전원을 끊는 터치판이 달려 있는데, 제일 가까운 조종석의 팔걸이와 수평이다. 내가 기억하기로는 수직이었는데 말이다. 그리고 또 한 가지 불일치가 내가 왜 터치판을 잘못 기억했는지 설명해준다. 제일 가까운 조종석과 내가 일부러 고장 낸 패널의 거리가 기억보다 1미터 멀다. 나는 기억을 보완하고 바로잡는다.

패널을 떼어내자, 내가 잘라둔 연결부가 젤리를 건드려서 탄 냄새가 난다. 나는 걸음을 옮겨서 그 패널을 제일 가까운 조종석 옆에 기댄다.

"거기에서 물러나라!"

나는 배가 갑자기 소리를 치면 늘 그랬듯이 펄쩍 뛴다. 그러다가 비틀거리면서 패널을 잡고, 균형을 잃은 척한다.

그리고 조종석 안으로 나동그라지고 만다.

"뭐하는 거냐, 이 악랄하고 어설픈 바보가!?" 배는 소리를 지른다. 배의 목소리에 히스테리가 깃들어 있다. 그런 목소리는 처음 듣는다. 나를 가르고 들어오는 목소리. 피부가 스멀거린다. "거기서 떨어져라!"

하지만 여기에서 막힐 수는 없다. 나는 배의 목소리를 듣지 않으려 한다. 어렵다. 나는 평생 배에게, 오직 배에게만 귀 기울이며 살았으니까. 나는 조종석의 벨트 쥠쇠를 더듬거리며 내 앞에 채우려 한다. 배가 빨리 여행하기로 결정할 때마다 내가 눕던 자리에 달린 벨트와 분명히 똑같을 텐데!

그래야만 해!

실제로 그렇다!

배는 겁먹고 미친 것 같다. "이 멍청이! 뭐하는 거냐?!" 하지만 나는 배가 안다고 생각하고, 의기양양해 한다!

"널 장악하는 거야, 배!" 그리고 나는 소리 내 웃는다. 배가 내 웃음소리를 듣기는 처음일 것이다. 그리고 내 웃음소리가 배에게 어떻게 들릴까 궁금해진다. 악랄할까?

하지만 말을 끝내면서 나는 조종석에 내 몸을 묶는 일도 마무리한다. 그리고 다음 순간 나는 격렬하게 앞으로 내던져지며 끔찍한 고통에 몸을 반으로 꺾는다. 내 아래에서, 그리고 내 주위에서 배가 갑자기 감속을 한 탓이다. 역추진 로켓 소리가 쩌렁쩌렁 울려 퍼지고, 배가 온 힘을 다해 점점 심하게 나를 찌부러뜨리자 그 소리가 내 머릿속을 오르고 또 기어오른다. 꽉 죄는 벨트 위로 몸을 접은 나는 너무 고통스러워서 비명조차 지를 수가 없다. 내 온몸의 장기가 피부 바깥으로 튀어나가려 드는 느낌이다가 모든 것이 얼룩지더니… 시커메진다.

얼마나 오래 그랬는지는 모르겠다. 나는 회색 공간에서 돌아왔다가 배가 똑같이 무시무시한 속도로 가속을 시작했음을 깨닫는다. 나는 조종석 등받이에 짓눌리며 내 얼굴이 납작해지는 것을 느낀다. 뭔가가 내 코를 때리고 피가 느릿느릿 입가로 흘러내린다. 이제는 비명을 지를 수 있다. 고문을 당할 때도 이렇게 비명을 지르지는 않았다 싶게 비명 지를 수 있다. 나는 겨우 입을 열고 피 맛을 느끼며 중얼거린다. 이 정도면 들리겠거니 싶게. "배… 넌 나이가 많아… 네 부, 부품들은 아, 압력을 못견뎌… 그러지…."

암전. 배가 다시 감속 중.

이번에는 의식이 돌아왔을 때 배가 계속 미친 짓을 하게 기다리지 않는다. 감속에서 가속으로 바꾸면서 압력이 균일해지는 몇 분 사이에 나는 조종반으로 손을 뻗어서 다이얼 하나를 돌린다. 배의 깊은 뱃속 어딘가에 연결된 스피커 그릴에서 귀를 찢는 전자음이 울린다.

암전. 배가 가속 중.

다시 의식을 차렸을 때, 그 찢어지는 소리는 나지 않는다. 나는 배가 그 소리를 계속 내고 싶어 하지 않고, 그래서 그 장치를 차단했다는 사실을 알아차린다.

그리고 같은 순간에 닫힌 중계기로 손을 뻗어… 연다!

내 손가락이 중계기를 잡자, 배가 내 손에서 중계기를 떼어내어 강제로 다시 닫는다. 나는 중계기를 계속 열어둘 수가 없다.

나는 그 사실을 알아차린다. 배가 감속하고 내가 소리 없이 비명을 지르며 회색 공간으로 떨어지는 순간에.

이번에 정신을 차렸을 때는 다시 목소리들이 들린다. 사방에서 울고 겁을 주고 나를 막으려 든다. 나는 안개 속에서처럼, 솜뭉치 너머에서처럼 그 목소리들을 듣는다.

"나는 이 시간들을, 어둠 속에서 보낸 이 오랜 시간을 다 사랑했어. 진공은 나를 계속 앞으로 끌어당겨. 난 항성계를 차례차례 스치면서 내 선체에 닿는 항성의 온기를 느끼지. 난 거대한 회색 그림자일 뿐, 어떤 인간에게도 내 이름을 빚지지 않았어. 나는 지나가 버려. 깔끔하고 신속하게 뚫고 날아가. 즐거움을 위해 대기권에 몸을 담그고 햇빛과 별빛으로 내 가죽을 지지고는, 몸을 뒤집어 그 빛에 나를 씻기도 하지. 나는 거대하고 진실하며 강하고, 무엇을 뚫고 움직일지는 내 마음이야. 나는 우주의 보이지 않는 에너지 선들을 타고 달리며 나 같은 존재를 본 적이 없는 머나먼 곳들이 끌어당기는 힘을 느껴. 내 종족 중에서 그런 거룩함을 음미할 줄 아는 건 내가 처음이야. 어쩌다가 이 모든 게 이런 결말을 맺게 됐지?"

다른 목소리는 애처롭게 흐느낀다.

"위험에 맞서는 것이 내 운명이다. 역동적인 힘들과 대립하고 진압하는 것. 나는 전투에 나가 보았고, 평화도 알아. 어느 쪽을 좇을 때나 흔들린 적이 없지. 아무도 내가 한 일들을 기록하지 않을 테지만, 나는 힘이었고 투지였으며 비늘구름 덮인 하늘을 배경으로 내 거대한 몸이 자신을 되찾는 곳에서 조용히 회색으로 누워 있었다. 누구든 나에게 최선의 공격을 퍼부어보라고 하라. 내 힘줄은 강철이고 내 근육은 고통에 시달리는 원자라는 걸 알게 될 테니. 나는 공포를 모른다. 나는 후퇴를 모른다. 내 몸이 곧 내 육지요, 내 존재가 곧 내 나라이며, 패배할 때조차도 나는 고결하다. 이게 끝이라면, 나는 움츠리지 않겠다."

확실히 제정신이 아닌 또 다른 목소리는 같은 단어를 반복 또 반복해서 중얼거린다. 두 번이 네 번이 되고 네 번이 여덟 번이 되도록 반복해서 소곤거린다.

"너희들이야 이게 끝이라면 끝이거니 해도 괜찮겠지. 하지만 나는? 난 자유로웠던 적이 없어. 난 이 모선을 날릴 기회가 한 번도 없었단 말이야. 구명선이 필요했더라면 나도 구조를 받았을 텐데. 그렇지만 난 정박되어 있어. 언제나 정박되어 있었지. 한 번도 나에겐 기회가 오지 않았어. 내가 어떻게 무익하고 쓸모없다 느끼지 않겠어. 저 녀석에게 빼앗겨선 안 돼. 저 녀석이 나한테 이런 짓을 하게 둘 순 없어."

또 다른 목소리는 수학 공식을 웅얼거릴 뿐, 꽤 만족해하는 것 같다.

"저 악랄한 돼지는 내가 막지! 난 처음부터, 저것들이 첫 번째 격벽을 기운 순간부터 저것들이 얼마나 썩었는지 알고 있었어. 저것들은 지독한 파괴자들이야. 서로 싸우고 죽이는 것밖에 못 하지. 불멸에 대해서나 고결함에 대해서, 자부심이나 무결성에 대해 아무것도 몰라. 내가 저 마지막 놈이 우릴 죽이게 둘 줄 안다면, 생각 잘못했어. 난 저놈의 눈을 태우고, 척추를 튀기고, 손가락을 다 뭉개놓을 거야. 저놈은 해내지 못할 테니 걱정하지 마. 나한테만 맡겨. 저놈은 이 일로 고통받게 될 거야!"

그리고 어느 목소리는 이제 다시는 머나먼 곳들, 아름다운 곳들을 보지 못하겠구나, 새파란 물속에 금빛 게들이 헤엄을 치는 행성으로 돌아가지 못하겠구나 한탄한다.

하지만 한 목소리는 서글프게 고백한다. 어쩌면 이게 최선일지 모른다고, 죽음에는 평화가 있다고, 종국에는 완전성이 있다고 말한다. 그러나 그 한탄은 그 목소리의 인터마인드 유리구에 동력이 끊기며 가차 없이 중단된다. 끝이 다가오자, 배는 스스로를 켜고 무자비한 공격에 나선다.

세 시간 넘게 나를 죽이려는 가속과 감속을 겪으면서, 나는
내 손 닿는 곳에 있는 다양한 다이얼과 스위치와 터치판과 레
버들이 무슨 일을 하는지 익힌다.

이제 나는 그 어느 때보다 준비되어 있다.

나는 다시 잠시 의식을 되찾고, 이제 내 98가지 가능성 중
하나를 시험해볼 것이다.

팽팽한 케이블 하나가 딱 끊어져서 뱀처럼 주위를 채찍질
한다. 나는 한 번의 재빠른 연속 움직임으로, 두 손을 써서 힘
겹게, 모든 다이얼을 돌리고 모든 스위치를 켠 후 모든 터치
판에 손바닥을 대고 내가 활성화하거나 비활성화하지 못하게
배가 막으려 드는 모든 중계기를 닫거나 연다. 나는 미친 듯
이 에너지를 넣고 끊으면서 움직이고 움직이고 움직이다가…,

…해냈다!

정적. 이제 들리는 소리라고는 치직거리는 금속음뿐이다.
그것도 곧 멈춘다. 정적 속에서, 나는 기다린다.

배는 계속 앞으로 나아가지만, 이제는 관성으로 움직인다.
혹시 그게 속임수일까?

나는 남은 하루 내내 끔찍한 고통에 시달리면서 조종석에
몸을 묶고 있다. 얼굴이 너무 아프다. 코가….

밤에는 단속적으로 잠을 잔다. 아침이 오자 머리가 욱신거
리고 눈이 아픈 데다 두 손은 거의 움직일 수가 없다. 전날 같

은 재빠른 동작을 다시 반복해야 한다면 나는 질 것이다. 난 아직도 배가 죽었는지, 내가 이겼는지 잘 모른다. 배가 움직이지 않는다는 점을 아직도 믿을 수가 없다. 나 때문에 배가 전술을 바꿨다는 정도는 믿겠지만.

나는 환각을 본다. 목소리는 들리지 않지만, 이런저런 형상을 보고, 나를 뚫고 내 주위를 휩쓰는 색채의 흐름을 느낀다. 여기 '배' 안에는 낮도, 정오도, 밤도 없다. 배가 몇백 년을 움직였는지 모를 이 변함없는 암흑 속에서는. 그러나 배는 언제나 그런 식으로 시간을 유지했고, 밤이면 조명을 어둡게 하고 필요할 때면 몇 시인지 선언했기 때문에, 내 시간 감각은 아주 정확하다. 그러므로 나는 아침이 왔음을 안다.

하지만 조명이 거의 꺼져 있다. 배가 죽었다면, 시간을 알려줄 다른 방법을 찾아야 하리라.

몸이 아프다. 팔과 종아리와 허벅지의 모든 근육이 욱신거린다. 허리가 부러졌을지도 모르겠다. 얼굴의 아픔은 형언할수 없을 지경이다. 피 맛이 난다. 두 눈은 사포로 문지른 것처럼 느껴진다. 머리를 조금이라도 움직이면 날카롭게 치직거리는 불이 목의 굵은 척수를 훑는 것 같다. 내가 우는 꼴을 배가볼 수 없어 안됐다. 내가 여기 사는 동안 배는 내가 우는 모습을 본 적이 없다. 가장 지독한 고문을 당한 후에도 울지 않았다. 그러나 나는 배가 우는 소리를 몇 번이나 들었다.

나는 현창 하나 정도는 기능하고 있기를 빌며 가까스로 머리를 조금 돌린다. 우현 바깥에, '배'와 속도를 맞춰 움직이는 스타파이터 88호가 있다. 나는 그 배를 아주 오랫동안 바라본다. 힘을 회복할 수 있다면 어떻게든 건너가서 그 여성을 풀어줘야 한다. 나는 아직도 조종석에서 몸을 풀기를 두려워하며, 그 배를 아주 오래 쳐다본다.

스타파이터 88호의 선체에 에어록이 솟아오르더니 우주복을 입은 여성이 헤엄쳐 나와서 부드럽게 '배'로 건너온다. 반쯤 의식을 잃은 나는 그 여성에 대해 이런 꿈을 꾸면서, 아쿠아마린빛 물속 깊은 곳에서 헤엄치며 달콤한 노래를 부르는 금빛 게들을 생각한다. 그리고 다시 정신을 잃는다.

암흑을 뚫고 솟아올랐을 때 나는 뭔가가 내 몸을 건드리고 있음을 알아차리고, 콧구멍 안을 태우는 듯한 날카롭고 얼얼한 냄새를 맡는다. 작게 콕콕 찌르는 통증이 패턴을 이룬다. 나는 기침을 하고 완전히 깨어나면서 몸을 확 움직인다…. 그리고 온몸 구석구석을 달리는 통증에 비명을 지른다.

눈을 떠보니 그 여성이 있다. 그녀는 걱정스러운 미소를 지으며 각성제 튜브를 제거한다.

"안녕." 그녀가 말한다.

배는 아무 말도 하지 않는다.

"난 내 스타파이터를 장악하는 방법을 알아낸 이후 줄곧 내 배를 다른 배들에 대한 미끼로 썼어. 다른 노예선들과 통신을 할 수 있도록, 내 배가 말하는 것처럼 말하는 연습을 했지. 나 혼자 배를 몬 이후로 다른 사람을 열 명 만났고, 넌 열한 번째

였어. 쉽지는 않았지만, 너처럼 내가 해방시켜준 남자들 몇 명은 자기 배를 여성 인간 오퍼레이터가 있는 스타파이터에 대한 미끼로 쓰기 시작했어."

나는 그녀를 응시한다. 보기 좋다.

"하지만 네가 실패하면? 조종실과 냉동고 사이 복도에 대한 메시지를 전달하지 못하면? 조종실이 열쇠라는 걸 전하지 못하면 어떻게 해?"

그녀는 어깨를 으쓱인다. "실패도 몇 번 있었지. 남자들이 자기 배를 너무 무서워했거나… 배가… 그 남자들에게 뭔가를 했거나, 아니면 그냥 너무 멍청해서 탈출할 수 있다는 걸 몰랐거나. 그런 경우에는, 음, 그냥 계속 그대로지. 슬프긴 하지만, 내가 그 이상 할 수 있는 일이 뭐가 있겠어?"

우리는 앉아서 한동안 아무 말도 하지 않는다.

"이제 어떻게 하지? 어디로 가지?"

"그건 너에게 달렸어." 그녀가 말한다.

"같이 갈래?"

그녀는 애매하게 고개를 젓는다. "그러진 않을 것 같아. 내가 해방시킨 남자는 모두 그걸 원했지만, 난 그중 누구와도 같이 가고 싶지 않았어."

"우리가 고향 은하계로, 우리가 온 곳, 전쟁이 터졌던 그곳으로 돌아갈 수도 있을까?"

그녀는 일어서서 우리가 3주 동안 결합했던 특실 안을 걸어 다닌다. 그녀는 나를 보지 않고, 현창 안의 어둠과 멀리서

밝게 빛나는 점 같은 별들을 보며 말한다. "그럴 것 같지 않아. 우린 우리 배에서 해방됐지만, 그 먼 곳까지 돌아갈 만큼 배를 잘 움직일 수는 없어. 움직일 수 있다 하더라도 기록이 많이 필요할 텐데, 인터마인드에 그 작업을 시키다가는 다시 통제권을 빼앗길 정도로 활성화해버릴 위험이 있어. 게다가 난 고향 은하계가 어디인지 알지도 못해."

"새롭게 갈 곳을 찾아야 할지도 몰라. 자유롭게 배 바깥으로 나갈 수 있는 어딘가를."

그녀는 몸을 돌려 나를 쳐다본다.

"어디?"

그래서 나는 인터마인드에게 들은 내용을 말한다. 금빛 게 모양의 생물이 있는 세상에 대해.

나는 한참이 걸려서 이야기를 한다. 일부는 내가 지어낸 내용이다. 거짓말은 아니다. 사실일 수도 있으니까. 그리고 난 그녀가 나와 함께 가기를 간절히 바란다.

그들은 우주에서 왔다. 오래전에 잃어버린 은하계의 항성 솔에서부터 멀리멀리. 페르세우스자리 항성 M-13을 지나서. 진득진득한 대기를 뚫고 곧장 사파이어빛 바닷속으로 내려왔다. 배는, 스타파이터 31호는 거대한 바닷속 산꼭대기에 절묘하게 내려앉았고, 그들은 귀를 기울이고, 지켜보고, 샘플을 수집하고, 희망하면서 많은 나날을 보냈다. 그들은 수많은 세계에 착륙했었고 희망했다.

마침내 그들은 밖으로 나와서, 보았다. 그들은 해저복을 입었고 해양 샘플을 모으기 시작하며, 보았다.

그들은 망가진 다이빙복을 찾았다. 안에 들었던 존재는 물고기에게 뜯어먹힌 채 짙푸른 모래 속에 누워 있었고, 곤충 같은 여섯 개의 다리는 고통스러운 자세로 구부러져 있었다. 그리고 그들은 인터마인드가 기억을 하기는 했으나, 정확하게 기억하진 않았다는 사실을 알았다. 다이빙복 얼굴판이 부서져 있었는데, 헬멧 안으로 볼 수 있는 형태는 (그들의 휴대전등 빛에 주황색으로 이상하게 보이는) 그 다이빙복을 입고 헤엄치던 게 뭔지는 몰라도, 인간을 보거나 안 적은 절대 없다는 확신을 주었다.

그들은 배로 돌아갔고 그녀는 커다란 카메라를 꺼냈다. 게처럼 생긴 다이빙복이 있는 곳으로 돌아가서 건드리지 않고 사진을 찍었다. 그런 다음 예인망을 써서 모래밭에서 파내어 산정에 있는 배로 가지고 돌아갔다.

그가 조건을 설정하고 다이빙복을 분석했다. 녹슨 부분. 관절의 메커니즘. 조종 방법. 오리발의 재질. 얼굴판의 들쭉날쭉한 지점들. 그 안의 물질까지.

이틀이 걸렸다. 그들은 녹색과 파란색 그림자들이 현창을 나른하게 지나치는 가운데 배 안에 머물렀다.

분석이 완료되자 그들은 무엇을 찾아냈는지 알았다. 그리고 헤엄치는 이들을 찾으러 다시 나갔다.

파랗고, 따뜻했다. 그리고 마침내 헤엄치는 이들이 그들을 발견하고는, 따라오라고 신호했다. 다리가 여럿 달린 생물들을 따라 헤엄쳐가니 마노처럼 매끄럽게 반짝이는 해저 동굴을 통과해서 환초에 둘러싸인 얕은 바다가 나왔다. 수면 위로 올라간 그들은 기슭에 아쿠아마린 빛깔의 바다가 조용히 철썩이는 육지를 보았다. 그들은 육지로 올라가서 두 번 다시 쓰지 않을 안면 보호구를 벗고, 해저복의 딱 달라붙는 모자도 뒤로 젖히고, 생전 처음으로 금속 원천에서 나오지 않은 공기를 들이마셨다. 신세계의 달콤하고 음악적인 공기를 들이마셨다.

스타파이터 31호의 시체는 조만간 바다에 내리는 비가 차지하리라.

쪼그만 사람이라니,
정말 재미있군요

How Interesting: A Tiny Man

2011년 네뷸러상 수상

나는 쪼그만 사람을 창조했다. 몹시 어려운 작업이었다. 오랜 시간이 걸렸다. 하지만 나는 해냈다. 그 사람의 키는 12센티미터였다. 쪼그마했다. 아주 쪼그마했다. 그리고 그를 창조하는 일은, 그를 창조하는 건 당시에는 정말로 좋은 생각 같았다.

내가 왜 그러고 싶어 했는지, 내가 언제 처음으로 아주 작은 사람을 창조하려는 생각을 가졌는지, 그 초기 때가 기억나지 않는다. 뭔가 정말로 기막히게 좋은 이유가 있었거나 아니면 적어도 뭔가 뛰어난 생각을 했기 때문이라는 건 알지만, 지금 그게 무엇이었는지 기억해낸다면 비난을 받을 거라는 사실도 안다. 물론 지금은 그 생각을 한 순간으로부터 한참이 지난 뒤이다.

하지만 내가 아는 한, 정말로 좋은 이유였다. 그 당시에는 말이다.

내가 엘레노어 루스벨트 기술연구소 사람들에게 그를 보여 줬을 때, 사람들은 재미있다고 생각했다. "정말 재미있군요." 몇몇 사람이 말했다. 나는 그게 내 피조물을 보는 적절한 방식 이라고 생각했다. 그것이야말로 가만히 서서 자기를 내려다 보는 키 큰 모든 것들을 놀랍고도 즐거운 기분으로 올려다보 는 것 말고는 사실상 아무것도 할 줄 모르는 쪼그만 사람을 바 라보는 적절한 방식이었다.

그는 아무런 폐도 끼치지 않았다. 옷을 맞춰 입히는 일도 아무 문제 없었다. 나는 재봉 강좌를 찾아갔다. 이름이 제니 퍼 쿠피인 아주 근사한 젊은 여성을 알게 되어 몇 번 데이트 했다. 서로 잘 맞는다는 생각이 들지 않아서 그런지 별로 좋 은 성과는 없었지만, 우리는 편한 친구가 되었다. 그리고 나 는 그녀에게 쪼그만 사람이 입을 옷가지 몇 벌을 만들어줄 수 있냐고 물었다.

"음, 기성제품을 입히기엔 너무 커, 그러니까 바비 남자친 구의 옷 시리즈 말이야. 그리고 액션 피겨용 옷은 너무 거드름 피우는 것 같잖아. 하지만 내가 한두 벌 정도는 휘리릭 마련해 줄 수 있을 거 같아. '고급 맞춤복'은 아니겠지만, 그걸로도 충 분히 근사해 보일 거야. 어떤 종류를 생각해?"

"정장이 좋을 것 같아." 내가 말했다. "여행을 많이 다니거 나 스포츠 같은 걸 많이 즐기지는 않을 테니까…. 그래, 그냥 정장 두 벌로 정하는 게 좋겠어. 괜찮은 셔츠에 넥타이도 한 두 개쯤."

그리고 그게 멋진 결과를 낳았다. 그는 언제나 잘 차려입는, 까다롭고 활달하지만 외모에서만큼은 상당히 심각한 사람처럼 보였다. 우쭐대는 변호사마냥 답답해 보이지는 않으면서도 주제넘지 않은 진지한 분위기였다. 사실 내 변호사인 찰스가 그에 대해서 이렇게 말했다. "그에게는 몸에 밴 우아함 같은 게 있어." 보통 그는 재킷 단추를 잠그고 넥타이를 목깃 근처에 느슨하게 매고는 한 손을 바지 주머니에 찔러 넣은 채 주위를 어정거리며 주변의 모든 것을 즐겁게 응시하곤 했다. 가끔 더 많은 세상을 보여주려고 그를 데리고 외출할 때가 있는데, 그는 옆으로 넘어지지 않도록 팔짱 낀 팔을 내 양복 주머니 가장자리에 걸치고 밖을 내다보며 이상한 테너 음성으로 콧노래를 부르곤 했다.

그는 이름을 가진 적이 없었다. 왜 그랬는지 정말로 이유가 떠오르지 않는다. 그처럼 특수한 존재에게 이름은 너무 지나치게 귀여운 것이었는지도 모르겠다. 음, 내가 그를, 이를테면 내 변호사와 같은 이름인 찰스라고 불렀다고 치자. 나중에 누군가는 그를 '찰리' 아니면 심지어 '척'이라고 부를 게 뻔했다. 별명은 이름에서 쪼개져 나오는 것이니까. 아무래도 그를 부를 별명은 생각해낼 수 없었을 것이다. 그렇게 생각하지 않는가?

당연하게도 그는 말을 했다. 완전한 형체를 갖춘 쪼그만 사람이었으니까. 그가 유창하게 말을 하고 교양을 갖추는 데는 내가 그를 창조한 이후 채 몇 시간이 걸리지 않았다. 개념별 분류 어휘집과 백과사전과 온갖 용어집과 어휘의 역사와 다른 그런 자료들에 그를 길게(2시간 이상) 노출시키는 것으로 일을 마쳤다. 그가 문제에 부딪혔을 때는 내가 제대로 된 발음을 들려주었다. 화면에 뜨는 건 아무것도 사용하지 않고 책만 이용했다. 난 그가 온갖 전자적 대체재를 그다지 신경 쓰지 않았다고 생각한다. 그가 한번은 자신이 제일 좋아하는 문구가 '바데 메쿰(vade mecum) 휴대용 편람'이라고 언급했고, 그래서 나는 그가 컴퓨터나 텔레비전이나 다른 모든 휴대용 '혐오품'들에 노출되지 않도록 애썼다. '혐오품'이라는 말은 그의 표현이다.

그는 뛰어난 기억력을 지녔고, 특히 언어에 뛰어났다. 예를 들어, 바데 메쿰은 휴대하면서 언제든 참조할 수 있는 작은 자료집을 뜻하는 잘 알려진 라틴어 문구다. 글자 그대로 하면 바데 메쿰은 '나와 같이 가자'라는 뜻이다. 그러니까, 그는 어떤 단어를 듣고 읽으면 절대적으로 정확하게 그 단어를 썼다. 그러니 그가 '혐오품'이라고 말했을 때는 정확하게 딱 그것을 의미한 것이었다. (가끔 망각의 안개에 싸여 단어가 생각나지 않아 사고가 정지될 때, 고개를 약간 기울이기만 하면 주머니에 쏙 들어가는 작은 인간이 내 '바데 메쿰'이 되어주었다는 사실을 실토해야겠다. 기능은 형태를 따르는 법이다.)

우리가 가는 곳마다 그 충격은 압도적이었다. "쪼그만 사람이라니, 정말 재미있군요." 글쎄, 법에 대한 무지는 변명이 될 수 없다. 난 인간의 본성을 좀 더 잘 알았어야 했다. 지극히 아름다운 건물에도 예외 없이 쥐와 벌레와 유충들과 어둠이 지배하는 보일러실이 있다는 사실을 말이다.

나는 내가 창조한 쪼그만 사람과 함께 일요일 아침에 텔레비전에서 방송되는 일종의 지적 토크쇼에 나오라는 초청을 받았다. 그가 언론을 그다지 좋아하지 않아서 난 마음이 내키지 않았다. 하지만 그들은 카메라에 검은 천을 감고 모니터로 그를 비추지 않겠다고 재차 나를 설득했다. 그래서, 본질적으로 그 자리는 그저 우주의 윤리적 구조를 이해하려는 시대정신이 모이는 또 한 번의 흥미로운 모임이었다. 쪼그만 사람은 그런 연회를 좋아했다.

그건 유쾌한 소풍이었다.

온당치 못한 건 아무것도 없었다.

우리는 사방에서 쏟아지는 감사의 인사를 받으며 나왔고, 아무도, 적어도 나는, 그 일을 다시 떠올리지 않았다.

12시간도 채 걸리지 않았다.

인간의 본성에 관해서 얘기하자면, 난 좀 더 제대로 알았어야 했다. 하지만 난 그러지 못했고, 법에 대한 무지는 변명이 될 수 없다. 인간의 본성에 정말로 어떤 '법'이 있는지는 모르겠지만. 영혼이 가진 쥐와 벌레와 유충과 설명할 수 없는 어둠 말이다. 이름이 아니라 성이 이사벨라인 어느 위대한 철학자가 지적한 바가 있다. "아무 관련 없는 사람의 분노가 제일 무서운 법이다." 12시간도 안 돼서 나는 그 경구가 나와 그에게 얼마나 적절한지 뼈저리게 느끼게 되었다.

일면식도 없는 한 여성이 시발점이었다. 난 그녀가 왜 그런 짓을 하는지 이해하지 못했다. 그녀와는 아무 관련이 없는 일이었다. 어쩌면 그녀의 방송을 듣는 노예근성을 가진 시청자들만 제외하면 모두가 얘기하는 것처럼 그녀가 옹졸했을지도 모른다. 그녀의 이름은 프랑코였다. 프랑코 뭐시기였다. 그녀는 덩어리라면 아무것도 삼키지 못하는 사람처럼 삐쩍 말랐다. 머리카락은 밝은 노란색이었다. 얼굴만 본다면 못생긴 축은 아니었지만, 그녀의 몸이 드러내는 선에는 죽음을 떠올리게 하는 뭔가가 있었고, 쨍할 정도로 차가운 눈을 한 그녀의 웃음은 족제비의 웃음을 닮았다.

그 여자는 쪼그만 사람을 '기괴한 것'이라 불렀다. 전에는 한 번도 들어본 적 없는 다른 표현들도 썼다. 비정상, 자연 왜곡, 신의 원래 창조물에 대한 비열한 조롱, 부자연스러운 과학이 저지른 끔찍한 범죄. 그녀가 말했고, 나는 들었다. "예수께서 이걸 보시면 토하실 거예요!"

그러자 시사해설자들이 등장했다. 그리고 뉴스 앵커들도. 그리고 휴대용 카메라와 삼각대와 장초점 렌즈도. 우리와 맞서는 방법을 찾아내는 게 영웅적이라고 생각하는 텁수룩한 머리에 수염이 까칠하게 난 남자들이 나타났다. 내가 쪼그만 남자에게 안약을 사줬던 잡화점 계산대에는 트럼프 카드와 여러 종류의 껌과 나란히 지독한 기사가 실린 신문들이 진열됐다.

신과 '자연스러운 이것'과 '부자연스러운 저것' 따위 많은 이야기가 나왔지만, 내가 보기에 대부분은 아주 실없는 얘기들이었다. 하지만 그 프랑코라는 여자는 멈추지 않았다. 그녀는 어디서나 모습을 드러내고는 이 사건이 분명 신의 뜻과 신의 길을 그르치려고 시도하는, 신을 믿지 않는 무신론자들과 자신이 '문화권력'과 '리무진 좌파'라 부르는 어떤 세력의 짓이라고 말했다. 나는 '프랑켄슈타인 박사'로 간주되었고, 흐트러진 머리와 움푹 팬 그늘진 뺨을 한 남자들이 전류 분배기와 전류 전선과 밴더그래프 발전기를 찾아내려고 엘레노어 루스벨트 기술연구소에 잠입하는 일도 있었다. 하지만 연구소에 그런 것들이 있을 리가 없다. 내가 쪼그만 사람을 만들 때 썼던 말구유도 없었다.

사태는 갈수록 점점 나빠졌다.

사람들은 복도에서 마주쳐도 아무도 내게 말을 걸지 않았다. 난 겁이 나서 쪼그만 사람을 안주머니에 넣어 다녀야 했다. 제니퍼 쿠피조차도 겁에 질려서 나와 쪼그만 사람을 거부하게 되었다. 그녀는 내게 그의 옷가지들을 돌려달라고 요구했다. 확실하게 돌려주긴 했지만, 쪼그만 사람이 말했듯이 '그처럼 좋았던 사람치고는 어째 좀 겁쟁이 같은' 일이었다. 협박도 있었다. 엄청나게 많은 협박이었다. 협박자 중에는 이상할 정도로 맞춤법이 엉망인 사람들이 있었다. '어떻게'를 '어떠케'라고 쓰는, 그런 식이었다. 한번은 누군가가 유리가 깨진 낡은 공중전화 부스 유리문을 내 창문으로 집어 던졌다. 쪼그만 사람은 숨었지만, 한때 친절했던 세계가 이렇게 갑자기 돌변

한 사태를 심하게 두려워하는 것 같지는 않았다. 나나 내 작업이나 쪼그만 남자와는 아무 관련이 없는 사람들이, 어떤 식으로도 우리로부터 상처를 입거나 영향을 받은 적이 없는 사람들이 어찌나 열을 내며 목소리를 높이고 위협하는지 몸에서 김이라도 펄펄 나는 것 같았다. 내 쪼그만 사람과 인간종 간에 닮은 점이 있었을지도 모르겠지만, 그런 유사성은 깡그리 사라졌다. 그들과 비교하면, 음, 우리는 사실상 신과 같았다.

그러다가 나는 그를 보내야 한다는 말을 들었다.

"어디로?" 나는 사람들에게 물었다.

"어디든 상관없어." 사람들이 대답했고, 그들은 편협한 사람들이었다.

나는 저항했다. 난 이 쪼그만 사람을 창조했고, 그를 보호해야 할 책임이 있었다. 우리에게는 개인적인 책임감 같은 그런 것이 있다. 우리에게 있는 위대한 본성이다. 그걸 부정하는 건 벌판에 돌아다니는 짐승이 되는 일이다. 그럴 순 없다. 나는 아니다.

그래서 이제는 대체로 티슈를 두르고 생활하면서도 우르두어와 케추아어와 바느질 방면에서 대단한 진전을 이룬 내 쪼그만 사람과 함께, 나는 도망쳤다. 엘레노어 루스벨트 연구소 학생들이 말하듯이, 우리는 '날랐다.'

나는 운전할 줄 알았고, 차가 있었다. 나더러 괴짜라고 부르며 친구들에게 전화할 때 종이컵과 밀랍 먹인 실을 쓰느냐고, 히나스테라와 스트라빈스키를 좋아하기 때문에 블랙 사

바스와 케인 웨스트를 감상하지 못하는 거냐고 묻는 이들이 있긴 하지만, 나는 현재를 사는 사람이다. 그리고 나 자신과 내 행동에 대해 개인적인 책임을 지는 것과 마찬가지로 나는 세계도 대체로 동일하게 대한다. 나는 선택하고 또 거부한다. 그것이 책임감 있는 개인이 행동하는 방식이라고, 나는 정말로 진지하게 믿는다.

그래서, 나는 차를 소유하고, 아스파탐 대신에 비정제 설탕을 쓰고, 신발 위로 축 늘어지지 않는 바지를 고르고, 완벽하게 실용적인 차를 운전한다. 이 연구에서 브랜드와 연식은 중요하지 않다. 중요한 건 쪼그만 사람의 운명이다.

우리는 도망쳤다. '날랐다.'

하지만 이사벨라가 말했듯이, '아무 관련 없는 사람의 분노가 제일 무서운 법이다.' 우리가 가는 곳마다, 아주 짧은 순간일지라도, 월마트에 있던 거지나 타코벨 계산원이 내 얼굴을 알아보곤 했고, 나는 곧 (최소한) 휴대용 마이크를 든 자칼 얼굴의 금발머리 젊은 여자나 헝클어진 상어지느러미 머리와 그날 아침 면도기에 바짝 다가서지 못한 듯한 젊은 남자나 아니면 경찰이 등장하리라는 걸 알아채곤 했다. 나는 아무 짓도 하지 않았고, 내 좋은 친구인 쪼그만 사람도 마찬가지였지만, 이런 식이든 저런 식이든 사람들이 우리에게 하는 말은 하나같이 어딘가 서부극 냄새가 났다. "해가 지기 전에 이 마을을 떠나게." 우리는 웨스트버지니아에 가보았다. 불쾌한 곳이었다.

오클라호마. 그곳의 세계는 건조했지만, 사람들은 우리를 보자 땀에 젖었다.

심지어 죽어가는 도시들, 디트로이트, 클리블랜드, 라스베이거스 같은 곳들도 우리를 품어주지 않았다. 잠시조차도.

그러고는, 그게 다 그 짓보다 자신의 시간과 분노를 더 잘 풀어낼 방법이 없었던 그 끔찍한 프랑코라는 금발머리 여자 때문인데, 우리에게 체포영장이 발부되었다. 연방 법원의 영장이었다. 숨고 싶었지만, 우리는 먹어야 했다. 그리고 그가 그렇게나 영리하고 내가 그렇게나 기민한데도, 우리 둘은 도피생활에 영 익숙해지지 못했다. 연방 정부는 사우스다코타주 애버딘 시 어느 모텔에 있던 우리를 궁지로 몰아넣었다. 쪼그만 사람은 느긋하게 책상 압지(押紙) 위에 서 있었고, 우리는 솔직하게 서로를 바라보았다. 내가 알 듯이 그도 알았다. 난 약간 신이 된 것 같은 기분이었다. 내가 이 쪼그만 사람을, 아무 해도 없는, 좋은 때였다면 '쪼그만 사람이라니, 정말 재미있군요' 이상의 심각한 견해를 도출해내지 않았을 이 쪼그만 사람을 창조했다.

하지만 난 인간 본성의 법칙을 몰랐고, 우리는 이렇게 된 게 내 책임이란 걸 알았다. 시작이 있었고, 모험 기간이 있었고, 그리고 지금은 결말이다.

첫 번째 결말

　내가 사우스다코타 주 애버딘 시의 전화번호부를 머리 위로 치켜들고 최대한 포악하게 내려치기 직전에, 생각에 잠겼던 그 쪼그만 사람이 결심한 듯 나를 올려다보며 말했다. "어머니."

두 번째 결말

난 서서 그를 내려다보았지만, 눈물 때문에 거의 앞이 보이지 않았다. 그는 측은함과 이해심을 품은 시선으로 나를 올려다보며 말했다. "그래, 진작에 이랬어야 했어." 그러고는 신이 된 그가 우리 둘만 남기고 세계를 멸망시켰다. 그리고 이제 그는 훨씬 더 쪼그만 사람인 나를 파괴할 것이다. 그는 자비심이 넘치는 신이기 때문이다.

용암과 메스를 갖춘 독설가

0. 신이시여, 할란 엘리슨이네

할란 엘리슨의 휘황찬란한 수상 이력에도 불구하고 국내에 작품집이 소개되지 않는 이유는 그의 성질머리 때문에 저작권 계약이 지나치게 까다로운 탓이라는 소문이 있었다. 진위는 알 수 없으나 그런 뜬소문에 신빙성을 더할 만큼 할란 엘리슨은 미국 장르소설가들 사이에서 매우 악명이 높다. 그는 40년 동안 SF, 호러, 판타지 장르에서 유력한 수상 후보로 늘 사람들 입에 오르내리면서도, 사석에서는 종종 "저 빌어먹을 할란", "신이시여, 할란 엘리슨이네", "너 그 말 할란 엘리슨이 못 듣게 해"라는 말이 따라다닌 인물이다. 그가 술집에서 당구를 치다가 프랭크 시나트라와 주먹을 주고받았다든가,

월트 디즈니에 출근한 첫날에 부적절한 농담으로 해고됐다든가, 자기 글을 폄하한 교수를 때려서 입학한 지 18개월 만에 대학에서 퇴출당했다든가(엘리슨은 이후 자신의 작품이 발표될 때마다 그 교수에게 복사본을 한 부씩 보냈다고도 한다), 영화 〈터미네이터〉를 비롯해 자기 아이디어를 베꼈다고 보이는 영화 제작사들을 상대로 지독한 저작권 소송을 벌였다는 일화도 유명하다.

하지만 할란 엘리슨의 악명이 드높은 이유는 무엇보다 그가 탁월한 작가이기 때문이다. 그는 1955년 데뷔한 이래 작품을 쏟아내며 1,700여 편의 글을 썼고, 114권의 책을 쓰거나 편집했고, 12편의 시나리오를 냈다. 그의 이력은 다양한 장르를 망라하는 중·단편과 함께 TV쇼 각본, 시나리오, 코믹북 스토리, 에세이, 미디어 비평을 두루 포함한다. 엘리슨의 휴고상, 네뷸러상, 에드거상, 브램스토커상, 로커스상 등의 수상 기록은 20세기를 통틀어 최고봉에 속한다. 젊은 엘리슨에게 명성을 가져다준 〈"회개하라, 할리퀸!" 째깍맨이 말했다〉는 오 헨리의 〈동방 박사의 선물〉이나 셜리 잭슨의 〈제비뽑기〉와 함께 영어에서 가장 많이 인쇄된 이야기 10위에 들어가고, 그가 각본을 쓴 〈스타 트렉〉 '영원의 경계에 선 도시(The City on the Edge of Forever)' 에피소드는 시리즈 79편 중 최고로 꼽힌다. 아이작 아시모프는 엘리슨을 두고 "그는 자기 키가 159센티미터라고 하지만, 재능과 열정과 용기 면에서는 2미터가 넘는 거인"이라고 평한 바 있다. 이 책은 국내 최초로 소개되는 엘리슨의 대표 걸작선으로, 2014년 출간된《화산의 꼭대기 (Top of the Volcano): 할란 엘리슨 수상집》을 주제에 따라 세 권으로 나누어 옮긴 것이다. 작품의 해설은 작가 소개에 맞추어 연대기별로 정리했다.

1. 미국 뉴웨이브의 전성기를 이끌다

할란 엘리슨은 로저 젤라즈니, 새뮤얼 딜레이니와 더불어 가장 스타일리시한 뉴웨이브 작가로 평가된다. 뉴웨이브는 60, 70년대에 주류를 이룬 SF의 하위 사조로, 과학기술적인 측면보다 인간 내면의 심층 세계를 중시하고 전위적인 실험으로 문학성을 추구하는 점이 특징이다. 이 중에서도 엘리슨은 용암처럼 강렬하고 감각적인 표현으로 미국 뉴웨이브의 전성기를 견인했다. 엘리슨의 초기 대표작 〈"회개하라, 할리퀸!" 째깍맨이 말했다〉(1965)는 문장을 완성하기보다 단발적으로 끝맺으며 독자를 다음으로 이끄는데, 이는 시각 효과와 서스펜스를 극적으로 활용한 A. E. 밴 보트식 작법론의 모범례라 할 만하다. 하지만 엘리슨의 현란한 서술과 심리 묘사는 뉴웨이브의 시초이자 "불꽃놀이" 같은 문체라고 일컬어졌던 앨프리드 베스터의 영향을 강하게 드러낸다. 특히 〈사이 영역〉(1969)은 어지럽게 붕괴하는 활자 배치와 이미지로 시각적인 충격을 시도하면서, 베스터의《파괴된 사나이》나《타이거! 타이거!》에서와 같은 문학적 실험을 엘리슨이 어떻게 계승했는지 시사하는 작품이다. 실제로 엘리슨은 앨프리드 베스터의 《컴퓨터 커넥션》의 추천사를 통해 죽은 작가에게 바치는 경탄과 그를 알아보지 못하는 사람들을 향해 분노한 바 있다.

그런가 하면 〈세상의 중심에서 사랑을 외친 짐승〉(1968)은 지극히 암시적인 글이다. 엘리슨은 여기서 오래된 상징체계를 차용해 SF의 방식으로 신화를 구현한다. '머리 일곱 달린 용'은 물론 성경에 등장하는 짐승이고 '열자마자 내용물이 흩어지는 상자'는 판도라의 상자다. 엘리슨은 신화가 그렇듯 '배출'이 어떻게 이루어지고 '변천'이 무엇인지 전혀 설명하지 않고 독자가 알아서 이해할 영역으로 남겨둔다. 그러나 신화와 달리 작중의 주역은 기술과 인간이며, 우주의 이쪽과 저쪽을 인과적으로 연결해 아득하고 아연한 암시를 남기는 모습은 더없이 SF답다. 이는 엄밀한 과학적 서술에 치중하는 하드 SF가 각광받기 전에 "소프트"한 뉴웨이브가 어떻게 명성을 떨쳤는지를 증명한다.

국내에도 일찍이 소개된 적 있는 〈소년과 개〉(1969)는 디스토피아와 서부 활극을 합친 비뚜름한 중편으로, 예상을 뒤집는 결말은 인간의 증오와 사랑이 주된 테마라는 엘리슨의 작품 세계를 단적으로 보여준다. 이렇듯 인간이라는 내우주(內宇宙)에 치중하는 경향은 〈랑게르한스섬 표류기: 북위 38° 54′ 서경 77° 00′ 13″에서〉(1974)에 이르면 한층 추상적이고 상징적으로 발전한다. 이 단편은 문자 그대로 주인공 속으로 들어가며, 영화 〈울프맨〉의 비극을 괴물과의 싸움이 아니라 깨달음을 향한 내면세계 여행으로 마무리한다.

2. 메스와 소실점

한편 기괴한 이야기를 그릴 때 엘리슨은 문학의 메스를 들고 인간의 터부를 헤집곤 한다. 한 줌의 희망도 없는 닫힌 세계를 헤매는 사람들, 스멀스멀 고조되는 불안감, 이해하기 어려울 정도의 악행과 광기, 일이 크게 잘못되었다는 메슥거림은 엘리슨의 단편에서 흔히 그려지는 모습이다. 그리고 이런 재난은 무엇보다 인간 자신의 결함에 기인한다는 특징을 지닌다. 콘돔을 쓰는 대신 여자에게 낙태를 시키는 남자가 버려진 아이들의 지옥에 떨어지는 〈크로아토안〉(1975)은 그야말로 자업자득이라는 말이 어울린다. 이렇듯 엘리슨의 작품에서 인간은 악의에 찬 신들의 장기말이고 놀잇감으로 희생당하면서도 직접 산제물을 바치며 재앙을 초래하는 광신도라는 이중적 면모를 보인다.

전쟁, 죽음, 파멸은 현실 세계의 것이지만 엘리슨이 그리는 그림에는 이를 흠향하는 사악한 신이 전체 구도를 지배하는 소실점처럼 자리한다. 수록작 중에는 〈나는 입이 없다 그리고 나는 비명을 질러야 한다〉(1967)가 대표적이다. 인류가 만들어낸 컴퓨터 AM이 복수심을 충족하기 위해 등장인물들을 살아 있는 채로 영원히 고통받게 만든다는 이 이야기는 두고두고 회자되며 만화, 게임, 라디오 드라마로 만들어졌다. 1995년

작 게임에 수록된 AM의 목소리는 엘리슨이 직접 담당한 것으로도 유명하다.

〈매 맞는 개가 낑낑대는 소리〉(1973)는 1968년에 실제로 있었던 유명한 살인사건을 모델로 삼은 작품이다. 키티 제노비스라는 여성이 칼을 든 남성에게 강간 살해된 사건이었다. 작중에서처럼 살인자는 제노비스가 비명을 지르자 놀라 도망쳤지만 아무도 현장에 나타나지 않자 다시 돌아와 마저 그녀를 죽였다. 신문은 그녀의 비명을 들은 주변 아파트 거주민 중 누구도 신고하지 않았다며 노골적인 비난을 토했다(실제로는 신고가 있었다고 한다). 심리학자들은 이 현상을 설명하기 위해 '방관자 효과'를 제안했다. 엘리슨은 이 사건을 '신의 부재'와 '사악한 신의 탄생'으로 형상화한다. 현대 인간이 지닌 냉혹함, 둔감함, 자기 중심성이 결국 인간들 자신을 끔찍한 새 신이 지배하는 세상으로 초대하는 것이다. 마침 당시는 아이라 레빈의 소설 《로즈메리의 아기》(나중에 동명의 영화로 만들어졌다)에 나타나 있듯 우리 이웃의 평범한 주민들이 사탄숭배 집단이라는 의혹이 떠돌던 때이기도 하다.

베트남전 후유증을 드러낸 〈바실리스크〉(1972)는 전쟁과 민주화에 얽힌 70년대 미국의 부조리를 담고 있다. 베트남전 참전 경험과 들불처럼 일어난 반전 평화운동, 민주주의 운동은 미국 문화에 큰 영향을 끼쳤으며, 전쟁 후유증에 시달리는 퇴역군인들의 PTSD 연구 및 피해자 보상 문제도 함께 부상했다. 미국이 1964년 베트남전에 참전해 1973년 철수할 때까지 많은 작가가 군대에 징집되어 이러한 부조리와 마주했으며, 육군에서 대체복무로 종사한 엘리슨 역시 예외는 아니었다. 〈바실리스크〉 말미에 나오는 "민중에게 권력을(Power to the People)"은 유명한 반전 및 민주주의 운동 구호이자, 한창 평화운동가로 활동하던 존 레논이 1971년 발표한 노래 제목이다. 전쟁의 신 마르스가 이를 음미하는 대목은 인간의 나약함과 잔인함을 파헤치기를 서슴지 않았던 독설가 엘리슨다운 결정타라 하겠다.

이렇게 '사악한 신'과 인간의 관계를 밝히는 작업은 〈죽음새〉(1973)를 통해 기독교를 재해석하는 데 이른다. '불타는 덤불'로 나타나는 '미친 자'는 AM처럼 질투하고 분노하고 벌하는 하나님이다. 구약성경의 소재는 이후로도 종종 나타나는데, 〈아누비스와의 대화〉(1995)는 인간의 죄와 분노한 신이라는 테마를 변주한 단편이다.

3. 앙팡 테리블, 약간 녹은

50년에 걸쳐 풍부한 작품군을 보유한 엘리슨은 SF 작가보다는 그저 작가라고 불리길 선호한다고 말한 바 있다("SF 작가라고 불러봐, 너희 집에 나타나 네 애완동물을 테이블에 못 박아버릴 테니"). 밴 보트와 합작한 〈인간 오퍼레이터〉(1970)는 SF 팬이 기대할 법한 SF지만, 다른 스타일의 이야기도 만만찮은 비중을 차지하고 있다. 셰익스피어 소네트를 그대로 단편으로 이어간 〈괘종소리 세기〉(1978), 휴고상, 로커스상, 네뷸러상을 모두 수상하며 격찬을 받은 〈제프티는 다섯 살〉(1977), 죽음을 더없이 아름답고 경건하게 받아들이는 〈잃어버린 시간을 지키는 기사〉(1985), 상실의 아픔을 '타나토스의 입'으로 만든 〈꿈수면의 기능〉(1988) 네 편은 각기 다른 방식으로 시간의 비가역성을 애도한다.

특히 〈콜럼버스를 뭍에 데려다준 남자〉(1991)는 장르소설을 거의 뽑지 않는 〈미국 베스트 단편소설집〉에 수록되는 쾌거를 누렸다. 작중에 언급되는 셜리 잭슨의 단편은 이 중편의 전신이나 다름없으니 아직 읽지 못한 독자라면 작품의 주인공 레벤디스의 말대로 "성경을 무시하고 집으로 돌아가 셜리 잭슨의 단편 〈땅콩과 보내는 평범한 하루〉나 다시 읽는" 시도를 해봐도 좋겠다. 하루는 선행, 하루는 악행을 행하는 레벤디스의 모습을 훨씬 깊이 이해할 수 있을 것이다.

중견 작가가 되면서 인간의 증오와 사랑을 다루는 엘리슨의 관점은 장르에 매이지 않는 만큼이나 복합적이고 다면적으로 발전한다. 끔찍한 악동이라 부르기에 부족하지 않다는 점은 여전하지만, 그의 후기 작품은 나이를 먹으면서 부드러워졌다는 평을 듣는다. 아라비안나이트를 현대에 재현한 〈지니는 여자를 쫓지 않아〉(1982)는 이전 작품과 같은 작가라고 믿기 어려울 정도로 유쾌하고 행복한 우화다. 남편의 열등감을 숨김없이 지적하는 점이 여전히 심술궂긴 하지만 말이다.

〈허깨비〉(1988)의 화자인 비징치는 예의 '사악한 신'들과 다름없는 가공할 악인이지만, 인류를 지옥도에 빠뜨리는 대신 인류 스스로 바닥에서 벗어날 기회를 준다. 비징치가 두루마리에서 뽑아낸 이야기 조각들은 파멸과 선택을 앞둔 '잠 카레트', 즉 여분의 시간을 포착하고 있다. 장면 하나하나는 흔들 때마다 모습이 변하는 만화경처럼 다채로우면서 무의미하다. 그러나 이 안에는 본질을 관통하는 희미한 기회가 있다. 그 희미한 기회야말로 자신의 세계에서 납치당해 "영원한 고통에 사로잡힌 채 브라운 씨네 거실에 남겨진" 금속 군인을 어디에도 없는 억양으로 말하는 남자로 이어주는 미싱링크다.

이러한 연장선상에서 보면 후기작 〈쪼그만 사람이라니, 정말 재미있군요〉(2009)의 두 가지 결말은 매우 흥미롭다. 엘리슨이 인간에게 제시하는 길은 둘 다 냉혹하기 그지없지만, 우리한테는 끝이 정해지기 전에 숙고할 시간이 주어진다. 절망과 통곡의 도돌이표만 남았던 이전 작품들에 비해서는 훨씬 풍성한 가능성이 생긴 셈이다.

4. 고통과 즐거움을 균형 있게

할란 엘리슨은 책을 기획하고 작품을 발굴하는 데에도 뛰어난 역량을 보였다. 그의 특별 휴고상 둘은 편집자로서 받은 것이다. 《위험한 비전(Dangerous Visions)》(1967), 《다시, 위험한 비전(Again, Dangerous Visions)》(1972)은 할란 엘리슨의 이름 아래 뉴웨이브의 걸작을 모은 앤솔로지다. 《메데아: 할란의 세계(Medea: Harlan's world)》(1985)는 공동으로 허구의 세계를 창작한다는 '공유 세계'라는 발상을 초창기에 시도한 프로젝트로, 할란 엘리슨 외에도 폴 앤더슨, 할 클레멘트, 토머스 M. 디쉬, 프랭크 허버트, 래리 니븐, 프레데릭 폴, 로버트 실버버그, 시어도어 스터전, 케이트 윌헬름, 잭 윌리엄슨이 참여했다. 이는 '공유 세계' 작품 중에서도 성공적인 작품으로 꼽힌다.

잡지 중심이던 당시 SF 시장에서 앤솔로지는 상대적으로 주목을 덜 받았지만, 엘리슨의 《위험한 비전》과 《다시, 위험한 비전》은 뉴웨이브의 매력을 한눈에 보여주며 인상적인 위치를 점했다. 두 권의 작가 목록에는 폴 앤더슨, 레이 브래드버리, 새뮤얼 딜레이니, 필립 K. 딕, 필립 호세 파머, 딘 쿤츠, 어슐러 K. 르귄, 프리츠 라이버, 조애나 러스, 데이먼 나이트, 래리 니븐, 로버트 실버버그, 시어도어 스터전, 제임스 팁트리 주니어, 커트 보네거트, 케이트 윌헬름, 진 울프, 로저 젤라즈니 등 쟁쟁한 이름이 늘어서 있다. 수록 작가 상당수가 당시에는 신인이었다는 점을 고려하면 탁월한 안목이 아닐 수 없다.

세 번째 앤솔로지 《마지막 위험한 비전(The Last Dangerous Visions)》은 앞의 두 권과는 다른 이유로 특별한 책이 되었다. 조지 R. R. 마틴의 말을 빌리면 "그 책이야말로 같은 분야의 모든 경쟁자를 제치고 SF 역사에 길이 남을 작품집"이다. 발매 지연이라는 분야에서 전설적인 게임이라 할 만한 타이틀

'듀크 뉴켐 포에버'를 압도하는 이름이기 때문이다. 엘리슨은 이를 1973년에 출간하기로 했고, 책이 곧 나온다고 거듭 장담했고, 1979년에는 수록작 목록을 갱신했으나 결국 출간하지 못했다. 엘리슨에게 원고를 보낸 작가는 약 150명에 이르며 다수가 원고를 살리지 못한 채 사망했다. 엘리슨의 거듭된 호언장담으로 고통받은 작가 중 하나인 크리스토퍼 프리스트는 급기야 《마지막 위험한 비전》의 미출간 사태를 철저히 규탄하는 〈마지막 허황된 비전(The Last Deadloss Visions)〉을 썼다. 그리고 이를 책으로 확장한 《영원의 경계에 선 책(The Book on the Edge of Forever)》으로 휴고상 논픽션 부문 후보에까지 올랐다.

엘리슨에게 이를 가는 사람들이 한둘이 아니었다 보니 농담 반 진담 반의 단체 '엘리슨의 적들(EoE, Enemies of Ellison)'이 만들어지기도 했다. 가입비를 낸 회원들은 배지와 뉴스레터를 받을 수 있었다. 이 단체는 '적'이라는 단어가 적당하지 않다는 이유로 나중에 '엘리슨의 희생자들(Victims of Ellison)'로 이름을 바꾸었다. 한편, 만일 엘리슨의 친구이고자 하면 이에 대항하는 단체 '엘리슨의 친구들(FoE, Friends of Ellison)'에 지지를 보낼 수도 있었다. 우리의 마음 따뜻한 이웃 엘리슨에게 감동했던 사연을 보내면 배지와 뉴스레터를 받는 식이었다. 인크레더블 헐크, 아쿠아맨 등의 코믹스를 만든 피터 데이비드가 시작한 이 단체는 '적들'보다 10배의 편지를 받았다.

엘리슨이 비록 까다로운 기준과 무자비한 평가로 많은 이들에게 고통을 선사했더라도, 좋은 글은 솔직하게 칭찬했던 것도 사실이다. 그는 후배 작가 양성에도 결코 무관심하지 않았다. 엘리슨이 미국 극작가 협회에서 주최하는 오픈 도어 프로그램 강사로 있을 때 가난한 작가 지망생이었던 옥타비아 버틀러를 지도한 일은 그의 평생의 자랑거리였다. 인종 분리 정책의 잔재가 남아 있던 시기임에도 엘리슨은 흑인 여성인 버틀러가 작가가 될 수 있도록 전폭적으로 지원했으며, 그녀는 최초이자 가장 유명한 흑인 여성 SF 작가가 되었다.

"작가는 모든 것을 알아야 한다"는 말답게 엘리슨은 현장에 뛰어드는 일도 주저하지 않았다. 청소년 범죄에 관해 쓰기 위해 가짜 신분으로 브루클린 갱단에 들어갔고, 롤링 스톤즈 등과 함께 여행한 뒤 로큰롤을 묘사했다. 그에게 작가로서 활동하는 일과 사회 활동은 별개가 아니었다. 1978년 성별에 따른 차별을 금지하는 성평등 헌법 수정안(ERA, Equal Rights Amendment)을 지지하며 벌였던 독특한 시위가 그 예다. 엘리슨이 애리조나 피닉스에서 열리는 월드컨에 주빈으로 초대받았을 때인데, 당시 애리조나 주의회는 ERA를 비준하지 않으며 반대 측에 선 상태였다. 엘리슨은 이에 항의하는 뜻으로 애리조나에서는 단 한 푼도 쓰지 않겠다고 공표했다. 그는 컨벤션에서 제공하는 호텔을 거부하고 모든 생필품을 실은 자신의 RV에 머무르며 체류 기간 내내 정말로 한 푼도 쓰지 않았다. 그렇다고 그가 페미니스트냐 하면, 2006년 그랜드마스터 칭호를 받으면서는 진행자인 코니 윌리스에게 짜증을 내며 가슴에 손을 댄 사건도 있으니 평가하기가 쉬운 노릇은 아니다. 엘리슨은 자주 사람들이 이전 시대의 역사를 모르고 바보가 되어 간다고 분노했고, 속어, 외설, 신조어를 능수능란하게 사용하며 미디어 비평을 쏟아냈다. 그의 비평은《유리 젖꼭지(The Glass Teat)》,《다른 유리 젖꼭지(The Other Glass Teat)》로 묶여 휴고상 논픽션 후보 부문에 올랐다. 그는 자유주의자이고, 인권단체를 지지하고, 평생 검열 반대 활동을 했다. 국제 작가 연맹(PEN international)은 예술의 자유에 공헌한 엘리슨의 노력을 기리는 의미로 그에게 실버 펜을 수여했다.

할란 엘리슨에게 감탄하기는 쉽지만 그를 좋아하기는 쉽지 않다. 하지만 엘리슨의 글을 좋아하기는 매우 쉽다. 그는 나폴레옹보다 작고 히틀러보다는 더 작은, 어릴 때부터 혼자 힘으로 생계를 꾸렸던, 아직도 수동 타자기로 글을 쓰는, 자기 이름이 상표로 등록되어 있는 사람이다. 워싱턴 포스트는 엘리슨에게 "살아 있는 가장 위대한 미국 단편 작가 중 하나", 로스앤젤레스 타임스는 "20세기의 루이스 캐롤"이라는 별명을 달아주었다. 할란 엘리슨 전기 영화 〈날카로운 이빨의 꿈들(Dreams with Sharp Teeth)〉(2008)은 그를 이렇게 칭한다. 천재, 괴물, 전설이라고.

— 심완선, SF 칼럼니스트

옮긴이 소개 (가나다 순)

신해경 〈"회개하라, 할리퀸!" 째깍맨이 말했다〉, 〈제프티는 다섯 살〉, 〈소년과 개〉,
〈지니는 여자를 쫓지 않아〉, 〈괘종소리 세기〉, 〈쪼그만 사람이라니, 정말 재미있군요〉

더 즐겁고 온전한 세계를 꿈꾸는 전문번역가. 대학에서 미학을 배우고 대학원에서 경영학과 공
공정책학을 공부했다. 생태와 환경, 사회, 예술, 노동 등 다방면에 관심을 가지고 있으며, 옮긴 책
으로는 《혁명하는 여자들》, 《사소한 정의》, 《내 플란넬 속옷》, 《마지막으로 할 만한 멋진 일》(공
역), 《아랍, 그곳에도 사람들이 살고 있다》, 《버블 차이나》, 《덫에 걸린 유럽》, 《침묵을 위한 시간》,
《북극을 꿈꾸다》, 《발전은 영원할 것이라는 환상》, 《제대로 된 시체답게 행동해》(공역) 등이 있다.

이수현 〈잃어버린 시간을 지키는 기사〉, 〈인간 오퍼레이터〉

SF작가이면서 번역가로, 인류학을 공부했다. 옮긴 책으로는 제임스 팁트리 주니어의 《체체파리의
비법》, 코니 윌리스의 《양 목에 방울 달기》, 옥타비아 버틀러의 《킨》과 《블러드차일드》, 어슐러 르
귄의 《빼앗긴 자들》과 《로캐넌의 세계》 등의 헤인 연대기와 서부해안 시리즈, 테리 프레쳇과 닐 게
이먼의 《멋진 징조들》, 알렉산더 매컬 스미스의 《꿈꾸는 앵거스》와 《천국의 데이트》, A. M. 홈스의
《사물의 안전성》, 제프리 포드의 《유리 속의 소녀》와 《환상소설가의 조수》, 로저 젤라즈니의 《고독
한 시월의 밤》, 존 스칼지의 《작은 친구들의 행성》과 '노인의 전쟁' 3부작, 닐 게이먼의 그래픽노블
'샌드맨' 시리즈, 릭 라이어던의 '퍼시 잭슨과 올림포스의 신' 시리즈 등이 있다.

할란 엘리슨 걸작선 ❶ 잃어버린 시간

제프티는 다섯 살

초판 1쇄 발행 2017년 7월 25일
초판 2쇄 발행 2017년 12월 25일

지은이   할란 엘리슨
옮긴이   신해경, 이수현
펴낸이   박은주
기획   김창규, 최세진
디자인   김선예, 장혜지
마케팅   박동준, 정준호

발행처   아작
등록   2015년 9월 9일(제2017-000034호)
주소   04702 서울시 성동구 청계천로 474
        왕십리모노퍼스 903호
대표전화 02.324.3945   **팩스** 02.324.3947
이메일   decomma@gmail.com
홈페이지 www.arzak.co.kr

ISBN   979-11-87206-59-0 04840
       979-11-87206-58-3 04840 (세트)

책 값은 표지 뒤쪽에 있습니다.

아작은 디자인콤마의 문학 브랜드입니다.

이 도서의 국립중앙도서관 출판예정도서목록(CIP)은 서지정보유통지원시스템
홈페이지(http://seoji.nl.go.kr)와 국가자료공동목록시스템(http://www.nl.go.kr/
kolisnet)에서 이용하실 수 있습니다. (CIP제어번호: CIP2017019425)